I0598920

Todos los libros de Linkgua Ediciones cuentan con modelos de Inteligencia Artificial entrenados por hispanistas. Pregúntale al chat de tu libro lo que desees acerca de la obra o su autor/a.

Para ebooks: Accede a nuestro modelo de IA a través de este enlace.

Para libros impresos: Escanea el código QR de la portada con tu dispositivo móvil.

Obtén análisis detallados de nuestros libros, resúmenes, respuestas a tus preguntas y accede a nuestras ediciones críticas generativas para una experiencia de lectura más enriquecedora.
La transparencia y el respeto hacia la autoría de las fuentes utilizadas son distintivos básicos de nuestro proyecto. Por ello, las respuestas ofrecen, mediante un sistema de citas, las fuentes con las que han sido elaboradas.

Ricardo Palma

Tradiciones peruanas

Tomo II

Barcelona **2024**
Linkgua-ediciones.com

Créditos

Título original: Tradiciones peruanas.

© 2024, Red ediciones S.L.

e-mail: info@Linkgua-ediciones.com

Diseño de cubierta: Mario Eskenazi.

ISBN rústica: 978-84-9816-554-8.
ISBN ebook: 978-84-9953-763-4.

Sumario

Brevísima presentación

La vida

Ricardo Palma (1833-1919). Perú.

Nació el 7 de febrero de 1833 en Lima y murió el 6 de octubre de 1919 en esa ciudad. Fue la principal figura del romanticismo peruano y alcanzó un puesto en la Real Academia Española. Escribió periodismo, poemas, piezas teatrales, sátiras políticas, libros de recuerdos y de viaje, estudios lexicográficos y literarios.

Fue desterrado del Perú y vivió dos años en Chile, donde escribió *Anales de la inquisición de Lima*, su primera obra relevante.

Una extraña crónica romántica

Las *Tradiciones peruanas* son una crónica apasionante de la historia del Perú, llena de imágenes atrapadas entre el costumbrismo, la ironía y la reflexión cultural. Palma sorprende por la modernidad y agudeza de su prosa, por su voluntad de construir una memoria nacional de marcado valor estético.

La fundación de Santa Liberata. Crónica de la época del vigésimo quinto virrey del Perú

I

Como fruto de una de las calaveradas de la mocedad del conde de Cartago, vino al mundo un mancebo, conocido con el nombre de Hernando, Hurtado de Chávez. El noble conde pasaba una modesta pensión a la madre, encargándola diese buen ejemplo al rapaz y cuidase de educarlo. Pero Fernandico era el mismo pie de Judas. Travieso, enredador y camorrista, más que en la escuela se le encontraba, con otros pillastres de su edad, haciendo novillos por las huertas y murallas. Ni el látigo ni la palmeta, atributos indispensables del dómine de esos tiempos, podían moderar los malos instintos del muchacho.

Así creciendo, cumplió Fernando veinte años, y muerto el conde y valetudinaria la madre, hízose el mozo un dechado de todos los vicios. No hubo garito de que no fuese parroquiano, ni hembra de tumbo y trueno con quien no se tratase tú por tú. Fernando era lo que se llama un pie útil para una francachela. Tañía el arpa como el mismísimo rey David, punteaba la guitarra de lo lindo, cantaba el pollito y el agua rica, trovos muy a la moda entonces, con más salero que los comediantes de la tonadilla, y para bailar el punto y las molleras tenía un aquel y una desvergüenza que pasaban de castaño claro. En cuanto a empinar el codo, frecuentaba las ermitas de Baco y bebía el zumo de parra con más ardor que los campos la lluvia del cielo; y en materia de tirarse de puñaladas, hasta con el gallo de la Pasión si le quiquiriqueaba recio, nada tenía que aprender del mejor baratero de Andalucía.

Retratado el protagonista, entremos sin más dibujos en la tradición.

II

Un velo fúnebre parecía extenderse sobre la festiva ciudad de los reyes en los días 31 de enero y 1.º de febrero del año 1711. Las campanas tocaban rogativas, y grupos de pueblo cruzaban las calles siguiendo a algún sacerdote que, crucifijo en mano, recitaba salmos y preces. Y como si el cielo participara de la tristeza pública, negras nubes se cernían en el espacio.

Sepamos lo que traía tan impresionados los espíritus.

A las diez de la mañana del 20 de enero, un joven se presentó al cura del Sagrario, pidiendo se le permitiese buscar una partida de bautismo en los libros parroquiales. El buen cura, engañado por las decentes apariencias del peticionario, no puso obstáculo y lo dejó solo en el baptisterio.

Cuando nuestro hombre se persuadió de que no sería interrumpido, se dirigió resueltamente al altar mayor y se metió con presteza en el bolsillo un grueso copón de oro, en el que se hallaban ciento cincuenta y tres hostias consagradas. Enseguida salió del templo y con paso tranquilo se encaminó a la Alameda. En el tránsito encontró a dos o tres amigos que lo preguntaron qué bulto llevaba en el bolsillo, y él contestó con aplomo: «que era un almirez que había comprado de lance».

Hasta la mañana del 31, en que hubo necesidad de administrar el viático a un moribundo, no se descubrió la sustracción de la píxide. De imaginarse es la agitación que se apoderaría del católico pueblo; y el testimonio del párroco hizo recaer en Fernando de Chávez la sospecha de que él y no otro era el sacrílego ladrón.

Fernando anduvo a salto de mata, pues S. E. el obispo don Diego Ladrón de Guevara, virrey del Perú, echó tras el criminal toda una jauría de alguaciles, oficiales y oficiosos.

III

El ilustrísimo señor don Diego Ladrón de Guevara, de la casa y familia de los duques del Infantado, obispo de Quito y que antes lo había sido de Panamá y Guamanga, estaba designado por Felipe V en tercer lugar para gobernar el Perú en caso de fallecer el virrey marqués de Castel-dos-Ríus. Cuando murió éste, en 1710, habían también pasado a mejor vida los otros dos personajes de la terna. Al poco tiempo de ejercer el mando el ilustrísimo Ladrón de Guevara se recibió en Lima la noticia del triunfo de Villaviciosa, que consolidó en España a Felipe V y la dinastía borbónica. Entre las fiestas con que la ciudad de los reyes celebró la nueva, fue la más notable la representación, en una sala de palacio convertida en teatro, de la comedia en verso Triunfos de amor y poder, escrita por el poeta limeño Peralta.

El virrey obispo logró ahuyentar de la costa a un pirata inglés que había apresado tres buques mercantes, y comisionó al marqués de Villar del Tajo para que destruyese a los negros cimarrones que, enseñoreados de los montes de Huachipa, habían establecido en ellos fortificaciones y osado presentar batalla a las tropas reales.

A ejemplo de su antecesor el virrey literato, acordó el obispo gran protección a la Universidad de San Marcos, y más que de enviar gruesos contingentes de dinero a la corona, cuidó de que los fondos públicos se gastasen en el Perú en templos, puentes y caminos. Un virrey que no mandaba millones a España no servía para el cargo. Esto y el haber colocado las regalías de la Iglesia antes que las del soberano, fueron motivos para que, en 1716, se le reemplazase con el príncipe de Santo Buono.

Regresando para España, llamado por el rey que le excusaba así el rubor de volver a Quito, como dice el cronista Alcedo, quiso el obispo visitar el reino de México, en cuya capital murió el 19 de noviembre de 1718.

IV

Las diez de la noche del 1.º de febrero acababan de sonar en el reloj de la Compañía, cuando el catalán Jaime Albites, preparándose a cerrar su pulpería, situada en las esquinas de las calles de Puno y de la Concepción, vio pasar un hombre cuyo rostro casi iba cubierto por las anchas alas de un chambergo. Pocos pasos había éste avanzado, cuando el pulpero echó a gritar desaforadamente:

—¡Vecinos! ¡Vecinos! ¡Ahí va el ladrón del Sagrario!

Como por arte de encantamiento se abrieron puertas, y la calle se vio en un minuto cubierta de gente. El ladrón emprendió la carrera; mas una mujer le acertó con una pedrada en las piernas, a la vez que un carpintero de la vecindad le arrimaba un trancazo contundente. Cayó sobre él la turba, y acaso habría tenido lugar un gutierricidio o acto de justicia popular, como llamamos nosotros los republicanos prácticos a ciertas barbaridades, si el escribano Nicolás de Figueroa y Juan de Gadea, boticario del hospital de la Caridad, sujetos que gozaban de predicamento en el pueblo, no lo hubieran impedido, diciendo: «Si ustedes matan a este hombre, nos quedaremos sin saber dónde tiene escondido a Nuestro Amo».

A este tiempo asomó una patrulla y dio con el criminal en la cárcel de corte.

Allí declaró que su sacrílego robo no le había producido más que 4 reales, en que vendió la crucecita de oro que coronaba el copón; y que, horrorizado de su crimen y asustado por la persecución, había escondido la píxide en el altar de la sacristía de San Francisco, donde en efecto se encontró.

En cuanto a las sagradas formas, confesó que las había enterrado, envueltas en un papel, al pie de un árbol en la Alameda de los Descalzos.

En la mañana del 2 de febrero hízose entrar al reo en una calesa, con las cortinillas corridas, y con gran séquito de oidores, canónigos, cabildantes y pueblo se le condujo a la Alameda. La turbación de Fernando era tanta, que le fue imposible determinar a punto fijo el árbol, y ya comenzaba el cortejo a desesperar, cuando un negrito de ocho años de edad, llamado Tomás Moya, dijo: «Bajo este naranjo vi el otro día a ese hombre, y me tiró de piedras para que no me impusiera de lo que hacía».

Las divinas formas fueron encontradas, y al negrito, que era esclavo, se le recompensó pagando el Cabildo 400 pesos por su libertad.

Describir la alegría de la población, los repiques, luminarias y fiestas religiosas y profanas, es tarea superior a nuestras fuerzas. Publicaciones hay de esa época, como la Imagen política, de Peralta, a las que remitimos al lector cuya curiosidad sea muy exigente.

El virrey obispo, en solemne procesión, condujo las hostias a la Catedral. Se quitó el velo morado que cubría el altar mayor, y desaparecieron de las torres e iglesias los crespones que las enlutaban.

La hierba y tierra próximas al naranjo fueron puestas en fuentes de plata y repartidas, como reliquias, en los monasterios y entre las personas notables.

El 1.º de mayo fue trasladado Fernando a las cárceles de la Inquisición. Dicen que se le condenó a ser quemado vivo; pero en ninguno de los documentos que conocemos del Santo Oficio de Lima hemos podido hallar noticia del auto de fe.

El vecindario contribuyó a porfía para la inmediata erección de una capilla, de cuarenta y cuatro varas de largo por doce de ancho, en el sitio donde se encontraron las formas. El altar mayor, dice un cronista, formado en esqueleto, permite transitar, por su parte inferior, hasta el sitio donde estuvieron enterradas las hostias.

Tal es la historia de la fundación de la iglesia de Santa Liberata, junto a la que los padres crucíferos de San Camilo establecieron en 1754 un conventillo. Fronterizo a éste se encuentra el beaterio del Patrocinio, fundado en 1688 para beatas dominicas y en el mismo sitio en que el santo fray Juan Macías pastaba marranos y ovejas antes de vestir hábito.

Muerte en vida. Crónica de la época del Vigésimo sexto y vigésimo séptimo virreyes

I

Laura Venegas era bella como un sueño de amor en la primavera de la vida. Tenía por padre a don Egas de Venegas, garnacha de la Real Audiencia de Lima, viejo más seco que un arenal, hinchado de prosopopeya, y que nunca volvió atrás de lo que una vez pensara. Pertenecía a la secta de los infalibles que, de paso sea dicho, son los más propensos a engañarse.

Con padre tal, Laura no podía ser dichosa. La pobre niña amaba locamente a un joven médico español llamado don Enrique Padilla, el cual, desesperado de no alcanzar el consentimiento del viejo, había puesto mar de por medio y marchado a Chile. La resistencia del golilla, hombre de voluntad de hierro, nacía de su decisión por unir los veinte abriles de Laura con los cincuenta octubres de un compañero de oficio. En vano Laura, agotando el raudal de sus lágrimas, decía a su padre que ella no amaba al que la deparaba por esposo.

—¡Melindres de muchacha! —la contestaba el flemático padre—. El amor se cría.

¡El amor se cría! Palabras que envenenaron muchas almas, dando vida más tarde al remordimiento. La casta virgen, fiada en ellas, se dejaba conducir al altar, y nunca sentía brotar en su espíritu el amor prometido.

¡El amor se cría! Frase inmoral que servía de sinapismo para debilitar los latidos del corazón de la mujer, frase típica que pinta por completo el despotismo en la familia.

En aquellos siglos había dos expedientes soberanos para hacer entrar en vereda a las hijas y a las esclavas.

¿Era una esclava ligera de cascos o se espontaneaba sobre algún chichisbeo de su ama? Pues la panadería de don Jaime el catalán, o de cualquier otro desalmado, no estaba lejos, y la infeliz criada pasaba allí semanas o meses sufriendo azotaina diaria, cuaresmal ayuno, trabajo crecido y todos los rigores del más bárbaro tratamiento. Y cuenta que esos siglos no fueron de librepensadores como el actual, sino siglos cristianos de evangélico ascetismo y suntuosas procesiones; siglos, en fin, de fundaciones monásticas, de santos y de milagros.

Para las hijas desobedientes al paternal precepto se abrían las puertas de un monasterio. Como se ve, el expediente era casi tan blando como el de la panadería.

Laura, obstinada en no arrojar de su alma el recuerdo de Enrique, prefirió tomar el velo de noticia en el convento de Santa Clara; y un año después pronunció los solemnes votos, ceremonia que solemnizaron con su presencia los cabildantes y oidores, presididos por el virrey, recién llegado entonces a Lima.

II

Don Carmine Nicolás Caracciolo, grande de España, príncipe de Santo Buono, duque de Castel de Sangro, marqués de Buquianico, conde de Esquiabi, de Santobido y de Capracota, barón de Monteferrato, señor de Nalbelti, Frainenefrica, Gradinarca y Castelnovo, recibió el mando del Perú de manos del obispo de la Plata don fray Diego Morcillo Rubia de Auñón, que había sido virrey interino desde el 15 de agosto hasta el 3 de octubre de 1716.

Para celebrar su recepción, Peralta, el poeta de la Lima fundada, publicó un panegírico del virrey napolitano, y Bermúdez de la Torre, otro titulado El Sol en el zodíaco. Ambos libros son un hacinamiento de conceptos extravagantes y de lisonjas cortesanas en estilo gongorino y campanudo.

De un virrey que, como el excelentísimo señor don Carmine Nicolás Caracciolo, necesitaba un carromato para cargar sus títulos y pergaminos, apenas hay huella en la historia del Perú. Solo se sabe de su gobierno que fue impotente para poner diques al contrabando, que los misioneros hicieron grandes conquistas en las montañas y que en esa época se fundó el colegio de Ocopa.

Los tres años tres meses del mando del príncipe de Santo Buono se hicieron memorables por una epidemia que devastó el país, excediendo de sesenta mil el número de víctimas de la raza indígena.

Fue bajo el gobierno de este virrey cuando se recibió una real cédula prohibiendo carimbar a los negros esclavos. Llamábase carimba cierta marca que con fierro hecho ascua ponían los amos en la piel de esos infelices.

Solicitó entonces el virrey la abolición de la mita; pues muchos enmenderos habían llevado el abuso hasta el punto de levantar horca y amenazar con ella a los indios mitayos; pero el monarca dio carpetazo a la bien intencionada solicitud del príncipe de Santo Buono.

Ninguna obra pública, ningún progreso, ningún bien tangible ilustran la época de un virrey de tantos títulos.

Una tragedia horrible —dice Lorente— impresionó por entonces a la piadosa ciudad de los reyes. Encontrose ahorcado de una ventana a un infeliz chileno, y en su habitación una especie de testamento, hecho la víspera del suicidio, en el que dejaba su alma al diablo si conseguía dar muerte a su mujer y a un fraile de quien ésta era barragana. Cinco días después fueron hallados en un callejón los cadáveres putrefactos de la adúltera y de su cómplice.

El 15 de agosto de 1719, pocos minutos antes de las doce del día, se oscureció de tal manera el cielo que hubo necesidad de encender luces en las casas. Fue este el primer eclipse total de Sol experimentado en Lima después de la conquista y dio motivo para procesión de penitencia y rogativas.

El mismo don Fray Diego Morcillo, elevado ya a la dignidad de arzobispo de Lima, fue nombrado por Felipe V virrey en propiedad, y reemplazó al finchado príncipe de Santo Buono en 16 de enero de 1720. Del virrey arzobispo decía la murmuración que a fuerza de oro compró el nombramiento de virrey: tanto le había halagado el mando en los cincuenta días de su interinato. Lo más notable que ocurrió en los cuatro años que gobernó el mitrado fue que principiaron los disturbios del Paraguay entre los jesuitas y Antequera, y que el pirata inglés Juan Cliperton apresó el galeón en que venía de Panamá el marqués de Villacocha con su familia.

III

Y así como así, transcurrieron dos años, y sor Laura llevaba con resignación la clausura.

Una tarde hallábase nuestra monja acompañando en la portería a una anciana religiosa, que ejercía las funciones de tornera, cuando se presentó el nuevo médico nombrado para asistir a las enfermas del monasterio.

Por entonces, cada convento tenía un crecido número de moradoras entre religiosas, educandas y sirvientas; y el de Santa Clara, tanto por espíritu de moda cuanto por la gran área que ocupa, era el más poblado de Lima.

Fundado este monasterio por Santo Toribio, se inauguró el 4 de enero de 1606; y a los ocho años de su fundación —dice un cronista— contaba con ciento cincuenta monjas de velo negro y treinta y cinco de velo blanco, número que fue, a la vez que las rentas, aumentándose hasta el de cuatrocientas de ambas clases.

Las dos monjas, al anuncia del médico, se cubrieron el rostro con el velo; la portera le dio entrada, y la más anciana, haciendo oír el metálico sonido de una campanilla de plata, precedía en el claustro al representante de Hipócrates.

Llegaron a la celda de la enferma, y allí sor Laura, no pudiendo sofocar por más tiempo sus emociones, cayó sin sentido. Desde el primer momento había reconocido en el nuevo médico a su Enrique. Una fiebre nerviosa se apoderó de ella, poniendo en peligro su vida y haciendo precisa la frecuente presencia del médico.

Una noche, después de las doce, dos hombres escalaban cautelosamente una tapia del convento, conduciendo un pesado bulto, y poco después ayudaban a descender a una mujer.

El bulto era un cadáver robado del hospital de Santa Ana.

Media hora más tarde, las campanas del monasterio se echaban a vuelo anunciando incendio en el claustro. La celda de sor Laura era presa de las llamas.

Dominado el incendio, se encontró sobre el lecho un cadáver completamente carbonizado.

Al día siguiente y después del ceremonial religioso se sepultaba en el panteón del monasterio a la que fue en el siglo Laura Venegas. Y ¿...y?

    ¡Aleluya! ¡Aleluya!
    Sacristán de mi vida,

toda soy tuya.

IV

Pocos meses después Enrique, acompañado de una bellísima joven, a la que llamaba su esposa, fijó su residencia en una ciudad de Chile.

¿Ahogaron sus remordimientos? ¿Fueron felices? Puntos son estos que no incumbe al cronista averiguar

Pepe Bandos. Apuntes sobre el virrey marqués de Castelfuerte (A José Antonio de Lavalle)

No hace muchos años que tuvo Lima un prefecto, cuyo nombre no hace al caso, que dio en la manía de publicar dos o tres bandos por semana sobre asuntos de policía y buen gobierno local, amén de los noticieros y de los obligados sobre patentes. Un escribano, a quien el pueblo llamaba el loco Casas, era el constante promulgador de las disposiciones prefecturales, y recibía el agasajo de 4 pesos y medio por cada bando que leía con voz estentórea, repitiendo sus palabras el pregonero, bajo el balcón de Cabildo y en las plazuelas de San Lázaro, Santa Ana, San Sebastián y San Marcelo.

¿Convenía que los vecinos encendiesen luminarias, era preciso limpiar acequias, blanquear paredes o apresar algún bandido que andaba por extramuros cometiendo desaguisados? Pues un bando lo hacía bueno, y santas pascuas. El bando era una panacea universal para su señoría el prefecto; y tanto abusó de ella, que los republicanos moradores de la ciudad de los reyes maldito si hacían ya pizca de caso a los pregones del depositario de la fe prefectural.

Para el que esto escribe, por entonces muchacho retozón y travieso, eran una delicia los bandos, porque servían, si es que lo necesita un escolar, de pretexto para hacer novillos. Aquel día no había lección posible. Los chicos de esos tiempos vestíamos pantalón crecedero, gorra y chaqueta o mameluco. No fumábamos cigarrillo, no calzábamos guantes, no la dábamos de saberlo todo, ni nos metíamos a politiquear y hacer autos de fe, como hogaño se estila, con el busto de ningún viviente, siquier fuese ministro caído. ¡Buena felpa nos habría dado señora madre en el territorio del Sur! Dígase lo que se quiera —hace treinta años la juventud no era juventud—, vivíamos a mil leguas del progreso. Vean ustedes si los muchachos de entonces seríamos unos bolonios, cuando teníamos la tontuna de aprender la doctrina cristiana en vez del can-can; y hoy cualquier zaragatillo que se alza apenas del suelo en dos estacas, prueba por A+B que Dios es artículo de lujo y pura chirinola o canard del padre Gual.

Pero caigo en la cuenta de que por hablar de los primeros años de la vida, idos ¡ay! para más no volver, se me ha largado el santo al cielo. Vuelvo a mis carneros, es decir, a los bandos.

Promulgábase en cierta tarde uno para que después de las diez de la noche no quedase puerta sin cerrojo. Los mataperros de la época íbamos, muy orondos y pechisacados, junto a la banda de música y formando cortejo al escribano Casas. En la puerta del café de Bodegones, centro a la sazón de los contemporáneos del virrey inglés (O'Higgins), había un grupo de viejos poniendo notas y comentarios al bando. ¡Vaya un esgrimir de la sin pelos el de aquellos angelitos!

—¡Cosas de la república! —alcanzamos a oír a uno de ellos—. Este prefecto es otro Pepe Bandos.

Mucho nos cascabeleó el mote; y cuando ya talluditos nos tentó el diablo por rebuscar tradiciones, supimos que hubo un virrey, que gobernó el Perú desde 1724 hasta 1736, al que los limeños pusieron el apodo de Pepe Bandos.

Perdona el largo introito. Ya verás, lector, los bandos de su excelencia y si eran bandos de ñeque.

I

Don José de Armendáriz, natural de Ribagorza en Navarra, marqués de Castelfuerte, comendador de Montizón y Chiclana en la orden de Santiago, comandante general del reino de Cerdeña, y ex virrey de Granada en España, reemplazó como virrey del Perú al arzobispo fray Diego Morcillo. Refieren que el mismo día en que tenían lugar las fiestas de la proclamación del hijo de Felipe V, fundador de la dinastía borbónica, una vieja dijo en el atrio de la catedral: «A este que hoy celebran en Lima le están haciendo el entierro en Madrid». El dicho de la vieja cundió rápidamente, y sin que acertemos a explicarnos el porqué, produjo mucha alarma. ¡Embelecos y novelerías populares!

Lo positivo es que seis meses más tarde llegó un navío de Cádiz, confirmando que los funerales de Luis I se habían celebrado el mismo día en que fue proclamado en Lima. ¡Y dirán que no hay brujas!

Como sucesos notables de la época de este virrey, apuntaremos el desplome de un cerro y una inundación en la provincia de Huaylas, catástrofe que ocasionó más de mil víctimas, un aguacero tan copioso que arruinó la población de Paita; la aparición por primera vez del vómito prieto o fiebre amarilla (1730) en la costa del Perú, a bordo del navío que mandaba el general don Domingo Justiniani; la ruina de Concepción de Chile, salvando milagrosamente el obispo Escandón, que después fue arzobispo de Lima, la institución llamada de las tres horas y que se ha generalizado ya en el orbe católico, y por fin, la llegada a Lima en 1738 de ejemplares del primer Diccionario de la Academia Española.

Quizá en otra ocasión nos ocupemos de la famosa causa del oidor don José de Antequera, caballero de Alcántara, a quien los jesuitas sacrificaron con ruindad. Por hoy bástenos apuntar que siempre que se trataba de aprehender a alguno de los complicados en el proceso, el virrey, en vez de echarle los sabuesos o alguaciles, forjaba un bando, lo hacía pregonar por todo el virreinato y, a poco, el reo daba con su cuerpo en la cárcel, sin que le valiera escondite en sagrado, en zahúrda ni en casa de cadena. ¡Digo si serían bandos conminatorios aquéllos!

La víspera de la ejecución de Antequera y de su alguacil mayor don Juan de Mena hizo publicar su excelencia un bando terrorífico, imponiendo pena de muerte a los que intentasen detener en su camino a la justicia humana. Los más notables personajes de Lima y las comunidades religiosas habían estérilmente intercedido por Antequera. Nuestro virrey era duro de cocer.

A las diez de la mañana del 8 de julio de 1731, Antequera sobre una mula negra y escoltado por cien soldados de caballería penetró en la plaza Mayor. Hallábase cerca del patíbulo cuando un fraile exclamó: «¡Perdón!», grito que fue repetido por el pueblo.

—¿Perdón dijiste? Pues habrá la de Dios es Cristo. Mi bando es bando y no papel de Cataluña que se vende en el estanco —pensó el de Castelfuerte—. ¡Santiago y cierra España!

La infantería hizo fuego en todas direcciones. El mismo virrey, con un piquete de caballería, dio una vigorosa carga por la calle del Arzobispo, sin parar mientes en el guardián y comunidad de franciscanos que por ella venían. El pueblo se defendió lanzando sobre la tropa lágrimas de San Pedro, vulgo piedras. Hubo frailes muertos, muchachos ahogados, mujeres con soponcio, populacho aporreado, perros despanzurrados y, en fin, todos los accidentes fatales anexos a desbarajuste tal. Pero el bando fue bando. ¡O somos o no somos! Siga su curso la procesión, y vamos con otros bandos.

Los frailes agustinos se dividieron en dos partidos para la elección de prior. El primer día de capítulo ocurrieron graves desórdenes en el convento, con no poca alarma del vecindario. Al siguiente se publicó un bando aconsejando a los vecinos que desechasen todo recelo, pues vivo y sano estaba su excelencia para hacer entrar en vereda a los reverendos. Los agustinos no se dieron por notificados, y el escándalo se repitió. Diríase que la cosa pasaba en estos asendereados tiempos, y que se trataba de la elección de presidente de la república en los tabladillos de las parroquias. Véase, pues, que también en la época colonial se aderezaban pasteles eleccionarios. Pido que conste el hecho (estilo parlamentario) y adelante con la cruz.

Su excelencia, con buena escolta, penetró en el convento. Los frailes se encerraron en la sala capitular. El virrey hizo echar por tierra la puerta, obligó a los religiosos a elegir un tercero, y tomando presos a los dos pretendientes, promovedores del tumulto, los remitió a España sin más fórmula ni proceso.

Escenas casi idénticas tuvieron lugar, a poco, en el monasterio de la Encarnación. La madre Nieves y la madre Cuevas se disputaban el cetro abacial. Si los frailes se habían tirado los trastos a la cabeza, las aristocráticas canonesas no anduvieron mezquinas en araños. En la calle, el pueblo se arremolinaba, y las mulatas del convento, que podían no tener voto, pero que probaban tener voz, se desgañitaban desde la portería, gritando según sus afecciones: «¡Víctor la madre Cuevas!» o «¡Víctor la madre Nieves!». Este barrullópolis reclamaba bando. Era imposible pasarse sin él. Repitiéndose el bochinche, entró tropa en el convento, y la madre Nieves y sus principales secuaces fueron trasladadas a otros monasterios. Esto se llama cortar por lo sano y ahogar en germen la guerra civil.

II. ¿Quieres, lector, más bandos? Serás complacido

La simonía y todo género de excesos eran impunemente cometidos por el clero. El relajamiento de costumbres era tal, que bastara a pintarlo esta sencilla respuesta de un indio a quien la autoridad quería obligar a no vivir en mancebía, sino bajo la férrea coyunda matrimonial. «Taita —contestó el infeliz—, amancebamiento no puede ser malo, porque corregidor tiene manceba, alcabalero tiene manceba y cura tiene también manceba.»

Castelfuerte publicó un bando previniendo a los corregidores que le informasen circunstanciadamente sobre la conducta de los curas.

Los obispos de Cuzco y de Guamanga quisieron agarrar la Luna con las manos, y excitaron a los feligreses a desobedecer todo mandato del hereje que se entrometía con la gente de iglesia. ¿Qué podía hacer su excelencia con tan empingorotados señores? ¡Ahí es nada! Les suspendió las temporalidades, y mientras fue y vino la apelación a España, se dio tales trazas que el bando produjo sus efectos. ¡Quien manda, manda!

El tribunal de la fe no podía tolerar la ingerencia del poder civil en los asuntos eclesiásticos, y un día se les subió la mostaza a las narices a los inquisidores.

Ya en 1659 el virrey don Luis Enrique de Guzmán, conde de Alba de Listo y de Villaflor, ex virrey de México y el primer grande de España que vino al Perú, había sido procesado por tener en su biblioteca tres o cuatro libros prohibidos y negarse a poner a disposición del Santo Oficio a su médico Carlos Wandier, sospechoso de luteranismo. Al virrey, conde de Alba de Liste, se le dio un bledo del proceso inquisitorial, y apoyándose en sus fueros de grande de España y en sus prerrogativas como representante de Felipe IV, se negó a comparecer ante sus jueces. El rey, al que enviaron una queja los inquisidores, dio al asunto un sesgo prudente, reemplazando a Enrique de Guzmán, en 1661, con el conde de Santisteban.

Citado el de Castelfuerte ante la Inquisición, no vaciló en comparecer. Colocó su reloj sobre la mesa del tribunal, previniendo que solo podía disponer de una hora y que, si ésta transcurría, dos piezas de artillería quedaban en la calle para bombardear el edificio. Los inquisidores conocían al hombre y sabían que era capaz de armar una de zambomba y degollina. Después de fútiles explicaciones, se apresuraron a despedirlo acompañándolo cortésmente hasta la puerta.

Convengamos en que don Juan de Armendáriz era todo un hombre, superior a su siglo y con más hígados que un frasco de bacalao.

Bandos contra las mujeres que, llamándose honestas, se presentan en público luciendo cosas que no siempre son para lucidas; bandos contra los ermitaños de Baco; bandos contra el libertinaje de las costumbres; bandos sobre el salario; bandos sobre los monederos falsos; bandos enumerando los festejos con que debía celebrarse la canonización de San Francisco Solano, y tanta era su fiebre de promulgar bandos que, como hemos dicho, el pueblo limeño lo llamaba Pepe Bandos.

El platero Alejo Calatayud promovió en Cochabamba una sedición que ocasionó no pocas víctimas y que pudo convertirse en una guerra de razas. Al recibirse la noticia en Lima, llegó a manos del virrey, entre otros, un pliego anónimo conteniendo una relación de los sucesos y esta redondilla:

> Pepe Bandos, ahí te mando
> nuevas de Calatayud,
> por si tienes la virtud
> de librarte con un bando.

Esta fue la única vez en que el marqués de Castelfuerte, haciendo caso omiso de bandos, dictó órdenes muy en secreto a las autoridades del Cuzco y de la Paz, y alcanzó a debelar la rebelión, entregando a la horca las cabezas de Calatayud y de más de cincuenta de sus compañeros.

En 1736, después de doce años de gobierno, regresó a España el marqués de Castelfuerte. Cuentan que, al leer la redondilla, dijo su excelencia: «¿Esas tenemos, señores cochabambinos? ¡A mí coplillas de ciego! Vamos a ver si, en vez de Pepe Bandos, me llaman ustedes Pepe Cuerdas».

Y a fe, que bien merecía llamarse Pepe Cuerdas el que obligó a hacer tanto gasto de cáñamo al verdugo de Cochabamba.

Lucas el sacrílego. Crónica de la época del vigésimo nono virrey del Perú

I

El que hubiera pasado por la plazuela de San Agustín a hora de las once de la noche del 22 de octubre de 1743, habría visto un bulto sobre la cornisa de la fachada del templo, esforzándose a penetrar en él por una estrecha claraboya. Grandes pruebas de agilidad y equilibrio tuvo sin duda que realizar el escalador hasta encaramarse sobre la cornisa, y el cristiano que lo hubiese contemplado habría tenido que santiguarse tomándolo por el enemigo malo o por duende cuando menos. Y no se olvide que por aquellos tiempos era de pública voz y fama que en ciertas noches la plazuela de San Agustín era invadida por una procesión de ánimas del purgatorio con cirio en mano. Yo ni quito ni pongo; pero sospecho que con la república y el gas les hemos metido el resuello a las ánimas benditas, que se están muy mohínas y quietas en el sitio donde a su Divina Majestad plugo ponerlas.

El atrio de la iglesia no tenía por entonces la magnífica verja de hierro que hoy lo adorna, y la policía nocturna de la ciudad estaba en abandono tal, que era asaz difícil encontrar una ronda. Los buenos habitantes de Lima se encerraban en casita a las diez de la noche, después de apagar el farol de la puerta, y la población quedaba sumergida en plena tiniebla con gran contentamiento de gatos y lechuzas, de los devotos de hacienda ajena y de la gente dada a amorosas empresas.

El avisado lector, que no puede creer en duendes ni en demonios coronados, y que, como es de moda en estos tiempos de civilización, acaso no cree ni en Dios, habrá sospechado que es un ladrón el que se introduce por la claraboya de la iglesia. Piensa mal y acertarás.

En efecto. Nuestro hombre con auxilio de una cuerda se descolgó al templo, y con paso resuelto se dirigió al altar mayor.

Yo no sé, lector, si alguna ocasión te has encontrado de noche en un vasto templo, sin más luz que la que despiden algunas lamparillas colocadas al pie de las efigies y sintiendo el vuelo, y el graznar fatídico de esas aves que anidan en las torres y bóvedas. De mí sé decir que nada ha producido en mi espíritu una impresión más sombría y solemne a la vez, y que por ello tengo a los sacristanes y monaguillos en opinión, no diré de santos, sino de ser los hombres de más hígados de la cristiandad. ¡Me río yo de los bravos de la independencia!

Llegado nuestro hombre al sagrario, abrió el recamarín, sacó la Custodia, envolvió en su pañuelo la Hostia divina, dejándola sobre el altar, y salió del templo por la misma claraboya que le había dado entrada.

Solo dos días después, en la mañana del sábado 25, cuando debía hacerse la renovación de la Forma, vino a descubrirse el robo. Había desaparecido el Sol de oro, evaluado en más de 40.000 pesos, y cuyas ricas perlas, rubíes, brillantes, zafiros, ópalos y esmeraldas eran obsequio de las principales familias de Lima. Aunque el pedestal era también de oro y admirable como obra de arte, no despertó la codicia del ladrón.

Fácil es imaginarse la conmoción que este sacrilegio causaría en el devoto pueblo. Según refiere el erudito escritor del Diario de Lima, en los números del 4 y 5 de octubre de 1791, hubo procesión de penitencia, sermón sobre el texto de David: Exurge, Domine, et judica causam tuam, constantes rogativas, prisión de legos y sacristanes, y carteles fijando premios para quien denunciase al ladrón. Se cerraron los coliseos y el duelo fue general cuando, corriendo los días sin descubrirse al delincuente, recurrió la autoridad eclesiástica al tremendo resorte de leer censuras y apagar candelas.

Por su parte el marqués de Villagarcía, virrey del Perú, había llenado su deber, dictando todas las providencias que en su arbitrio estaban para capturar al sacrílego. Los expresos a los corregidores y demás autoridades del virreinato se sucedieron sin tregua, hasta que a fines de noviembre llegó a Lima un alguacil del intendente de Huancaveliva don Jerónimo Solá, ex consejero de Indias, con pliegos en los que éste comunicaba a su excelencia que el ladrón se hallaba aposentado en la cárcel y con su respectivo par de calcetas de Vizcaya. Bien dice el refrán que «entre bonete y almete se hacen cosas de copete».

Las campanas se echaron a vuelo, el teatro volvió a funcionar, los vecinos abandonaron el luto, y Lima se entregó a fiestas y regocijos.

II

Ciñéndonos al plan que hemos seguido en las Tradiciones, viene aquí a cuento una rápida reseña histórica de la época de mando del excelentísimo señor don José de Mendoza Caamaño y Sotomayor, marqués de Villagarcía, de Monroy y de Cusano, conde de Barrantes y señor de Vista Alegre, Rubianes y Villanueva, vigésimo nono virrey del Perú por su majestad don Felipe V, y que a la edad de sesenta años se hizo cargo del gobierno de estos reinos en 4 de enero de 1736.

El marqués de Villagarcía se resistió mucho a aceptar el virreinato del Perú, y persuadiéndolo uno de los ministros del rey para que no rechazase lo que tantos codiciaban, dijo:

«Señor, vueseñoría me ponga a los pies de su majestad, a quien venero como es justo y de ley, y represéntele que haciendo cuentas conmigo mismo, he hallado que me conviene más vivir pobre hidalgo que morir rico virrey.»

El soberano encontró sin fundamento la excusa, y el nombrado tuvo que embarcarse para América.

Sucediendo al enérgico marqués de Castelfuerte, la ley de las compensaciones exigía del nuevo virrey una política menos severa. Así, a fuerza de sagacidad y moderación, pudo el de Villagarcía impedir que tomasen incremento las turbulencias de Oruro y mantener a raya al cuzqueño Juan Santos, que se había proclamado inca.

No fue tan feliz con los almirantes ingleses Vernon y Jorge Andson, que con sus piraterías alarmaban la costa. Haciendo grandes esfuerzos e imponiendo una contribución al comercio, logró el virrey alistar una escuadra, cuyo jefe evitó siempre poner sus naves al alcance de los cañones ingleses, dando lugar a que Andson apresara el galeón de Manila, que llevaba un cargamento valuado en más de 3 millones de pesos.

Bajo su gobierno fue cuando el mineral del Cerro de Paseo principió a adquirir la importancia de que hoy goza, y entre otros sucesos curiosos de su época merecen consignarse la aurora boreal que se vio una noche en el Cuzco, y la muerte que dieron los fanáticos habitantes de Cuenca al cirujano de la expedición científica que a las órdenes del sabio La Condamine visitó la América. Los sencillos naturales pensaron, al ver unos extranjeros examinando el cielo con grandes telescopios, que esos hombres se ocupaban de hechicerías y malas artes.

A propósito de la venida de la comisión científica, leemos en un precioso manuscrito que existe en la biblioteca de Lima, titulado Viaje al globo de la Luna, que el pueblo limeño bautizó a los ilustres marinos españoles don Jorge Juan y don Antonio de Ulloa y a los sabios franceses Gaudin y La Condamine con el sobrenombre de los caballeros del punto fijo, aludiendo a que se proponían determinar con fijeza la magnitud y figura de la tierra. Un pedante, creyendo que los cuatro comisionados tenían facultad para alejar de Lima cuanto quisiesen la línea equinoccial, se echó a murmurar entre el pueblo ignorante contra el virrey marqués de Villagarcía, acusándolo de tacaño y menguado; pues por ahorrar un gasto de quince o 20.000 pesos que pudiera costar la obra, consentía en que la línea equinoccial se quedase como se estaba y los vecinos expuestos a sufrir los recios calores del verano. Trabajillo parece que costó convencer al populacho de que aquel charlatán ensartaba disparates. Así lo refiere el autor anónimo del ya citado manuscrito.

Después de nueve años y medio de gobierno, y cuando menos lo esperaba, fue el virrey desairosamente relevado con el futuro conde de Superunda en julio de 1745. Este agravio afectó tanto al anciano marqués de Villagarcía, que regresando para España, a bordo del navío Héctor, murió en el mar, en la costa patagónica, en diciembre del mismo año.

III

Lucas de Valladolid era un mestizo, de la ciudad de Huamanga, que ejercía en Lima el oficio de platero. Obra de sus manos eran las mejores alhajas que a la sazón se fabricaban. Pero el maestro Lucas picaba de generoso, y en el juego, el vino y las mozas de partido derrochaba sus ganancias.

Los padres agustinos le dispensaban gran consideración, y el maestro Lucas era uno de sus obligados comensales en los días de mantel largo. Nuestro platero conocía, pues, a palmos el convento y la iglesia, circunstancia que le sirvió para realizar el robo de la Custodia, tal como lo dejamos referido.

Dueño de tan valiosa prenda, se dirigió con ella a su casa, desarmó el Sol, fundió el oro y engarzó en anillos algunas piedras. Viendo la excitación que su crimen había producido, se resolvió a abandonar la ciudad y emprendió viaje a Huacanvelica, enterrando antes en la falda de San Cristóbal una parte de su riqueza.

La esposa del intendente Solá era limeña, y a ésta se presentó el maestro Lucas ofreciéndola en venta seis magníficos anillos. En uno de ellos lucía una preciosa esmeralda, y examinándola la señora, exclamó: «¡Qué rareza! Esta piedra es idéntica a la que obsequié para la Custodia de San Agustín».

Turbose el platero, y no tardó en despedirse.

Pocos minutos después entraba el intendente en la estancia de su esposa, y le participó que acababa de llegar un expreso de Lima con la noticia del sacrílego robo.

—Pues, hijo mío —le interrumpió la señora—, hace un rato que he tenido en casa al ladrón.

Con los informes de la intendenta procediose en el acto a buscar al maestro Lucas, pero ya éste había abandonado la población. Redobláronse los esfuerzos y salieron inmediatamente algunos indios en todas direcciones en busca del criminal, logrando aprehenderlo a tres leguas de distancia.

El sacrílego principió por una tenaz negativa; pero le aplicaron garrotillo en los pulgares o un cuarto de rueda, y cantó de plano.

Cuando el virrey recibió el oficio del intendente de Huancavelica despachó para guarda del reo una compañía de su escolta.

Llegado éste a Lima en enero de 1744, costó gran trabajo impedir que el pueblo lo hiciese añicos. ¡Las justicias populares son cosa rancia por lo visto!

A los pocos días fue el ladrón puesto en capilla, y entonces solicitó la gracia de que se le acordasen cuatro meses para fabricar una Custodia superior en mérito a la que él había destruido. Los agustinos intercedieron y la gracia fue otorgada.

Las familias pudientes contribuyeron con oro y nuevas alhajas, y cuatro meses después, día por día, la custodia, verdadera obra de arte, estaba concluida. En este intervalo el maestro Lucas dio en su prisión tan positivas muestras de arrepentimiento que le valieron la merced de que se le conmutase la pena.

Es decir, que en vez de achicharrarlo como a sacrílego, se le ahorcó muy pulcramente como a ladrón.

Un virrey y un arzobispo. Crónica de la época del trigésimo virrey del Perú

La época del coloniaje, fecunda en acontecimientos que de una manera providencial fueron preparando el día de la Independencia del Nuevo Mundo, es un venero poco explotado aún por las inteligencias americanas.

Por eso, y perdónese nuestra presuntuosa audacia, cada vez que la fiebre de escribir se apodera de nosotros, demonio tentador al que mal puede resistir la juventud, evocamos en la soledad de nuestras noches al genio misterioso que guarda la historia del ayer de un pueblo que no vive de recuerdos ni de esperanzas, sino de actualidad.

Lo repetimos: en América la tradición apenas tiene vida. La América conserva todavía la novedad de un hallazgo y el vapor de un fabuloso tesoro apenas principiado a explotar.

Sea por la indolencia de los gobiernos en la conservación de los archivos, o por descuido de nuestros antepasados en no consignar los hechos, es innegable que hoy sería muy difícil escribir una historia cabal de la época de los virreyes. Los tiempos primitivos del imperio de los Incas, tras los que está la huella sangrienta de la conquista, han llegado hasta nosotros con fabulosos e inverosímiles colores. Parece que igual suerte espera a los tres siglos de la dominación española.

Entretanto, toca a la juventud hacer algo para evitar que la tradición se pierda completamente. Por eso, en ella se fija de preferencia nuestra atención, y para atraer la del pueblo creemos útil adornar con las galas del romance toda narración histórica. Si al escribir estos apuntes sobre el fundador de Talca y los Ángeles no hemos logrado nuestro objeto, discúlpesenos en gracia de la buena intención que nos guiara y de la inmensa cantidad de polvo que hemos aspirado al hojear crónicas y deletrear manuscritos en países donde, aparte de la escasez de documentos, no están los archivos muy fácilmente a la disposición del que quiere consultarlos.

I. El número 13

El excelentísimo señor don José Manso de Velasco, que mereció de título de conde de Superunda por haber reedificado el Callao (destruido a consecuencia del famoso terremoto de 1746), se encargó del mando de los reinos del Perú el 13 de julio de 1745, en reemplazo del marqués de Villagarcía. Maldita la importancia que un cronista daría a esta fecha si, según cuentan añejos papeles, ella no hubiera tenido marcada influencia en el ánimo y porvenir del virrey; y aquí con venia tuya, lector amigo, va mi pluma a permitirse un rato de charla y moraleja.

Cuanto más inteligente o audaz es el hombre, parece que su espíritu es más susceptible de acoger una superstición. El vuelo o el canto de un pájaro es para muchos un sombrío augurio, cuyo prestigio no alcanza a vencer la fuerza del raciocinio. Solo el necio no es supersticioso. César en una tempestad confiaba en su fortuna. Napoleón, el que repartía tronos como botín de guerra, recordaba al dar una batalla la brillantez del Sol de Austerlitz, y aun es fama que se hizo decir la buenaventura por una echadora de cartas (mademoiselle Lenormand).

Pero la preocupación nunca es tan palmaria como cuando se trata del número 13. La casualidad hizo algunas veces que de trece convidados a un banquete, uno muriera en el término del año; y es seguro que de allí nace el prolijo cuidado con que los cabalistas cuentan las personas que se sientan a una mesa. Los devotos explican que la desgracia del 13 surge de que Judas completó este número en la divina cena.

Otra de las particularidades del 13, conocido también por docena de fraile, es la de designar las monedas que se dan en arras cuando un prójimo resuelve hacer la última calaverada. Viene de allí el horror instintivo que los solteros le profesan, horror que no sabremos decir si es o no fundado, como no osaríamos declararnos partidarios o enemigos de la santa coyunda matrimonial.

Quejábase un prójimo de haber asistido a un banquete en que eran trece los comensales.

—¿Y murió alguno? ¿Aconteció suceso infausto?

—¡Cómo no! —contestó el interrogado—. En ese año... me casé.

El hecho es que cuando el virrey quedó solo en Palacio con su secretario Pedro Bravo de Ribera, no pudo excusarse de decirle:

—Tengo para mí, Pedro, que mi gobierno me ha de traer desgracia. El corazón me da que este otro 13 no ha de parar en bien.

El secretario sonrió burlonamente de la superstición de su señor, en cuya vida, que él conocía a fondo, habría probablemente alguna aventura en la que desempeñara papel importante el fatídico número a que acababa de aludir.

Y que el corazón fue leal profeta para el virrey (pues en sus quince años de gobierno abundaron las desgracias), nos lo comprueba una rápida reseña histórica.

Poco más de un año llevaba en el mando don José Manso de Velasco cuando aconteció la ruina del Callao, y tras ella una asoladora epidemia en la sierra, y el incendio del archivo de gobierno que se guardaba en casa del marqués de Salinas, incendio que se tuvo por malicioso. Temblores formidables en Quito, Latacunga, Trujillo y Concepción de Chile, la inundación de Santa, un incendio que devoró a Panamá y la rebelión de los indios de Huarochirí, que se sofocó ahorcando a los principales cabecillas, figuran entre los sucesos siniestros de esa época.

En agosto de 1747 fundose a inmediaciones del destruido Callao el pueblo de Bellavista; se elevó el convento de Ocopa a colegio de propaganda fide; se consagró la iglesia de los padres descalzos; la monja y literata sor María Juana, con otras cuatro capuchinas, fundó un monasterio en Cajamarca; se observó el llamado cometa de Newton; se estableció el estanco de tabacos; se extinguió la Audiencia de Panamá, y en 1755 se formó un censo en Lima, resultando empadronados 54.000 habitantes.

II. Que trata de una excomunión, y de cómo por ella el virrey y el arzobispo se convirtieron en enemigos

La obligación de motivar el capítulo que a éste sigue nos haría correr el riesgo de tocar con hechos que acaso pudieran herir quisquillosas susceptibilidades, si no adoptáramos el partido de alterar nombres y narrar el suceso a galope. En una hacienda del valle de Ate, inmediata a Lima, existía un pobre sacerdote que desempeñaba las funciones de capellán del fundo. El propietario, que era nada menos que un título de Castilla, por cuestiones de poca monta y que no son del caso referir, hizo una mañana pasear por el patio de la hacienda, caballero en un burro y acompañado de rebenque, al bueno del capellán, el cual diz que murió a poco de vergüenza y de dolor.

Este horrible castigo, realizado en un ungido del Señor, despertó en el pacífico pueblo una gran conmoción. El crimen era inaudito. La Iglesia fulminó excomunión mayor contra el hacendado, en la que se mandaba derribar las paredes del patio donde fue escarnecido el capellán y que se sembrase sal en el terreno, amén de otras muchas ritualidades de las que haremos gracia al lector.

Nuestro hacendado, que disfrutaba de gran predicamento en el ánimo del virrey y que aindamáis era pariente por afinidad del secretario Bravo, se encontró amparado por éstos, que recurrieron a cuantos medios hallaron a sus alcances para que menguase en algo el rigor de la excomunión. El virrey fue varias veces a visitar al arzobispo con tal objeto; pero éste se mantuvo erre que erre.

Entretanto cundía ya en el pueblo una especie de somatén y crecían los temores de un serio conflicto para el gobierno. La multitud, cada vez más irritada, exigía el pronto castigo del sacrílego; y el virrey, convencido de que el metropolitano no era hombre de provecho para su empeño, se vio, mal su grado, en la precisión de ceder.

¡Vive Dios, que aquéllos sí eran tiempos para la Iglesia! El pueblo, no contaminado aún con la impiedad, que, al decir de muchos, avanza a pasos de gigante, creía entonces con la fe del carbonero. ¡Pícara sociedad que ha dado en la maldita fiebre de combatir las preocupaciones, y errores del pasado! ¡Perversa raza humana que tiende a la libertad y al progreso, y que en su roja bandera lleva impreso el imperativo de la civilización!; ¡Adelante! ¡Adelante!

Repetimos que muy en embrión y con gran cautela hemos apuntado este curioso hecho, desentendiéndonos de adornarlo con la multitud de glosas y de incidentes que sobre él corren. Las viejas cuentan que cuando murió el hacendado, desapareció su cadáver, que de seguro recibió sepultura eclesiástica, arrebatado por el que pintan a los pies de San Miguel, y que en las altas horas de la noche paseaba por las calles de Lima en un carro inflamado por llamas infernales y arrastrado por una cuadriga diabólica. Hoy mismo hay gentes que creen en estas paparruchas a pie juntillas. Dejemos al pueblo con sus locas creencias y hagamos punto y acápite.

III. De cómo el arzobispo de lima celebró misa después de haber almorzado

Sabido es que para los buenos habitantes de la republicana Lima las cuestiones de fueros y de regalías entre los poderes civil y eclesiástico han sido siempre piedrecilla de escándalo. Aun los que hemos nacido en estos asendereados tiempos, recordamos muchas enguinfingalfas entre nuestros presidentes y el metropolitano o los obispos. Mas en la época en que por su majestad don Fernando VI mandaba estos reinos del Perú el señor conde de Superunda, estaban casi contrabalanceados los dos poderes, y harto tímido era su excelencia para recurrir a golpes de autoridad. Cuestioncillas, fútiles acaso en su origen, como la que en otro capítulo dejamos consignada, agriaron los espíritus del virrey y del arzobispo Barroeta hasta engendrar entre los dos una sena odiosidad.

«Grande fue la competencia —dice Córdova Urrutia— entre el arzobispo y el virrey, por haber dispuesto aquél que se le tocase órgano al entrar en la Catedral y no al representante del monarca, y levantado quitasol, al igual de éste, en las procesiones. Las quejas fueron a la corte y ésta falló contra el arzobispo.»

El conde de Superunda, en su relación de mando, dice hablando del arzobispo: «Tuvo la desgracia de encontrar genios de fuego conocidos por turbulentos y capaces de alterar la república más bien ordenada. Éstos le indujeron a mandar sin reflexión, persuadiéndolo que debía mandar su jurisdicción con vigor, y que ésta se extendía sin límite. Y como obraba sin experiencia, brevemente se llenó de tropiezos con su Cabildo y varios tribunales. Los caminos a que induje muchas veces al arzobispo, atendiendo su decoro y la tranquilidad de la ciudad, eran máximas muy contrarias a las de sus consultores, y no perdieron tiempo en persuadirle que se subordinaba con desaire de su dignidad y que debía dar a conocer que era arzobispo, desviándose del virrey, que tanto le embarazaba. El concepto que le merecían los que así le aconsejaban, y la inclinación del arzobispo a mandar despóticamente lo precipitaron a escribirme una esquela privada con motivo de cierta cuestión particular, diciéndome que lo dejase obrar, y procuró retirarse cuanto pudo de mi comunicación. A poco tiempo se aumentaron las competencias con casi todos los tribunales y se llenó de edictos y mandatos la ciudad, poniéndose en gran confusión su vecindario. Si se hubieran de expresar todos los incidentes y tropiezos que se ofrecieron posteriormente al gobierno con el arzobispo, se formaría un volumen o historia de mucho bulto».

Y prosigue el conde de Superunda narrando la famosa querella del quitasol o baldaquino, en la procesión de la novena de la Concepción, que tuvo lugar por los años de 1752. No cumpliendo ella a nuestro propósito, preferimos dejarla en el tintero y contraernos a la última cuestión entre el representante de la corona y el arzobispo de Lima.

Práctica era que solo cuando pontificaba el metropolitano se sentase bajo un dosel inmediato al del virrey, y para evitar que el arzobispo pudiera sufrir lo que la vanidad calificaría de un desaire, iba siempre a palacio un familiar la víspera de la fiesta, con el encargo de preguntar si su excelencia concurriría o no a la fiesta.

En la fiesta de Santa Clara, monasterio fundado por Santo Toribio de Mogrovejo y al que legó su corazón, encontró Manso el medio, infalible en su concepto, de humillar a su adversario, contestando al mensajero que se sentía enfermo y que por lo tanto no concurriría a la función. Preparáronse sillas para la Real Audiencia, y a las doce de la mañana se dirigió Barroeta a la iglesia y se arrellanó bajo el dosel; mas con gran sorpresa vio poco después que entraba el virrey, precedido por las distintas corporaciones.

¿Qué había decidido a su excelencia a alterar así el ceremonial? Poca cosa. La certidumbre de que su ilustrísima acababa de almorzar, en presencia de legos y eclesiásticos, una tísica o robusta polla en estofado, que tanto no se cuidó de averiguar el cronista, con su correspondiente apéndice de bollos y chocolate de las monjas.

Convengamos en que era durilla la posición del arzobispo, que sin echarse a cuestas lo que él creía un inmenso ridículo, no podía hacer bajar su dosel. Su ilustrísima se sentía tanto más confundido cuanto más altivas y burlonas eran las miradas y sonrisas de los palaciegos. Pasaron así más de cinco minutos sin que diese principio la fiesta. El virrey gozaba en la confusión de Barroeta, y todos veían asegurado su triunfo. La espada humillaba a la sotana.

Pero el bueno del virrey hacía su cuenta sin la huéspeda, o lo que es lo mismo, olvidaba que quien hizo la ley hizo la trampa. Manso habló al oído de uno de sus oficiales, y éste se acercó al arzobispo manifestándole, en nombre de su excelencia cuán extraño era que permaneciese bajo dosel y de igual a igual quien no pudiendo celebrar misa, por causa de la consabida polla de almuerzo, perdía el privilegio en cuestión. El arzobispo se puso de pie, paseó su mirada por el lado de los golillas de la Audiencia y dijo con notable sangre fría:

—¡Señor oficial! Anuncie usted a su excelencia que pontifico.

Y se dirigió resueltamente a la sacristía, de donde salió en breve revestido. Y lo notable del cuento es que lo hizo como lo dijo.

IV. Donde la polla empieza a indigestarse

Dejamos a la imaginación de nuestros lectores calcular el escándalo que produciría la aparición del arzobispo en el altar mayor, escándalo que subió de punto cuando lo vieron consumir la divina Forma. El virrey no desperdició la ocasión de esparcir la cizaña en el pueblo, con el fin de que la grey declarase que su pastor había incurrido en flagrante sacrilegio. ¡Bien se barrunta que su excelencia no conocía a esa sufrida oveja que se llama pueblo! Los criollos, después de comentar largamente el suceso, se disolvían con esta declaratoria, propia del fanatismo de aquella época:

—Pues que comulgó su ilustrísima después de almorzar, licencia tendría de Dios.

Acaso por estas quisquillas se despertó el encono de la gente de claustro contra el virrey Manso; pues un fraile, predicando el sermón del Domingo de Ramos, tuvo la insolencia de decir que Cristo había entrado en Jerusalén montado en un burro manso, bufonería con la que creyó poner en ridículo a su excelencia.

Entretanto, el arzobispo no dormía, y mientras el virrey y la Real Audiencia dirigían al monarca y su Consejo de Indias una fundada acusación contra Barroeta, éste reunía en su palacio al Cabildo eclesiástico. Ello es que se extendió acta de lo ocurrido, en la que después de citar a los santos padres, de recurrir a los breves secretos de Paulo III y otros pontífices, y de destrozar los cánones, fue aprobada la conducta del que no se paró en pollas ni en panecillos, con tal de sacar avante lo que se llama fueros y dignidad de la Iglesia de Cristo. Con el acta ocurrió el arzobispo a Su Santidad, quien dio por bueno su proceder.

El Consejo de Indias no se sintió muy satisfecho, y aunque no increpó abiertamente a Barroeta, lo tildó de poco atento en haber recurrido a Roma sin tocar antes con la corona. Y para evitar que en lo sucesivo se renovasen las rencillas entre las autoridades política y religiosa, creyó conveniente su sacra real majestad trasladar a Barroeta a la silla arquiepiscopal de Granada, y que se encargase de la de Lima el señor don Diego del Corro, que entró en la capital en 26 de noviembre de 1758 y murió en Jauja después de dos años de gobierno.

Don Pedro Antonio de Barroeta y Ángel, natural de la Rioja en Castilla la Vieja, es entre los arzobispos que ha tenido Lima uno de los más notables por la moralidad de su vida y por su instrucción e ingenio. Hizo reimprimir las sinodales de Lobo Guerrero, y durante los siete años que, según Unanue, duró su autoridad, publicó varios edictos y reglamentos para reformar las costumbres del clero, que, al decir de un escritor de entonces, no eran muy evangélicas. A juzgar por el retrato que de él existe en la sacristía de la Catedral, sus ojos revelan la energía del espíritu y su despejada frente muestra claros indicios de inteligencia. Consiguió hacerse amar del pueblo, mas no de los canónigos, a quienes frecuentemente hizo entrar en vereda, y sostuvo con vigor los que, para el espíritu de su siglo y para su educación, consideraba como privilegios de la Iglesia.

En cuanto a nosotros, si hemos de ser sinceros, declaramos que no nos viene al magín medio de disculpar la conducta del arzobispo en la fiesta de Santa Clara; porque creemos, creencia de que no alcanzarán a apearnos todos los teólogos de la cristiandad, que la religión del Crucificado, religión de verdad severa, no puede permitir dobleces ni litúrgicos lances teatrales. Antes de sacar triunfante el orgullo, la vanidad clerical; antes de hacer elásticas las leyes sagradas; antes de abusar de la fe de un pueblo y sembrar en él la alarma y la duda, debió el ministro del Altísimo recordar las palabras del libro inmortal: ¡Ay de aquel por quien venga el escándalo! «Quémese la casa y no salga humo», era el refrán con que nuestros abuelos condenaban el escándalo.

V. Agudezas episcopales

Y por si no vuelve a presentárseme ocasión para hablar del arzobispo Barroeta, aprovecho ésta y saco a relucir algunas agudezas suyas. Cuando pasan rábanos, comprarlos.

Visitando su ilustrísima los conventos de Lima, llegó a uno donde encontró a los frailes arremolinados contra su provincial o superior. Quejábase la comunidad de que éste tiranizaba a sus inferiores, hasta el punto de prohibir que ninguno pusiese pie fuera del umbral de la portería sin previa licencia. El provincial empezó a defender su conducta: pero le interrumpió el señor Barroeta diciéndole:

—¡Calle, padre; calle, calle, calle!

El provincial se puso candado en la boca, el arzobispo echó una bendición y tomó el camino de la puerta, y los frailes quedaron contentísimos viendo desairado a su guardián.

Cuando le pasó a éste la estupefacción se dirigió al palacio arzobispal, y respetuosamente se querelló ante su ilustrísima de que, a presencia de la comunidad, le hubiera impuesto silencio.

—Lejos, muy lejos —le contestó Barroeta— estoy de ser grosero con nadie, y menos con su reverencia, a quien estimo. ¿Cuáles fueron mis palabras?

—Su ilustrísima interrumpió mis descargos diciéndome: «¡Calle, calle, calle!».

—¡Bendito de Dios! ¿Qué pedían los frailes? ¿Calle? Pues déles calle su reverencia, déjelos salir a la calle y lo dejarán en paz. No es culpa mía que su paternidad no me entendiera y que tomara el ascua por donde quema.

Y el provincial se despidió, satisfecho de que en el señor Barroeta no hubo propósito de agravio.

Fue este arzobispo aquel de quien cuentan que al salir del pueblo de Mala, lugarejo miserable y en el que su ilustrísima y comitiva tuvieron que conformarse con mala cena y peor lecho, exclamó:

> Entre médanos de arena,
> para quien bien se regala,
> no tiene otra cosa Mala

que tener el agua buena.

Y para concluir, vaya otra agudeza de su ilustrísima.

Parienta suya era la marquesa de X... y persona cuyo empeño fue siempre atendido por el arzobispo. Interesose ésta un día para que confiriese un curato vacante a cierto clérigo su protegido. Barroeta, que tenía poco concepto de la ilustración y moralidad del pretendiente, desairó a la marquesa. Encaprichose ella, acudió a España, gastó largo, y en vez de curato consiguió para su ahijado una canonjía metropolitana. Con la real cédula en mano, fue la marquesa a visitar al arzobispo y le dijo:

—Señor don Pedro, el rey hace canónigo al que usted no quiso hacer cura.

—Y mucho dinero le ha costado el conseguirlo, señora marquesa.

—Claro está —contestó la dama—; pero toda mi fortuna la habría gastado con gusto por no quedarme con el desaire en el cuerpo.

—Pues, señora mía, si su empeño hubiera sido por canonjía, de balde se la hubiera otorgado; pero dar cura de almas a un molondro... nequaquam. El buen párroco necesita cabeza, y para ser buen canónigo no se necesita poseer más que una cosa buena.

—¿Qué cosa? —preguntó la marquesa.

—Buenas posaderas para repantigarse en un sillón del coro.

VI. Donde se eclipsa la estrella de su excelencia

Después de dieciséis años de gobierno, sin contar los que había pasado en la presidencia de Chile, el conde de Superunda, que había solicitado de la corte su relevo, entregó el mando al excelentísimo señor don Manuel de Amat y Juniet el 12 de octubre de 1761.

El de Superunda es, sin disputa, una de las más notables figuras de la época del coloniaje. A él debe Chile la fundación de seis de sus más importantes ciudades, y la historia, justiciera siempre, le consagra páginas honrosas. El pueblo nunca es ingrato para con los que se desvelan por su bien, halagüeña verdad que por desgracia ponen frecuentemente en olvido los hombres públicos en Sudamérica. Manso, mientras ejerció la presidencia de Chile, fue recto en la administración, conciliador con las razas conquistadora y conquistada, infatigable en promover mejoras materiales, tenaz en despertar en la muchedumbre el hábito del trabajo. Con tan dignos antecedentes pasó al virreinato del Perú, en donde se encontró combatido por rastreras intrigas que entrabaron la marcha de su gobierno e hicieron inútiles sus buenas disposiciones. Por otra parte, su antecesor le entregaba el país en un estado de violenta conmoción. Apu Inca, al frente de algunas tribus rebeldes y ensoberbecidas por pequeños triunfos alcanzados sobre las fuerzas españolas, amenazaba desde Huarochirí un repentino ataque sobre la capital. Manso desplegó toda su actividad y energía, y en breve consiguió apresar y dar muerte al caudillo, cuya cabeza fue colocada en el arco del Puente de Lima. No se nos tilde de faltos de amor a la causa americana porque llamamos rebelde a Apu Inca. Las naciones se hallan siempre dispuestas a recibir el bienhechor rocío de la libertad, y en nuestro concepto, dando fe a documentos que hemos podido consultar, Apu Inca no era ni el apóstol de la idea redentora ni el descendiente de Manco Capac. Sus pretensiones eran las del ambicioso sin talento, que usurpando un nombre se convierte en jefe de una horda. Él proclamaba el exterminio de la raza blanca, sin ofrecer al indígena su rehabilitación política. Su causa era la de la barbarie contra la civilización.

Cansado Manso de los azares que lo rodeaban en el Perú, regresábase a Europa por Costa Firme, cuando, por su desdicha, tocó el buque que lo conducía en la isla de Cuba, asediada a la sazón por los ingleses.

don Modesto de la Fuente, en su Historia de España, trae curiosos pormenores acerca del famoso sitio de La Habana, en el que verá el lector cuán triste papel cupo desempeñar al conde de Superunda. Como teniente general, presidió el consejo de guerra reunido para decidir la rendición o resistencia de las plazas amenazadas; mas ya fuese que el aliento de Manso se hubiese gastado con los años, como lo supone el marqués de Obando, o porque en realidad creyese imposible resistir, arrastró la decisión del consejo a celebrar una capitulación, en virtud de la que un navío inglés condujo a Manso y sus compañeros al puerto de Cádiz.

Del juicio a que en el acto se les sujetó resultaba que la capitulación fue cobarde e ignominiosos los artículos consignados en ella, y que el conde de Superunda, causa principal del desastre, merecía ser condenado a la pérdida de honores y empleos, con la añadidura, nada satisfactoria, de dos años de encierro en la fortaleza de Monjuic.

Don José Manso, hombre de caridad ejemplar, no sacó por cierto una fortuna de su dilatado gobierno en el Perú. Cuéntase que habiéndole un día pedido limosna un pordiosero, le dio la empuñadura de su espada, que era de maciza plata, y notorios son los beneficios que prodigó a la multitud de familias que sufrieron las consecuencias del horrible terremoto que arruinó a Lima en 1746. Por ende, al salir de la prisión de Monjuic, se encontró el de Superunda tan falto de recursos como el más desarrapado mendigo.

VII. Donde aumenta en brillo la estrella de su ilustrísima

Empezaba la primavera del año de 1770, cuando paseando una tarde por la Vega el arzobispo de Granada, encontró un ejército de chiquillos que, con infantil travesura, retozaban por las calles de árboles. La simpatía que los viejos experimentan por los niños nos la explicamos recordando que la ancianidad y la infancia, «el ataúd y la cuna», están muy cerca de Dios.

Su ilustrísima se detuvo mirando con paternal sonrisa aquella alegre turba de escolares, disfrutando de la recreación que en los días jueves daban los preceptores de aquellos tiempos a sus discípulos. El dómine se hallaba sentado en un banco de césped, absorbido en la lectura en un libro, hasta que un familiar del arzobispo vino a sacarlo de su ocupación llamándolo en nombre de su ilustrísima.

Era el dómine un viejo venerable, de facciones francas y nobles, y que a pesar de su pobreza, llevaba la raída ropilla con cierto aire de distinción. Poco tiempo hacía que, establecido en Granada, dirigía una escuela, siendo conocido bajo el nombre del maestro Velasco y sin saberse nada de la historia de su vida.

Apenas lo miró el arzobispo, cuando reconoció en él al conde de Superunda y lo estrechó en los brazos. Pasado el primer transporte vinieron las confidencias; y por último, Barroeta lo comprometió a vivir a su lado y aceptar sus favores y protección. Manso rehusaba obstinadamente, hasta que su ilustrísima le dijo:

—Paréceme, señor conde, que aún me conserva rencor vueseñoría y creeré que por soberbia rechaza mi apoyo, o que me injuria suponiendo que en la adversidad trato de humillarlo.

—¡El poder, la gloria, la riqueza no son más que vanidad de vanidades! Y si imagináis, señor arzobispo, que por altivez no aceptaba vuestro amparo, desde hoy abandonaré la escuela para vivir en vuestra casa.

El arzobispo lo abrazó nuevamente y lo hizo montar en su carroza.

—Así como así —agregó el conde—, vuestro ministerio os obliga a curarme de mi loco orgullo. ¡Debellare superbos!

VIII

Desde aquel día, aunque amargadas por el recuerdo de sus desventuras y de la ingratitud del soberano, que al fin le devolvió su clase y honores, fueron más llevaderas y tranquilas las horas del desgraciado Superunda.

Rudamente, pulidamente, mañosamente. Crónica de la época del virrey Amat

I. En que el lector hace conocimiento con una hembra del coco, de rechupete y tilín

Leonorcica Michel era lo que hoy llamaríamos una limeña de rompe y rasga, lo que en los tiempos del virrey Amat se conocía por una mocita de tecum y de las que amarran la liga encima de la rodilla. Veintisiete años con más mundo que el que descubrió Colón, color sonrosado, ojos de más preguntas y respuestas que el catecismo, nariz de escribano por lo picaresca, labios retozones, y una tabla de pecho como para asirse de ella un náufrago, tal era en compendio la muchacha. Añádanse a estas perfecciones brevísimo pie, torneada pantorrilla, cintura estrecha, aire de taco y sandunguero, de esos que hacen estremecer hasta a los muertos del campo santo. La moza, en fin, no era boccato di cardenale, sino boccato de concilio ecuménico.

Paréceme que con el retrato basta y sobra para esperar mucho de esa pieza de tela emplástica, que

era como el canario
que va y se baña,
y luego se sacude
con arte y maña.

Leonorcica, para colmo de venturanza, era casada con un honradísimo pulpero español, más bruto que el que asó a la manteca, y a la vez más manso que todos los carneros juntos de la cristiandad y morería. El pobrete no sabía otra cosa que aguar el vino, vender gato por liebre y ganar en su comercio muy buenos cuartos, que su bellaca mujer se encargaba de gastar bonitamente en cintajos y faralares, no para más encariñar a su cónyuge, sino para engatusar a los oficiales de los regimientos del rey. A la chica, que de suyo era tornadiza, la había agarrado el diablo por la milicia y... ¡échele usted un galgo a su honestidad! Con razón decía uno: «Algo tendrá el matrimonio, cuando necesita bendición de cura».

El pazguato del marido, siempre que la sorprendía en gatuperios y juegos nada limpios con los militares, en vez de coger una tranca y derrengarla, se conformaba con decir:

—Mira, mujer, que no me gustan militronchos en casa y que un día me pican las pulgas y hago una que sea sonada.

—Pues mira, ¡arrastrado!, no tienes más que empezar —contestaba la mozuela, puesta en jarras y mirando entre ceja y ceja a su víctima.

Cuentan que una vez fue el pulpero a querellarse ante el provisor y a solicitar divorcio, alegando que su conjunta lo trataba mal.

—¡Hombre de Dios! ¿Acaso te pega? —le preguntó su señoría.

—No, señor —contestó el pobre diablo—, no me pega..., pero me la pega.

Este marido era de la misma masa de aquel otro que cantaba:

> Mi mujer me han robado
> tres días ha:
> ya para bromas basta:
> vuélvanmela.

Al fin la cachaza tuvo su límite, y el marido hizo... una que fue sonada. ¿Perniquebró a su costilla? ¿Le rompió el bautismo a algún galán? ¡Quiá! Razonando filosóficamente, pensó que era tontuna perderse un hombre por perrerías de una mala pécora; que de hembras está más que poblado este pícaro mundo, y que, como dijo no sé quién, las mujeres son como las ranas, que por una que zabulle salen cuatro a flor de agua.

De la noche a la mañana traspasó, pues, la pulpería, y con los reales que el negocio le produjo se trasladó a Chile, donde en Valdivia puso una cantina.

¡Qué fortuna la de las anchovetas! En vez de ir al puchero se las deja tranquilamente en el agua.

Esta metáfora traducida a buen romance quiere decir que Leonorcica, lejos de lloriquear y tirarse de las greñas, tocó generala, revistó a sus amigos de cuartel, y de entre ellos, sin más recancamusas, escogió para amante de relumbrón al alférez del regimiento de Córdoba don Juan Francisco Pulido, mocito que andaba siempre más emperejilado que rey de baraja fina.

II. Mano de historia

Si ha caído bajo tu dominio, lector amable, mi primer libro de Tradiciones, habrás hecho conocimiento con el excelentísimo señor don Manuel Amat y Juniet, trigésimo primo virrey del Perú por su majestad Fernando VI. Ampliaremos hoy las noticias históricas que sobre él teníamos consignadas.

La capitanía general de Chile fue, en el siglo pasado, un escalón para subir al virreinato. Manso de Velasco, Amat, Jáuregui, O'Higgins y Avilés, después de haber gobernado en Chile, vinieron a ser virreyes del Perú.

A fines de 1771 se hizo Amat cargo del gobierno. «Traía —dice un historiador— la reputación de activo, organizador, inteligente, recto hasta el rigorismo y muy celoso de los intereses públicos, sin olvidarla propia conveniencia.» Su valor personal lo había puesto a prueba en una sublevación de presos en Santiago. Amat entró solo en la cárcel, y recibido a pedradas, contuvo con su espada a los rebeldes. Al otro día ahorcó docena y media de ellos. Como se ve, el hombre no se andaba en repulgos.

Amat principió a ejercer el gobierno cuando, hallándose más encarnizada la guerra de España con Inglaterra y Portugal, las colonias de América recelaban una invasión. El nuevo virrey atendió perfectamente a poner en pie de defensa la costa desde Panamá a Chile, y envió eficaces auxilios de armas y dinero al Paraguay y Buenos Aires. Organizó en Lima milicias cívicas, que subieron a cinco mil hombres de infantería y dos mil de caballería, y él mismo se hizo reconocer por coronel del regimiento de nobles, que contaba con cuatrocientas plazas. Efectuada la paz, Carlos III premió a Amat con la cruz de San Jenaro, y mandó a Lima veintidós hábitos de caballeros de diversas órdenes para los vecinos que más se habían distinguido por su entusiasmo en la formación, equipo y disciplina de las milicias.

Bajo su gobierno se verificó el Concilio provincial de 1772, presidido por el arzobispo don Diego Parada, en que fueron confirmados los cánones del Concilio de Santo Toribio.

Hubo de curioso en este Concilio que habiendo investigado Amat al franciscano fray Juan de Marimón, su paisano, confesor y aun pariente, con el carácter de teólogo representante del real patronato, se vio en el conflicto de tener que destituirlo y desterrarlo por dos años a Trujillo. El padre Marimón, combatiendo en la sesión del 28 de febrero al obispo Espiñeyra y al crucífero Durán, que defendían la doctrina del probabilismo, anduvo algo cáustico con sus adversarios. Llamado al orden Marimón, contestó, dando una palmada sobre la tribuna: «Nada de gritos, ilustrísimo señor, que respetos guardan respetos, y si su señoría vuelve a gritarme, yo tengo pulmón más fuerte y le sacaré ventaja». En uno de los volúmenes de Papeles varios de la Biblioteca de Lima se encuentran un opúsculo del padre agonizante Durán, una carta del obispo fray Pedro Ángel de Espiñeyra, el decreto de Amat y una réplica de Marimón, así como el sermón que pronunció éste en las exequias del padre *Pachi*, muerto en olor de santidad.

El virrey, cuyo liberalismo en materia religiosa se adelantaba a su época, influyó, aunque sin éxito, para que se obligase a los frailes a hacer vida común y a reformar sus costumbres, que no eran ciertamente evangélicas. Lima encerraba entonces entre sus murallas la bicoca de mil trescientos frailes, y los monasterios de monjas la pigricia de setecientas mujeres.

Para espiar a los frailes que andaban en malos pasos por los barrios de Abajo el Puente, hizo Amat construir el balcón de palacio que da a la plazuela de los Desamparados, y se pasaba muchas horas escondido tras de las celosías.

Algún motivo de tirria debieron darle los frailes de la Merced, pues siempre que divisaba hábito de esa comunidad murmuraba entre dientes: «¡Buen blanco!». Los que lo oían pensaban que el virrey se refería a la tela del traje, hasta que un curioso se atrevió a pedirle aclaración, y entonces dijo Amat: «¡Buen blanco para una bala de cañón!».

En otra ocasión hemos hablado de las medidas prudentes y acertadas que tomó Amat para cumplir la real orden por la que fueron expulsados los miembros de la Compañía de Jesús. El virrey inauguró inmediatamente en el local del colegio de los jesuitas el famoso Convictorio de San Carlos, que tantos hombres ilustres ha dado a la América.

Amotinada en el Callao a los gritos de «¡Viva el rey y muera su mal gobierno!» la tripulación de los navíos Septentrión y Astuto, por retardo en el pagamento de sueldos, el virrey enarboló en un torreón la bandera de justicia, asegurándola con siete cañonazos. Fue luego a bordo, y tras brevísima información mandó colgar de las entenas a los dos cabecillas y diezmó la marinería insurrecta, fusilando diecisiete. Amat decía que la justicia debe ser como el relámpago.

Amat cuidó mucho de la buena policía, limpieza y ornato de Lima. Un hospital para marineros en Bellavista; el templo de las Nazarenas, en cuya obra trabajaba a veces como carpintero; la Alameda y plaza de Ancho para las corridas de toros, y el Coliseo, que ya no existe, para las lidias de gallos, fueron de su época. Emprendió también la fábrica, que no llegó a terminarse, del Paseo de Aguas y que, a juzgar por lo que aún se ve, habría hecho competencia a Saint Cloud y a Versalles.

Licencioso en sus costumbres, escandalizó bastante al país con sus aventuras amorosas. Muchas páginas ocuparían las historietas picantes en que figura el nombre de Amat unido al de Micaela Villegas, la Perricholi, actriz del teatro de Lima.

Sus contemporáneos acusaron a Amat de poca pureza en el manejo de los fondos públicos, y daban por prueba de su acusación que vino de Chile con pequeña fortuna y que, a pesar de lo mucho que derrochó con la Perricholi, que gastaba un lujo insultante, salió del mando millonario. Nosotros ni quitamos ni ponemos, no entramos en esas honduras y decimos caritativamente que el virrey supo, en el juicio de residencia, hacerse absolver de este cargo, como hijo de la envidia y de la maledicencia humanas.

En julio de 1776, después de cerca de quince años de gobierno, lo reemplazó el excelentísimo señor don Manuel Guirior.

Amat se retiró a Cataluña, país de su nacimiento, en donde, aunque octogenario y achacoso, contrajo matrimonio con una joven sobrina suya.

Las armas de Amat eran: escudo en oro con un ave de siete cabezas de azur.

III. Donde el lector hallará tres retruécanos no rebuscados sino históricos

Por los años de 1772 los habitantes de esta, hoy prácticamente republicana ciudad de los reyes se hallaban poseídos del más profundo pánico. ¿Quién era el guapo que después de las diez de la noche asomaba las narices por esas calles? Una carrera de gatos o ratones en el techo bastante para producir en una casa soponcios femeniles, alarmas masculinas y barrullópolis mayúsculo.

La situación no era para menos. Cada dos o tres noches se realizaba algún robo de magnitud, y según los cronistas de esos tiempos, tales delitos salían, en la forma, de las prácticas hasta entonces usadas por los discípulos de Caco. Caminos subterráneos, forados abiertos por medio del fuego, escalas de alambre y otras invenciones mecánicas revelaban, amén de la seguridad de sus golpes, que los ladrones no solo eran hombres de enjundia y pelo en pecho, sino de imaginativa y cálculo. En la noche del 10 de julio ejecutaron un robo que se estimó en 30.000 pesos.

Que los ladrones no eran gentuza de poco más o menos, lo reconocía el mismo virrey, quien, conversando una tarde con los oficiales de guardia que lo acompañaban a la mesa, dijo con su acento de catalán cerrado.

—¡Muchi diablus de latrons!

—En efecto, excelentísimo señor —le repuso el alférez don Juan Francisco Pulido—. Hay que convenir en que roban pulidamente.

Entonces el teniente de artillería don José Manuel Martínez Ruda lo interrumpió.

—Perdone el alférez. Nada de pulido encuentro; y lejos de eso, desde que desvalijan una casa contra la voluntad de su dueño, digo que proceden rudamente.

—¡Bien! Señores oficiales, se conoce que hay chispa —añadió el alcalde ordinario don Tomás Muñoz, y que era, en cuanto a sutileza, capaz de sentir el galope del caballo de copas—. Pero no en vano empuño yo una vara que hacer caer mañosamente sobre esos pícaros que traen al vecindario con el credo en la boca.

IV. Donde se comprueba que a la larga el toro fina en el matadero y el ladrón en la horca

Al anochecer del 31 de julio del susodicho año de 1772, un soldado entró cautelosamente en la casa del alcalde ordinario don Tomás Muñoz, y se entretuvo con él una hora en secreta plática.

Poco después circulaban por la ciudad rondas de alguaciles y agentes de la policía que fundó Amat con el nombre de encapados.

En la mañana del 1.º de agosto todo el mundo supo que en la cárcel de corte y con gruesas barras de grillos se hallaban aposentados el teniente Ruda, el alférez Pulido, seis soldados del regimiento de Saboya, tres del regimiento de Córdoba y ocho paisanos. Hacíanles también compañía doña Leonor Michel y doña Manuela Sánchez, las de los oficiales, y tres mujeres del pueblo, mancebas de soldados. Era justo que quienes estuvieron a las maduras participasen de las duras. Quien comió la carne que roa el hueso.

El proceso, curiosísimo en verdad y que existe en los archivos de la Excma. Corte Suprema, es largo para extractado. Baste saber que el 13 de agosto no quedó en Lima títere que no concurriese a la plaza Mayor, en la que estaban formadas las tropas regulares y milicias cívicas.

Después de degradados con el solemne ceremonial de las ordenanzas militares los oficiales Ruda y Pulido, pasaron junto con nueve de sus cómplices a balancearse en la horca, alzada frente al callejón de Petateros. El verdugo cortó luego las cabezas, que fueron colocadas en escarpias en el Callao y en Lima.

Los demás reos obtuvieron pena de presidio, y cuatro fueron absueltos, contándose entre éstos doña Manuela Sánchez, la querida de Ruda. El proceso demuestra que si bien fue cierto que ella percibió los provechos, ignoró siempre de dónde salían las misas.

V. En que se copia una sentencia que puede arder en un candil

«En cuanto a doña Leonor Michel, receptora de especies furtivas, la condeno a que sufra cincuenta azotes, que le darán en su prisión de mano del verdugo, y a ser rapada de cabeza y cejas, y después de pasada tres veces por la horca, será conducida al real beaterio de Amparadas de la Concepción de esta ciudad a servir en los oficios más bajos y viles de la casa, reencargándola a la madre superiora para que la mantenga con la mayor custodia y precaución, ínterin se presenta ocasión de navío que salga para la plaza de Valdivia, adonde será trasladada en partida de registro a vivir en unión de su marido, y se mantendrá perpetuamente en dicha plaza. –Dio y pronunció esta sentencia el excelentísimo señor don Manuel de Amat y Juniet, caballero de la Orden de San Juan, del Consejo de su majestad, su gentilhombre de cámara con entrada, teniente general de sus reales ejércitos, virrey, gobernador y capitán general de estos reinos del Perú y Chile; y en ella firmó su nombre estando haciendo audiencia en su gabinete, en los Reyes, a 11 de agosto de 1772, siendo testigo don Pedro Juan Sanz, su secretario de cámara, y don José Garmendia, que lo es de cartas. —Gregorio González de Mendoza, escribano de su majestad y Guerra.»

¡Cáscaras! ¿No les parece a ustedes que la sentencia tiene tres pares de perendengues?

Ignoramos si el marido entablaría recurso de fuerza al rey por la parte en que, sin comerlo ni beberlo, se le obligaba a vivir en ayuntamiento y con la media naranja que le dio la Iglesia, o si cerró los ojos y aceptó la libranza, que bien pudo ser; pues para todo hay genios en la viña del Señor.

El resucitado. Crónica de la época del trigésimo segundo virrey

A principios del actual siglo existía en la Recolección de los descalzos un octogenario de austera virtud y que vestía el hábito de hermano lego. El pueblo, que amaba mucho al humilde monje, conocíalo solo con el nombre de el Resucitado. Y he aquí la auténtica y sencilla tradición que sobre él ha llegado hasta nosotros.

I

En el año de los tres sietes (número apocalíptico y famoso por la importancia de los sucesos que se realizaron en América) presentose un día en el hospital de San Andrés un hombre que frisaba en los cuarenta agostos, pidiendo ser medicinado en el santo asilo. Desde el primer momento los médicos opinaron que la dolencia del enfermo era mortal, y le previnieron que alistase el bagaje para pasar a mundo mejor.

Sin inmutarse oyó nuestro individuo el fatal dictamen, y después de recibir los auxilios espirituales o de tener el práctico a bordo, como decía un marino, llamó a Gil Paz, ecónomo del hospital, y díjole, sobre poco más o menos:

—Hace quince años que vine de España, donde no dejo deudos, pues soy un pobre expósito. Mi existencia en Indias ha sido la del que honradamente busca el pan por medio del trabajo; pero con tan aviesa fortuna que todo mi caudal, fruto de mil privaciones y fatigas, apenas pasa de cien onzas de oro que encontrará vuesamerced en un cincho que llevo al cuerpo. Si como creen los físicos, y yo con ellos, su Divina Majestad es servida llamarme a su presencia, lego a vuesamerced mi dinero para que lo goce, pidiéndole únicamente que vista mi cadáver con una buena mortaja del seráfico padre San Francisco, y pague algunas misas en sufragio de mi alma pecadora.

Don Gil juró por todos los santos del calendario cumplir religiosamente con los deseos de moribundo, y que no solo tendría mortaja y misas, sino un decente funeral. Consolado así el enfermo, pensó que lo mejor que le quedaba por hacer era morirse cuanto antes; y aquella misma noche empezaron a enfriársele las extremidades, y a las cinco de la madrugada era alma de la otra vida.

Inmediatamente pasaron las peluconas al bolsillo del ecónomo, que era un avaro más ruin que la encarnación de la avaricia. Hasta su nombre revela lo menguado del sujeto: ¡¡¡Gil Paz!!! No es posible ser más tacaño de letras ni gastar menos tinta para una firma.

Por entonces no existía aún en Lima el cementerio general que, como es sabido, se inauguró el martes 31 de mayo de 1808; y aquí es curioso consignar que el primer cadáver que se sepultó en nuestra necrópolis al día siguiente fue el de un pobre de solemnidad llamado Matías Isurriaga, quien, cayéndose de un andamio sobre el cual trabajaba como albañil, se hizo tortilla en el atrio mismo del cementerio. Los difuntos se enterraban en un corralón o campo santo que tenía cada hospital, o en las bóvedas de las iglesias, con no poco peligro de la salubridad pública.

Nuestro don Gil reflexionó que el finado le había pedido muchas gollerías; que podía entrar en la fosa común sin asperges, responsos ni sufragios; y que, en cuanto a ropaje, bien aviado iba con el raído pantalón y la mugrienta camisa con que lo había sorprendido la flaca.

—En el hoyo no es como en el mundo —filosofaba Gil Paz—, donde nos pagamos de exterioridades y apariencias, y muchos hacen papal por la tela del vestido. ¡Vaya una pechuga la del difunto! No seré yo, en mis días, quien halague su vanidad, gastando los 4 pesos que importa la jerga franciscana. ¿Querer lujo hasta para pudrir tierra? ¡Hase visto presunción de la laya! ¡Milagro no le vino en antojo que lo enterrasen con guantes de gamuza, botas de campana y gorguera de encaje! Vaya al agujero como está el muy bellaco, y agradézcame que no lo mande en el traje que usaba el padre Adán antes de la golosina.

Y dos negros esclavos del hospital cogieron el cadáver y lo transportaron al corralón que servía de cementerio.

Dejemos por un rato en reposo al muerto, y mientras el sepulturero abre la zanja fumemos un cigarrillo, charlando sobre el gobierno y la política de aquellos tiempos.

II

El excelentísimo señor don Manuel Guirior, natural de Navarra y de la familia de San Francisco Javier, caballero de la Orden de San Juan, teniente general de la real armada, gentilhombre de cámara y marqués de Guirior, hallábase como virrey en el nuevo reino de Granada, donde había contraído con doña María Ventura, joven bogotana, cuando fue promovido por Carlos III al gobierno del Perú.

Guirior, acompañado de su esposa, llegó a Lima de incógnito el 17 de julio de 1776, como sucesor de Amat. Su recibimiento público se verificó con mucha pompa el 3 de diciembre, es decir, a los cuatro meses de haberse hecho cargo del gobierno. La sagacidad de su carácter y sus buenas dotes administrativas le conquistaron en breve el aprecio general. Atendió mucho a la conversión de infieles, y aun fundó en Chanchamayo colonias y fortalezas, que posteriormente fueron destruidas por los salvajes. En Lima estableció el alumbrado público con pequeño gravamen de los vecinos, y fue el primer virrey que hizo publicar bandos contra el diluvio llamado juego de carnavales. Verdad es que, entonces como ahora, bandos tales fueron letra muerta.

Guirior fue el único, entre los virreyes, que cedió a los hospitales los 10 pesos que, para sorbetes y pastas estaban asignados por real cédula a su excelencia siempre que honraba con su presencia una función de teatro. En su época se erigió el virreinato de Buenos Aires y quedó terminada la demarcación de límites del Perú, según el tratado de 1777 entre España y Portugal, tratado que después nos ha traído algunas desazones con el Brasil y el Ecuador.

En el mismo aciago año de los tres sietes nos envió la corte al consejero de Indias don José Areche, con el título de superintendente y visitador general de la real Hacienda y revestido de facultades omnímodas tales, que hacían casi irrisoria la autoridad del virrey. La verdadera misión del enviado regio era la de exprimir la naranja hasta dejarla sin jugo. Areche elevó la contribución de indígenas a un millón de pesos; creó la junta de diezmos; los estancos y alcabalas dieron pingües rendimientos; abrumó de impuestos y socaliñas a los comerciantes y mineros, y tanto ajustó la cuerda que en Huaraz, Lambayeque, Huánuco, Pasco, Huancavelica, Moquegua y otros lugares estallaron senos desórdenes, en los que hubo corregidores, alcabaleros y empleados reales ajusticiados por el pueblo. «La excitación era tan grande —dice Lorente— que en Arequipa los muchachos de una escuela dieron muerte a uno de sus camaradas que, en sus juegos, había hecho el papel de aduanero, y en el llano de Santa Marta dos mil arequipeños osaron, aunque con mal éxito, presentar batalla a las milicias reales.» En el Cuzco se descubrió muy oportunamente una vasta conspiración encabezada por don Lorenzo Farfán y un indio cacique, los que, aprehendidos, terminaron su existencia en el cadalso.

Guirior se esforzó en convencer al superintendente de que iba por mal camino; que era mayúsculo el descontento, que con el rigorismo de sus medidas no lograría establecer los nuevos impuestos, sino crear el peligro de que el país en masa recurriese a la protesta armada, previsión que dos años más tarde y bajo otro virrey, vino a justificar la sangrienta rebelión de Tupac-Amaru. Pero Areche pensaba que el rey lo había enviado al Perú para que, sin pararse en barras, enriqueciese el real tesoro a expensas de la tierra conquistada, y que los peruanos eran siervos cuyo sudor, convertido en oro, debía pasar a las arcas de Carlos III. Por lo tanto, informó al soberano que Guirior lo embarazaba para esquilmar el país y que nombrase otro virrey, pues su excelencia maldito si servía para lobo rapaz y carnicero. Después de cuatro años de gobierno, y sin la más leve fórmula de cortesía, se vio destituido don Manuel Guirior, trigésimo segundo virrey del Perú, y llamado a Madrid, donde murió pocos meses después de su llegada.

Vivió una vida bien vivida.

Así en el juicio de residencia como en el secreto que se le siguió, salió victorioso el virrey y fue castigado Areche severamente.

III

En tanto que el sepulturero abría la zanja, una brisa fresca y retozona oreaba el rostro del muerto, quien ciertamente no debía estarlo en regla, pues sus músculos empezaron a agitarse débilmente, abrió luego los ojos y, al fin, por uno de esos maravillosos instintos del organismo humano, hízose cargo de su situación. Un par de minutos que hubiera tardado nuestro español en volver de su paroxismo o catalepsia, y las paladas de tierra no le habrían dejado campo para rebullirse y protestar.

Distraído el sepulturero con su lúgubre y habitual faena, no observó la resurrección que se estaba verificando hasta que el muerto se puso sobre sus puntales y empezó a marchar con dirección a la puerta. El búho de cementerio cayó accidentado, realizándose casi al pie de la letra aquello que canta la copla:

el vivo se cayó muerto
y el muerto partió a correr.

Encontrábase don Gil en la sala de San Ignacio vigilando que los topiqueros no hiciesen mucho gasto de azúcar para endulzar las tisanas, cuando una mano se posó familiarmente en su hombro y oyó una voz cavernosa que le dijo: «¡Avariento! ¿Dónde está mi mortaja?».

Volviose aterrorizado don Gil. Sea el espanto de ver un resucitado de tan extraño pelaje, o sea la voz de la conciencia hubiese hablado en él muy alto, es el hecho que el infeliz perdió desde ese instante la razón. Su sacrílega avaricia tuvo la locura por castigo.

En cuanto al español, quince días más tarde salía del hospital completamente restablecido, y después de repartir en limosnas las peluconas causa de la desventura de don Gil, tomó el hábito de lego en el convento de los padres descalzos, y personas respetables que lo conocieron y trataron nos afirman que alcanzó a morir en olor de santidad, allá por los años de 1812.

El corregidor de Tinta. Crónica de la época del trigésimo tercio virrey

> Ahorcaban a un delincuente
> y decía su mujer:
> No tengas pena, pariente;
> todavía puede ser
> que la soga se reviente.
> Anónimo

I

Era el 4 de noviembre de 1780, y el cura de Tungasuca, para celebrar a su santo patrón, que lo era también de su majestad Carlos III, tenía congregados en opíparo almuerzo a los más notables vecinos de la parroquia y algunos amigos de los pueblos inmediatos que, desde el amanecer, habían llegado a felicitarlo por su cumpleaños.

El cura don Carlos Rodríguez era un clérigo campechano, caritativo y poco exigente en el cobro de los diezmos y demás provechos parroquiales, cualidades apostólicas que lo hacían el ídolo de sus feligreses. Ocupaba aquella mañana la cabecera de la mesa, teniendo a su izquierda a un descendiente de los Incas, llamado don José Gabriel Tupac-Amaru, y a su derecha a doña Micaela Bastidas, esposa del cacique. Las libaciones se multiplicaban y, como consecuencia de ellas, reinaba la más expansiva alegría. De pronto sintiose el galope de un caballo que se detuvo a la puerta de la casa parroquial, y el jinete, sin descalzarse las espuelas, penetró en la sala del festín.

El nuevo personaje llamábase don Antonio de Arriaga, corregidor de la provincia de Tinta, hidalgo español muy engreído con lo rancio de su nobleza y que despotizaba, por plebeyos, a europeos y criollos. Grosero en sus palabras, brusco de modales, cruel para con los indios de la mita y avaro hasta el extremo de que si en vez de nacer hombre hubiera nacido reloj, por no dar no habría dado ni las horas, tal era su señoría. Y para colmo de desprestigio, el provisor y canónigos del Cuzco lo habían excomulgado solemnemente por ciertos avances contra la autoridad eclesiástica.

Todos los comensales se pusieron de pie a la entrada del corregidor, quien, sin hacer atención en el cacique don José Gabriel, se dejó caer sobre la silla que éste ocupaba, y noble indio fue a colocarse a otro extremo de la mesa, sin darse por entendido de la falta de cortesía del empingorotado español. Después de algunas frases vulgares, de haber refocilado el estómago con las viandas y remojado la palabra, dijo su señoría:

—No piense vuesa merced que me he pegado un trote desde Yanaoca solo por darle saludes.

—Usiría sabe —contestó el párroco— que cualquiera que sea la causa que lo trae es siempre bien recibido en esta humilde choza.

—Huélgome por vuesa merced de haberme convencido personalmente de la falsedad de un aviso que recibí ayer, que a haberlo encontrado real, juro cierto que no habría reparado en hopalandas ni tonsura para amarrar a vuesa merced y darle una zurribanda de que guardara memoria en los días de su vida; que mientras yo empuñe la vara, ningún monigote me ha de resollar gordo.

—Dios me es testigo de que no sé a qué vienen las airadas palabras de su señoría —murmuró el cura, intimidado por los impertinentes conceptos de Arriaga.

—Yo me entiendo y bailo solo, señor don Carlos. Bonito es mi pergenio para tolerar que en mi corregimiento, a mis barbas, como quien dice, se lean censuras ni esos papelotes de excomunión que contra mí reparte el viejo loco que anda de provisor en el Cuzco, y ¡por el ánima de mi padre, que esté en gloria, que tengo de hacer mangas y capirotes con el primer cura que se me descantille en mi jurisdicción! ¡Y cuenta que se me suba la mostaza a las narices y me atufe un tantico, que en un verbo me planto en el Cuzco y torno chanfaina y picadillo a esos canónigos barrigudos y abarraganados!

Y enfrascado el corregidor en sus groseras baladronadas, que solo interrumpía para apurar sendos tragos de vino, no observó que don Gabriel y algunos de los convidados iban desapareciendo de la sala.

II

A las seis de la tarde el insolente hidalgo galopaba en dirección a la villa de su residencia, cuando fue enlazado su caballo; y don Antonio se encontró en medio de cinco hombres armados, en los que reconoció a otros tantos de los comensales del cura.

—Dése preso vuesa merced —le dijo Tupac-Amaru, que era el que acaudillaba el grupo. Y sin dar tiempo al maltrecho corregidor para que opusiera la menor resistencia, le remacharon un par de grillos y lo condujeron a Tungasuca. Inmediatamente salieron indios con pliegos para el Alto Perú y otros lugares, y Tupac-Amaru alzó bandera contra España.

Pocos días después, el 10 de noviembre, destacábase una horca frente a la capilla de Tungasuca; y el altivo español, vestido de uniforme y acompañado de un sacerdote que lo exhortaba a morir cristianamente, oyó al pregonero estas palabras:

Ésta es la justicia que don José Gabriel I, por la gracia de Dios, inca, rey del Perú, Santa Fe, Quito, Chile, Buenos Aires y continente de los madres del Sur, duque y señor de los Amazonas y del gran Paititi, manda hacer en la persona de Antonio de Arriaga por tirano, alevoso, enemigo de Dios y sus ministros, corruptor y falsario.

Enseguida el verdugo, que era un negro esclavo del infeliz corregidor, le arrancó él uniforme en señal de degradación, le vistió una mortaja y le puso la soga al cuello. Mas al suspender el cuerpo, a pocas pulgadas de la tierra, reventó la cuerda; y Arriaga, aprovechando la natural sorpresa que en los indios produjo este incidente, echó a correr en dirección a la capilla, gritando: «¡Salvo soy! ¡A iglesia me llamo! ¡La iglesia me vale!».

Iba ya el hidalgo a penetrar en sagrado, cuando se le interpuso el Inca Tupac-Amaru y lo tomó del cuello, diciéndole:

—¡No vale la iglesia a tan gran pícaro como vos! ¡No vale la iglesia a un excomulgado por la Iglesia!

Y volviendo el verdugo a apoderarse del sentenciado, dio pronto remate a su sangrienta misión.

III

Aquí deberíamos dar por terminada la tradición; pero el plan de nuestra obra exige que consagremos algunas líneas por vía de epílogo al virrey en cuya época de mando aconteció este suceso.

El excelentísimo señor don Agustín de Jáuregui, natural de Navarra y de la familia de los condes de Miranda y de Teba, caballero de la Orden de Santiago y teniente general de los reales ejércitos, desempeñaba la presidencia de Chile cuando Carlos III relevó con él, injusta y desairosamente, al virrey don Manuel Guirior. El caballero de Jáuregui llegó a Lima el 21 de junio de 1780, y francamente, que ninguno de sus antecesores recibió el mando bajo peores auspicios.

Por una parte, los salvajes de Chanchamayo acababan de incendiar y saquear varias poblaciones civilizadas; y por otra, el recargo de impuestos y los procedimientos tiránicos del visitador Areche habían producido senos disturbios, en los que muchos corregidores y alcabaleros fueron sacrificados a la cólera popular. Puede decirse que la conflagración era general en el país, sin embargo de que Guirior había declarado en suspenso el cobro de las odiosas y exageradas contribuciones, mientras con mejor acuerdo volvía el monarca sobre sus pasos.

Además en 1779 se declaró la guerra entre España e Inglaterra, y reiterados avisos de Europa afirmaban al nuevo virrey que la reina de los mares alistaba una flota con destino al Pacífico.

Jáuregui (apellido que, en vascuence, significa demasiado señor), en previsión de los amagos piráticos, tuvo que fortificar y artillar la costa, organizar milicias y aumentar la marina de guerra, medidas que reclamaron fuertes gastos, con los que se acrecentó la penuria pública.

Apenas hacía cuatro meses que don Agustín de Jáuregui ocupaba el solio de los virreyes, cuando se tuvo noticia de la muerte dada al corregidor Arriaga, y con ella de que en una extensión de más de trescientas leguas era proclamado por inca y soberano del Perú el cacique Tupac-Amaru.

No es del caso historiar aquí esta tremenda revolución que, como es sabido, puso en grave peligro al gobierno colonial. Poquísimo faltó para que entonces hubiese quedado realizada la obra de la Independencia.

El 6 de abril, viernes de Dolores del año 1781, cayeron prisioneros el inca y sus principales vasallos, con los que se ejercieran los más bárbaros horrores. Hubo lenguas y manos cortadas, cuerpos descuartizados, horca y garrote vil. Areche autorizó barbaridad y media.

Con el suplicio del inca, de su esposa doña Micaela, de sus hijos y hermanos, quedaron los revolucionarios sin un centro de unidad. Sin embargo, la chispa no se extinguió hasta julio de 1783, en que tuvo lugar en Lima la ejecución de don Felipe Tupac, hermano del infortunado inca, caudillo de los naturales de Huarochirí. «Así —dice el deán Fumes— terminó esta revolución, y difícilmente presentará la historia otra ni más justificada ni menos feliz.»

Las armas de la casa de Jáuregui eran: escudo cortinado, el primer cuartel en oro con un roble copado y un jabalí pasante; el segundo de gules y un castillo de plata con bandera; el tercero de azur, con tres flores de lis.

Es fama que el 26 de abril de 1784 el virrey don Agustín de Jáuregui recibió el regalo de un canastillo de cerezas, fruta a la que era su excelencia muy aficionado, y que apenas hubo comido dos o tres cayó al suelo sin sentido. Treinta horas después se abría en palacio la gran puerta del salón de recepciones; y en un sillón, bajo el dosel, se veía a Jáuregui vestido de gran uniforme. Con arreglo al ceremonial del caso el escribano de cámara, seguido de la Real Audiencia, avanzó hasta pocos pasos del dosel, y dijo en voz alta por tres veces: «¡Excelentísimo señor don Agustín de Jáuregui!». Y luego, volviéndose al concurso, pronunció esta frase obligada: «Señores, no responde. ¡Falleció! ¡Falleció! ¡Falleció!». Enseguida sacó un protocolo, y los oidores estamparon en él sus firmas.

Así vengaron los indios la muerte de Tupac-Amaru.

La gatita de Mari-Ramos que halaga con la cola y araña con las manos. Crónica de la época del trigésimo cuarto virrey del Perú (A Carlos Toribio Robinet)

Al principiar la Alameda de Acho y en la acera que forma espalda a la capilla de San Lorenzo, fabricada en 1834, existe una casa de ruinoso aspecto, la cual fue, por los años de 1788, teatro no de uno de esos cuentos de entredijes y babador, sino de un drama que la tradición se ha encargado de hacer llegar hasta nosotros con todos sus terribles detalles.

I

Veinte abriles muy galanos; cutis de ese gracioso moreno aterciopelado que tanta fama dio a las limeñas, antes de que cundiese la maldita moda de adobarse el rostro con menjurjes, y de andar a la rebatiña y como albañil en pared con los polvos de rosa y arroz; ojos más negros que noche de trapisonda y velados por rizadas pestañas; boca incitante, como un azucarillo amerengado; cuerpo airoso, si los hubo, y un pie que daba pie para despertar en el prójimo tentación de besarlo; tal era, en el año de gracia de 1776, Benedicta Salazar.

Sus padres al morir la dejaron sin casa ni canastilla y al abrigo de una tía entre bruja y celestina, como dijo Quevedo, y más gruñona que mastín piltrafero, la cual tomó a capricho casar a la sobrina con un su compadre, español que de a legua revelaba en cierto tufillo ser hijo de Cataluña, y que aindamáis tenía las manos callosas y la barba más crecida que deuda pública. Benedicta miraba al pretendiente con el mismo fastidio que a mosquito de trompetilla, y no atreviéndose a darle calabazas como melones, recurrió al manoseado expediente de hacerse archidevota, tener padre de espíritu, y decir que su aspiración era a monjío y no a casorio.

El catalán, atento a los repulgos de la muchacha, murmuraba:

> Niña de los muchos novios,
> que con ninguno te casas;
> si te guardas para un rey
> cuatro tiene la baraja.

De aquí surgían desazones entre sobrina y tía. La vieja la trataba de gazmoña y papahostias, y la chica rompía a llorar como una bendita de Dios, con lo que enfureciéndose más aquella megera, la gritaba: «¡Hipócrita! A mí no me engatuses con purisimitas. ¿A qué vienen esos lloriqueos? Eres como el perro de Juan Molleja, que antes que le caiga el palo ya se queja. ¿Conque monjío? Quien no te conozca que te compre, saquito de cucarachas. Cualquiera diría que no rompe plato, y es capaz de sacarle los ojos al verdugo Grano de Oro. ¿Si no conoceré yo las uvas de mi majuelo? ¿Conque te apestan las barbas? ¡Miren a la remilgada de Jurquillos, que llevaba los huevos para freírlos! ¡Pues has de ver toros y cañas como yo pille al alcance de mis uñas al barbilampiño que te baraja el juicio! ¡Miren, miren a la gatita de Mari-Ramos, que hacía ascos a los ratones y engullía los gusanos! ¡Malhaya la niña de la media almendra!».

Como estas peloteras eran pan cotidiano, las muchachas de la vecindad, envidiosas de la hermosura de Benedicta, dieron en bautizarla con el apodo de Gatita de Mari-Ramos; y pronto en la parroquia entera los mozalbetes y demás niños zangolotinos que la encontraban al paso, saliendo de misa mayor, la decían:

—¡Qué modosita y qué linda que va la Gatita de Mari-Ramos!

La verdad del cuento es que la tía no iba descaminada en sus barruntos. Un petrimetre, don Aquilino de Leuro, era el quebradero de cabeza de la sobrina; y ya fuese que ésta se exasperara de andar siempre al morro por un quítame allá esas pajas, o bien que su amor hubiese llegado a extremo de atropellar por todo respeto, dando al diablo el hato y el garabato, ello es que una noche sucedió... lo que tenía que suceder. La gatita de Mari-Ramos se escapó por el tejado, en amor y compañía de un gato pizpireto, que olía a almizcle y que tenía la mano suave.

II

Demos tiempo al tiempo y no andemos con lilailas y recancanillas. Es decir, que mientras los amantes apuran la Luna de miel para dar entrada a la de hiel, podemos echar, lector carísimo, el consabido parrafillo histórico.

El excelentísimo señor don Teodoro de Croix, caballero de Croix, comendador de la muy distinguida orden teutónica en Alemania, capitán de guardias valonas y teniente general de los reales ejércitos, hizo su entrada en Lima el 6 de abril de 1784.

Durante largos años había servido en México bajo las órdenes de su tío (el virrey marqués de Croix), y vuelto a España, Carlos III lo nombró su representante en estos reinos del Perú. «Fue su excelencia —dice un cronista— hombre de virtud eminente, y se distinguió mucho por su caridad, pues varias veces se quedó con la vela en la mano porque el candelero de plata había dado a los pobres, no teniendo moneda con que socorrerlos; frecuentaba sacramentos y era un verdadero cristiano.»

La administración del caballero de Croix, a quien llamaban el Flamenco, fue de gran beneficio para el país. El virreinato se dividió en siete intendencias, y éstas en distritos o subdelegaciones. Estableciéronse la Real Audiencia del Cuzco y el tribunal de Minería, repobláronse los valles de Vítor y Acobamba, y el ejemplar obispo Chávez de la Rosa fundó en Arequipa la famosa casa de huérfanos, que no pocos hombres ilustres ha dado después a la república.

Por entonces llegó al Callao, consignado al conde de San Isidro, el primer navío de la Compañía de Filipinas; y para comprobar el gran desarrollo del comercio en los cinco años del gobierno de Croix, bastará consignar que la importación subió a 42 millones de pesos y la exportación a treinta y seis.

Las rentas del Estado alcanzaron a poco más de cuatro y medio millones, y los gastos no excedieron de esta cifra, viéndose por primera vez entre nosotros realizado el fenómeno del equilibrio en el presupuesto. Verdad es que, para lograrlo, recurrió el virrey al sistema de economías, disminuyendo empleados, cercenando sueldos, licenciando los batallones de Soria y Extremadura, y reduciendo su escolta a la tercera parte de la fuerza que mantuvieron sus predecesores desde Amat.

La querella entre el marqués de Lara, intendente de Huamanga, y el señor López Sánchez, obispo de la diócesis, fue la piedra de escándalo de la época. Su ilustrísima, despojándose de la mansedumbre sacerdotal, dejó desbordar su bilis hasta el extremo de abofetear al escribano real que le notificaba una providencia. El juicio terminó, desairosamente para el iracundo prelado, por fallo del Consejo de Indias.

Lorente en su Historia habla de un acontecimiento que tiene alguna semejanza con el proceso del falso nuncio de Portugal. «Un pobre gallego –dice–, que había venido en clase de soldado y ejercido después los pocos lucrativos oficios de mercachifle y corredor de muebles, cargado de familia, necesidades y años, se acordó que era hijo natural de un hermano del cardenal patriarca, presidente del Consejo de Castilla, y para explotar la necedad de los ricos, fingió recibir cartas del rey y de otros encumbrados personajes, las que hacía contestar por un religioso de la Merced. La superchería no podía ser más grosera, y sin embargo engañó con ella a varias personas. Descubierta la impostura y amenazado con el tormento, hubo de declararlo todo. Su farsa se consideró como crimen de Estado, y por circunstancias atenuantes salió condenado a diez años de presidio, enviándose para España, bajo partida de registro, a su cómplice el religioso.»

El sabio don Hipólito Unanue que con el seudónimo de Aristeo escribió eruditos artículos en el famoso Mercurio peruano; el elocuente mercedario fray Cipriano Jerónimo Calatayud, que firmaba sus escritos en el mismo periódico con el nombre de Sofronio; el egregio médico Dávalos, tan ensalzado por la Universidad de Montpellier; el clérigo Rodríguez de Mendoza, llamado por su vasta ciencia el Bacón del Perú y que durante treinta años fue rector de San Carlos; el poeta andaluz Terralla y Landa, y otros hombres no menos esclarecidos formaban la tertulia de su excelencia, quien, a pesar de su ilustración y del prestigio de tan inteligente círculo, dictó severas órdenes para impedir que se introdujesen en el país las obras de los enciclopedistas.

Este virrey, tan apasionado por el cáustico y libertino poeta de las adivinanzas, no pudo soportar que el religioso de San Agustín fray Juan Alcedo le llevase personalmente y recomendase la lectura de un manuscrito. Era éste una sátira, en medianos versos, sobre la conducta de los españoles en América. Su excelencia calificó la pretensión de desacato a su persona y el pobre hijo de Apolo fue desterrado a la metrópoli para escarmiento de frailes murmuradores y de poetas de aguachirle.

El caballero de Croix se embarcó para España el 7 de abril de 1790, y murió en Madrid en 1791 a poco de su llegada a la patria.

III

—¿Hay huevos?

—A la otra esquina por ellos.

(Popular)

Pues, señores, ya que he escrito el resumen de la historia administrativa del gobernante, no dejaré en el tintero, pues con su excelencia se relaciona, el origen de un juego que conocen todos los muchachos de Lima. Nada pondré de mi estuche, que hombre verídico es el compañero de La Broma[1] que me hizo el relato que van ustedes a leer.

Es el caso que el excelentísimo señor don Teodoro de Croix tenía la costumbre de almorzar diariamente cuatro huevos frescos, pasados por agua caliente; y era sobre este punto tan delicado, que su mayordomo, Julián de Córdova y Soriano, estaba encargado de escoger y comprar él mismo los huevos todas las mañanas.

Mas si el virrey era delicado, el mayordomo llevaba la cansera y la avaricia hasta el punto de regatear con los pulperos para economizar un piquillo en la compra; pero al mismo tiempo que esto intentaba había de escoger los huevos más grandes y más pesados, para cuyo examen llevaba un anillo y ponía además los huevos en la balanza. Si un huevo pasaba por el anillo o pesaba un adarme menos que otro, lo dejaba.

Tanto llegó a fastidiar a los pulperos de la esquina del Arzobispo, esquina de Palacio, esquina de las Mantas y esquina de Judíos, que encontrándose éstos un día en Cabildo para elegir balanceador, recayó la conversación sobre el mayordomo don Julián de Córdova y Soriano, y los susodichos pulperos acordaron no venderle más huevos.

Al día siguiente al del acuerdo presentose don Julián en una de las pulperías, y el mozo le dijo: «No hay huevos, señor don Julián. Vaya su merced a la otra esquina por ellos».

Recibió el mayordomo igual contestación en las cuatro esquinas, y tuvo que ir más lejos para hacer su compra. Al cabo de poco tiempo, los pulperos

---

1   La Broma fue un periódico humorístico que se publicaba en Lima en 1878.

de ocho manzanas a la redonda de la plaza estaban fastidiados del cominero don Julián y adoptaron el mismo acuerdo de sus cuatro camaradas.

No faltó quien contara al virrey los trotes y apuros de su mayordomo para conseguir huevos frescos, y un día que estaba su excelencia de buen humor le dijo:

—Julián, ¿en dónde compraste hoy los huevos?

—En la esquina de San Andrés.

—Pues mañana irás a la otra esquina por ellos.

—Segurito, señor, y ha de llegar día en que tenga que ir a buscarlos a Getafe.

Contado el origen de infantil juego de los huevos, paréceme que puedo dejar en paz al virrey y seguir con la tradición.

IV

Dice un refrán que la mula y la paciencia se fatigan si hay apuro, y lo mismo pensamos del amor. Benedicta y Aquilino se dieron tanta prisa que, medio año después de la escapatoria, hastiado el galán se despidió a la francesa, esto es, sin decir abur y ahí queda el queso para que se lo almuercen los ratones, y fue a dar con su humanidad en el Cerro de Pasco, mineral boyante a la sazón. Benedicta pasó días y semanas esperando la vuelta del humo o, lo que es lo mismo, la del ingrato que la dejaba más desnuda que cerrojo; hasta que, convencida de su desgracia, resolvió no volver al hogar de la tía, sino arrendar un entresuelo en la calle de la Alameda.

En su nueva morada era por demás misteriosa la existencia de nuestra gatita. Vivía encerrada y evitando entrar en relaciones con la vecindad. Los domingos salía a misa de alba, compraba sus provisiones para la semana y no volvía a pisar la calle hasta el jueves, al anochecer, para entregar y recibir trabajo. Benedicta era costurera de la marquesa de Sotoflorido con sueldo de 8 pesos semanales.

Pero por retraída que fuese la vida de Benedicta y por mucho que al salir rebujase el rostro entre los pliegues del manto, no debió la tapada parecerle costal de paja a un vecino del cuarto derecha, quien dio en la flor, siempre que la atisbaba, de dispararla a quemarropa un par de chicoleos, entremezclados con suspiros, capaces de sacar de quicio a una estatua de piedra berroqueña.

Hay nombres que parecen una ironía, y uno de ellos era el del vecino Fortunato, que bien podía, en punto a femeniles conquistas, pasar por el más infortunado de los mortales. Tenía hormiguillo por todas las muchachas de la feligresía de San Lázaro, y así se desmorecían y ocupaban ellas de él como del gallo de la Pasión que, con arroz graneado, ají, mirasol y culantrillo, debió ser guiso de chuparse los dedos.

Era el tal —no gallo de la Pasión, sino Fortunato— lo que se conoce por un pobre diablo, no mal empalillado y de buena cepa, como que pasaba por hijo natural del conde de Pozosdulces. Servía de amanuense en la escribanía mayor del gobierno, cuyo cargo de escribano mayor era desempañado entonces por el marqués de Salinas, quien pagaba a nuestro joven 20 duros al mes, le daba por ascua del Niño Dios un decente aguinaldo y se hacía de la vista gorda cuando era asunto de que el mocito agenciase lo que en tecnicismo burocrático se llama buscas legales.

Forzoso es decir que Benedicta jamás paró mientes en los arrumacos del vecino, ni lo miró a hurtadillas y ni siquiera desplegó los labios para desahuciarlo, diciéndole. «Perdone, hermano, y toque a otra puerta, que lo que es en ésta no se da posada al peregrino».

Mas una noche, al regresar la joven de hacer entrega de costuras, halló a Fortunato bajo el dintel de la casa, y antes de que éste la endilgase uno de sus habituales piropos, ella con voz dulce y argentina como una lluvia de perlas y que al amartelado mancebo debió parecerle música celestial, le dijo:

—Buenas noches, vecino.

El plumario, que era mozo muy gran socarrón y amigo de donaires, díjose para el cuello de su camisa: «Al fin ha arriado bandera esta prójima y quiere parlamentar. Decididamente tengo mucho aquel y mucho garabato para con las hembras, y a la que le guiño el ojo izquierdo, que es el del corazón, no le queda más recurso que darse por derrotada».

Yo domino de todas la arrogancia,
conmigo no hay Sagunto ni Numancia...

Y con airecillo de terne y de conquistador, siguió sin más circunloquios a la costurera hasta del entresuelo. La llave era dura, y el mocito, a fuer de cortés, no podía permitir que la niña se maltratase la mano. La gratitud por tan magno servicio exigía que Benedicta, entre ruborosa y complacida, murmurase un «Pase usted adelante, aunque la casa no es como para la persona».

Suponemos que esto o cosa parecida sucedería, y que Fortunato no se dejó decir dos veces que le permitían entrar en la gloria, que tal es para todo enamorado una mano de conversación a solas con una chica como un piñón de almendra. Él estuvo apasionado y decidor:

Las palabras amorosas
son las cuentas de un collar,
en saliendo la primera
salen todas las demás.

Ella, con palabritas cortadas y melindres, dio a entender que su corazón no era de cal y ladrillo; pero que como los hombres son tan pícaros y reveseros, había que dar largas y cobrar confianza, antes de aventurarse en un juego en que casi siempre todos los naipes se vuelven malillas. Él juró, por un calvario de cruces, no solo amarla eternamente, sino las demás paparruchas que es de práctica jurar en casos tales, y para festejar la aventura añadió que en su cuarto tenía dos botellas del riquísimo moscatel que había venido de regalo para su excelencia el virrey. Y rápido como un cohete descendió y volvió a subir, armado de las susodichas limetas.

Fortunato no daba la victoria por un ochavo menos. La familia que habitaba en el principal se encontraba en el campo, y no había que temer ni el pretexto del escándalo. Adán y Eva no estuvieron más solos en el paraíso cuando se concertaron para aquella jugarreta cuyas consecuencias, sin comerlo ni beberlo, está pagando la prole, y siglos van y siglos vienen sin que la deuda se finiquite. Por otra parte, el galán contaba con el refuerzo del moscatellillo, y como reza el refrán, «de menos hizo Dios a Cañete y lo deshizo de un puñete».

Apuraba ya la segunda copa, buscando en ella bríos para emprender un ataque decisivo, cuando en el reloj del Puente empezaron a sonar las campanadas de las diez, y Benedicta con gran agitación y congoja exclamó: —¡Dios mío! ¡Estamos perdidos! Entre usted en este otro cuarto y suceda lo que sucediere, ni una palabra ni intente salir hasta que yo lo busque.

Fortunato no se distinguía por la bravura, y de buena gana habría querido tocar de suela; pero sintiendo pasos en el patio, la carne se le volvió de gallina, y con la docilidad de un niño se dejó encerrar en la habitación contigua.

V

Abramos un corto paréntesis para referir lo que había pasado pocas horas antes.

A las siete de la noche, cruzando Benedicta por la esquina de Palacio, se encontró con Aquilino. Ella, lejos de reprocharle su conducta, le habló con cariño, y en gracia de la brevedad diremos que, como donde hubo fuego siempre quedan cenizas, el amante solicitó y obtuvo una cita para las diez de la noche.

Benedicta sabía que el ingrato la había abandonado para casarse con la hija de un rico minero, y desde entonces juró en Dios y en su ánima vivir para la venganza. Al encontrarse aquella noche con Aquilino y acordarle una cita, la fecunda imaginación de la mujer trazó rápidamente su plan. Necesitaba un cómplice, se acordó del plumario, y he aquí el secreto de su repentina coquetería para con Fortunato.

Ahora volvamos al entresuelo.

VI

Entre los dos reconciliados amantes no hubo quejas ni recriminaciones, sino frases de amor. Ni una palabra sobre lo pasado, nada sobre la deslealtad del joven que nuevamente la engañaba, callándola que ya no era libre y prometiéndola no separarse más de ella. Benedicta fingió creerlo y lo embriagaba de caricias para mejor afianzar su venganza.

Entretanto el moscatel desempeñaba una función terrible. Benedicta había echado un narcótico en la copa de su seductor. Aquí cabe el refrán: «más mató la cena que curó Avicena».

Rendido Leuro al soporífico influjo, la joven lo ató con fuertes ligaduras a las columnas de su lecho, sacó un puñal, y esperó impasible durante una hora a que empezara a desvanecerse el poder del narcótico.

A las doce mojó su pañuelo en vinagre, lo pasó por la frente del narcotizado, y entonces principió la horrible tragedia.

Benedicta era tribunal y verdugo.

Enrostró a Aquilino la villanía de su conducta, rechazó sus descargos y luego le dijo:

—¡Estás sentenciado! Tienes un minuto para pensar en Dios.

Y con mano segura hundió el acero en el corazón del hombre a quien tanto había amado...

. . . .

El pobre amanuense temblaba como la hoja en el árbol. Había oído y visto todo por un agujero de la puerta.

Benedicta, realizada su venganza, dio vuelta a la llave y lo sacó del encierro.

—Si aspiras a mi amor —le dijo— empieza por ser mi cómplice. El premio lo tendrás cuando este cadáver haya desaparecido de aquí. La calle está desierta, la noche es lóbrega, el río corre en frente de la casa... Ven y ayúdame.

Y para vencer toda vacilación en el ánimo del acobardado mancebo, aquella mujer, alma de demonio encarnada en la figura de un ángel, dio un salto como la pantera que se lanza sobre una presa y estampó un beso de fuego en los labios de Fortunato.

La fascinación fue completa. Ese beso llevó a la sangre y a la conciencia del joven el contagio del crimen.

Si hoy, con los faroles de gas y el crecido personal de agentes de policía, es empresa de guapos aventurarse después de las ocho de la noche por la Alameda de Acho, imagínese el lector lo que sería ese sitio en el siglo pasado y cuando solo en 1776 se había establecido el alumbrado para las calles centrales de la ciudad.

La oscuridad de aquella noche era espantosa. No parecía sino que la naturaleza tomaba su parte de complicidad en el crimen.

Entreabriose el postigo de la casa y por él salió cautelosamente Fortunato, llevando al hombro, cosido en una manta, el cadáver de Aquilino. Benedicta lo seguía, y mientras con una mano lo ayudaba a sostener el peso, con la otra, armada de una aguja con hilo grueso, cosía la manta a la casaca del joven. La zozobra de éste y las tinieblas servían de auxiliares a un nuevo delito.

Las dos sombras vivientes llegaron al pie del parapeto del río.

Fortunato, con su fúnebre carga sobre los hombros, subió el tramo de adobes y se inclinó para arrojar el cadáver.

¡Horror!... El muerto arrastró en su caída al vivo.

VII

Tres días después unos pescadores encontraron en las playas de Bocanegra el cuerpo del infortunado Fortunato. Su padre, el conde de Pozosdulces, y su jefe, el marqués de Salinas, recelando que el joven hubiera sido víctima de algún enemigo, hicieron aprehender a un individuo sobre el que recaían no sabemos qué sospechas de mala voluntad para con el difunto.

Y corrían los meses y la causa iba con pies de plomo, y el pobre diablo se encontraba metido en un dédalo de acusaciones, y el fiscal veía pruebas clarísimas en donde todos hallaban el caos, y el juez vacilaba, para dar sentencia, entre horca y presidio.

Pero la Providencia, que vela por los inocentes, tiene resortes misteriosos para hacer la luz sobre el crimen.

Benedicta, moribunda y devorada por el remordimiento, reveló todo a un sacerdote, rogándole que para salvar al encarcelado hiciese pública su confesión; y he aquí cómo en la forma de proceso ha venido a caer bajo nuestra pluma de cronista la sombría leyenda de la Gatita de Mari-Ramos.

Pancho Sales el verdugo. Crónica de la época del virrey-bailío

—¡Cómo, señor cronista! ¿También tiene usted tela que cortar en el ejecutor de altas obras, como llaman los franceses al verdugo?

—Sí, lectores míos. En un siglo en que Enrique Sansón ha escrito la historia de su familia, y con ella la de los señores de París desde 1684 hasta 1847, no sé por qué no ha de salir a la plaza la del último pobre diablo que ejerció entre nosotros tan sangriento oficio. Más feliz y adelantado en esto que la vieja Europa, el Perú abolió el cargo de verdugo titular con el postrer grano de pólvora quemado en el campo de Ayacucho.

I

Al caer de la tarde del día 24 de enero del año 1795 recorrían las calles de Lima algunos jóvenes, pertenecientes a familias aristocráticas, precedidos de un esclavo vestido de librea. El traje de los jóvenes era casaca de terciopelo negro con botones de oro, sombrero de puntas, calzón corto, medias de seda, de las llamadas de privilegio, atadas con cintas de Guamanga, y zapato de hebilla con piedras finas. Así lucíanse bien torneadas pantorrillas, que hoy harían la desesperación de ciertos personajes, que pasarán al panteón de la historia por lo famoso en ellos de esa prenda corporal. Cruzaba el pecho de los jóvenes, sobre camisa de pechuguilla encarrujada, una banda de riquísima cinta de aguas, donde, bordada en letras de oro, se leía la palabra Caridad.

El esclavo que acompañaba a cada socio de esa humanitaria cofradía iba con la cabeza descubierta, llevando en una mano una salvilla o fuente de plata, y en la otra una campanilla del mismo metal, que hacía sonar de rato en rato, pronunciando en clamoroso y pausado acento estas palabras: «¡Hagan bien para hacer bien por el alma de los que van a ajusticiar!».

Y las encopetadas damas, a quienes caía en gracia más el aspecto del galán postulante que el motivo de la demanda, echaban un reluciente escudo de oro en el azafate, o por lo menos un peso duro, y la gentuza, por no desairar al niño que era el pedigüeño, depositaba también la ofrenda de un real o de una columnaria.

La limosna que en oportunidad tal recogían los hermanos de Caridad se empleaba en alimentar opíparamente al reo durante las cuarenta y ocho horas de capilla, satisfacer sus antojos, hacerle un decente funeral y, si sobraba algún dinerillo, en misas y sufragios. Además, de esta limosna se entregaban a la víctima 4 pesos, la que humildemente los pasaba a manos del verdugo como precio del cáñamo destinado a ponerle el pescuezo en condición de no usar otra corbata.

El cargo de verdugo en Lima estaba miserablemente rentado; pues sus emolumentos se reducían a 10 pesos al mes, valor del arrendamiento de un cajón de Ribera, cuyo número evitamos designar por no traer desazones y escrúpulos a su actual locatario y que, si pelecha, diga la murmuración que en la heredad del verdugo se encontró un pedazo de cuerda de ahorcado, receta infalible para hacer fortuna.

Cinco eran los reos que en esa tarde se hallaban en capilla para ser ajusticiados al siguiente día. Cuatro de ellos eran zarcillos que la horca hacía tiempo reclamaba; pues tenían en la conciencia el fardo de algunas muertes, hechas con alevosía y en despoblado, amén de no pocos robos y otros crímenes de entidad. El quinto era un negro esclavo, mocetón de veinte años, zanquilargo y recio de lomos, fuerte como un roble y feo como el pecado mortal. Habiéndose insolentado un día con sus amos, éstos lo mandaron, por vía de corrección, al amasijo de la panadería de Santa Ana, cuyo mayordomo gozaba de neroniana reputación. Hacía trabajar a los infelices esclavos que por su cuenta caían, con grillete al pie, medio desnudos y descargándoles sobre las espaldas tan furibundos rebencazos que dejaban impresos en ellas anchos y sanguinolentos surcos.

Cuando el insubordinado negro recibió el primer agasajo en las posaderas, se volvió hacia el mayordomo y le dijo: «No dé usted tan fuerte, don Merejo, y ¡cuenta conmigo, que mi genio no es de los muy aguantadores!». Pero don Hermenegildo, que así se llamaba el mayordomo, y que era hombre acostumbrado a despreciar amenazas, le duplicó la ración de látigo; y, sea por tirria o por congraciarse con los amos del negro, no dejaba pasar día sin arrimarle una felpa. Ya porque amasaba de prisa, ya porque era remolón, ello es que ni frío ni caliente contentaba a don Merejo.

Una noche llegó el esclavo a desesperarse, y en un abrir y cerrar de ojos, lanzándose sobre el mostrador donde lucía el cuchillo con que don Hermenegildo acostumbraba cortar hogazas, lo hundió hasta el mango en el pecho del mayordomo.

Don Hermenegildo era español y de muchos compadrazgos en Lima. Su muerte fue muy sentida y extremada la indignación pública contra el asesino. Pancho Sales, que tal era el nombre de éste, no encontró valedores, y fue condenado a morir en la horca en compañía de los cuatro bandidos.

A las siete de la noche la calle de la Pescadería estaba tan repleta de gente que, como se dice, no había donde echar un grano de trigo. Era la hora en que la comunidad de los padres dominicos, trayendo el estandarte de San Pedro Armengol, debía venir a la capilla de la cárcel de corte y cantar los credos a los sentenciados, quienes, según costumbre, tenían que oír el canto llano tendidos sobre unas bayetas negras. Para asistir a esa especie de funeral anticipado y contemplar de cerca a los desventurados reos, llovían los empeños a los oidores y cabildantes, y las más lindas muchachas eran las más afanosas por oír los fatídicos credos. Pero aquella noche se quedaron con los crespos hechos, y dadas las diez, tuvieron que retirarse de la capilla con el avinagrado gesto de quien va al teatro y se encuentra con que no hay función por enfermedad de la dama o del tenor.

Los dominicos no se presentaron en la cárcel, y no faltó quien murmurase por lo bajo que esto era burlarse del respetable público.

La verdad era que la ejecución se aplazaba porque acababa de morir Grano de Oro, importantísimo personaje cuyo fallecimiento bastaba para entorpecer la marcha de la justicia.

—Pero, señor, ¿quién es Grano de Oro? ¡Yo exijo que me presente usted a Grano de Oro! ¡Yo quiero conocer a Grano de Oro! ¡Que me traigan a Grano de Oro!

—Calma, lectores míos, que un cronista no es saco de nueces para vaciarse de golpe, y como quien toma aliento, conviene abrir aquí un paréntesis para borronear un par de carillas sobre historia.

II

Bajo tristes auspicios entró en Lima el 25 de marzo de 1790 el excelentísimo señor bailío don frey Francisco Gil de Taboada, Lemus y Villamarín, natural de Galicia, caballero gran cruz de la sagrada religión de San Juan, comendador del puente Orvigo, del Consejo de su majestad y teniente general de la real armada. El pueblo se hallaba dolorosamente impresionado porque en la noche del lunes 22 de marzo un horroroso incendio había destruido la iglesia parroquial de Santa Ana, cuya reedificación se terminó en los primeros años de este siglo.

Humeantes aún los escombros del templo, mal podían los ánimos estar bien dispuestos para agasajar al nuevo virrey, que acababa de servir igual cargo en Nueva Granada.

La administración del bailío Gil y Lemus, trigésimo quinto virrey, fue fecundísima en bienes para el Perú. El comercio prosperó infinito, pues en sus cinco años de mando la importación alcanzó a veintinueve millones y la exportación subió a treinta y dos millones.

El vecindario de Lima envió a España en diversos donativos voluntarios (?) crecidas sumas para hacer la guerra a los terroristas de la república francesa, y los galeones llevaron para el real tesoro más de 5 millones de pesos.

Gil y Lemus mandó practicar un escrupuloso censo de Lima, que dio por resultado contarse en el área que circundaban las murallas 52.627 habitantes distribuidos en 3.941 casas.

Pero la mejor página del gobierno de este virrey la forma el entusiasta apoyo que prestó a las letras. En 1.º de octubre de 1792 salía a luz bajo el título de Diario erudito la primera hoja de este carácter que hemos tenido, y poco tiempo después se fundaba el famoso Mercurio peruano. En 1793 don Hipólito Unanue, costeando el Estado la impresión, daba a la estampa la Guía de forasteros, que continuó en los años siguientes, libros llenos de curiosos datos, muy apreciados hoy por los que nos consagramos al estudio de los tiempos coloniales. El poeta de las adivinanzas, don Esteban de Terralla y Landa, colaboraba activamente en el Diario de Lima; y el padre Diego Cisneros (que dio su nombre a la calle llamada hoy del padre Jerónimo), ilustradísimo sacerdote español, desterrado de Madrid por lo avanzado de sus ideas políticas, daba a conocer en un pequeño círculo de amigos íntimos las obras de los enciclopedistas. El padre jeronimita sembraba la semilla que un cuarto de siglo más tarde dio por fruto la República. Los padres Narciso Girval y Barceló y Manuel Sobreviela, evangélicos misioneros, enviaron al

Mercurio peruano notables descripciones y mapas importantes de las montañas. En nuestra época son, estos trabajos consultados con avidez, siempre que se pone en el tapete alguna cuestión de límites.

Llamado por Carlos IV, Gil y Lemus abandonó Lima el 2 de octubre de 1796, habiendo pocos meses antes entregado el mando a O'Higgins. Llegado a España, lo nombró el rey ministro de Estado, creemos que en el ramo de Marina, y murió en 1810, muy pesaroso por haber sido uno de los miembros de la regencia que contribuyó a que Napoleón dominase en la metrópoli.

III

Grano de Oro era un negrito casi enano, regordete y patizambo, gran bebedor e insigne guitarrista. Habiendo en cierta ocasión sorprendido a su coima en flagrante gatuperio, cortó por lo sano, plantando a la hembra y al rival tan limpias puñaladas que no tuvieron tiempo para decir ni Jesús, que es bueno. La justicia lo puso entre la espada y la pared, obligándolo a escoger entre la horca y el empleo de verdugo, vacante a la sazón. Grano de Oro, que tenía mucha ley a su pescuezo, aceptó el empleo. Pero el pícaro no lo desempeñaba en conciencia, sino perramente; pues desde que se le anunciaba que había racimo que colgar y que fuese alistando los chismes del oficio, se entregaba a una crápula tan estupenda que, llegado el momento de ejercer sus altas funciones, no había sujeto, es decir, verdugo. Los pobres reos sufrían con él un prolongado ahorcamiento, una agonía espantosa. Grano de Oro carecía de destreza para hacer un buen nudo escurridizo y nunca daba con garbo y oportunidad la pescozada. La Audiencia vivía descontenta con él, y si no procuraba reemplazarlo era porque el destino nada tenía de prebenda codiciable.

En la mañana del 23 de enero un alguacil avisó por superior encargo a Grano de Oro que el 25, a las once del día, tendría que apretar la nuez a cinco pájaros de cuenta. Nunca se las había visto más gordas en ocho años que contaba de verdugo, y lo extraordinario del caso lo comprometía a que fuese también extraordinaria la bebendurria. Y fuelo tanto que, como el buen artillero al pie del cañón, Grano de Oro cayó redondo y para más no levantarse al pie de una botija de guarapo.

La repentina muerte del verdugo trajo gran agitación entre los golillas. No había quien quisiese reemplazarlo, y los reos llevaban trazas de pudrirse en la cárcel. Por fin, sus señorías resolvieron, como último expediente, ver si alguno de los condenados consentía en ajusticiar a sus compañeros y salvar la vida aceptando como titular el aperreado cargo.

Por su parte, los cinco criminales, que tenían noticia de los atrenzos en que se hallaban los jueces, se juramentaron un día en misa, a tiempo que el sacerdote levantaba la sagrada Hostia, para rechazar la propuesta. «Así —pensaban— no encontrando la justicia sustituto para el difunto Grano de Oro y no pudiendo darse el gusto de verlos hacer zapatetas en el vacío, tendría que conmutarles la pena de muerte con la de presidio en Chagres o Valdivia. Lo que importa por el momento —se dijeron— es salvar el número uno; que en cuanto a la libertad, demos tiempo al tiempo y Dios proveerá.»

Al cabo un alcalde del crimen, acompañado de escribanos y corchetes, llegó a la prisión e hizo la propuesta a cuatro de los condenados, que contestaron como aquel enemigo del matrimonio a quien junto al cadalso le prometieron perdón, con tal de que se casase con una muchacha, y dijo al verdugo: «¡Arre, hermano, que renguea!». El muy bellaco era de paladar delicado. Los sentenciados respondieron rotundamente: «La disyuntiva es tal, señor alcalde, que preferimos la *ene* de palo».

Desesperanzado el alcalde ante la negativa de los cuatro avezados criminales, más por llenar la fórmula que porque aguardase favorable acogida, dirigió la palabra al último de los reos, que era precisamente el iniciador de la idea de juramentarse en presencia de la Hostia consagrada. Pero hecha la pregunta, se le oyó con general sorpresa decir:

—Compañeros: cada uno de ustedes debe tres muertes por lo menos y debía estar ahorcado tres veces. Yo solo una vez he tenido mala mano, y esa miseria es pecado venial que se perdona con agua bendita. Como ustedes ven, el partido no es igual, y por lo tanto, acepto la propuesta.

IV

Desde 1824 Pancho Sales quedó cesante; pues le fue retirada la pensión de 10 pesos que recibía por el cajón de Ribera. Hasta su muerte, después de 1840, habitó una tienda con gran corral, inmediata a la conocida huerta de

Presa en la parroquia de San Lázaro. Desde que los insurgentes, como llamó siempre a los patriotas, lo destituyeron de su elevado empleo, Pancho Sales ganaba la vida tejiendo cestos de caña y alquilando a las empresas de la plaza de Acho una jauría de perros bravos que hacían maravillas lidiando con los toros de Retes y Bujama. Todavía en la administración Salaverry, Pancho Sales, ya no como verdugo, sino por amor al arte, se prestaba a vendar los ojos a los que iban a ser fusilados.

Pancho Sales murió leal a la causa española, y asegurando que a la, larga el rey nuestro amo había de reivindicar sus derechos y ponerles las peras a cuarto a los ingratos rebeldes. El pobre verdugo resollaba por la herida y aun diz que anduvo tomando lenguas para ver si podía entablar ante los tribunales querella de despojo. En los últimos años de su vida se apoderó de él remordimiento por el perjurio que había cometido para entrar en carrera, tomó por confesor a un religioso descalzo, vistió de jerga, y espichó tan devotamente como cumple a un buen cristiano.

¡A la cárcel todo Cristo! Crónica de la época del virrey inglés

I

Por los años de 1752 recorría las calles de Lima un buhonero o mercachifle, hombre de mediana talla, grueso, de manos y facciones toscas, pelo rubio, color casi alabastrino y que representaba muy poco más de veinte años. Era irlandés, hijo de pobres labradores y, según su biógrafo Lavalle, pasó los primeros años de su vida conduciendo haces de leña para la cocina del castillo de Dungán, residencia de la condesa de Bective, hasta que un su tío, padre jesuita de un convento de Cádiz, lo llamó a su lado, lo educó medianamente, y viéndolo decidido por el comercio más que por el santo hábito, lo envió a América con una pacotilla.

—o Ambrosio el inglés, como llamaban las limeñas al mercachifle, convencido de que el comercio de cintas, agujas, blondas, dedales y otras chucherías no le producirían nunca para hacer caldo gordo, resolvió pasar a Chile, donde consiguió por la influencia de un médico irlandés muy relacionado en Santiago que con el carácter de ingeniero delineador lo empleasen en la construcción de albergues o casitas para abrigo de los correos que al través de la cordillera conducían la correspondencia entre Chile y Buenos Aires.

Ocupábase en llenar concienzudamente su compromiso, cuando acaeció una formidable invasión de los araucanos, y para rechazarla organizó el capitán general, entre otras fuerzas, una compañía de voluntarios extranjeros, cuyo mando se acordó a nuestro flamante ingeniero. La campaña le dio honra y provecho; y sucesivamente el rey le confirió los grados de capitán de dragones, teniente coronel, coronel y brigadier; y en 1785, al ascenderlo a mariscal de campo, lo invistió con el carácter de presidente de la Audiencia, gobernador y capitán general del reino de Chile.

Ni tenemos los suficientes datos, ni la forma ligera de nuestras tradiciones nos permite historiar los diez años del memorable gobierno de don Ambrosio O'Higgins. La fortaleza del Barón en Valparaíso y multitud de obras públicas hacen su nombre imperecedero en Chile.

Habiendo reconquistado la ciudad de Osorno del poder de los araucanos, el monarca le nombró marqués de Osorno, lo ascendió a teniente general y lo trasladó al Perú como virrey, en reemplazo del bailío don Francisco

Gil y Lemus de Toledo y Villamarín, caballero profeso del orden de San Juan, comendador del Puente Orvigo y teniente general de la real armada.

En 5 de junio de 1796 se encargó O'Higgins del mando. Bajo su breve gobierno se empedraron las calles y concluyeron las torres de la catedral de Lima, se creó la sociedad de Beneficencia y se establecieron fábricas de tejidos. La portada, alameda y camino carretero del Callao fueron también obra de su administración.

En su época se incorporó al Perú la intendencia de Puno, que había estado sujeto al virreinato de Buenos Aires, y fue separado Chile de la jurisdicción del virreinato del Perú.

La alianza que por el tratado de San Ildefonso, después de la campaña del Rosellón, celebró con Francia el ministro don Manuel Godoy, duque de Acudia y príncipe de la Paz, trajo como consecuencia la guerra entre España e Inglaterra. O'Higgins envió a la corona 7 millones de pesos con los que el Perú contribuyó, más que a las necesidades de la guerra, al lujo de los cortesanos y a los placeres de Godoy y de su real manceba María Luisa.

Rápida, pero fructuosa en bienes, fue la administración de O'Higgins, a quien llamaban en Lima el virrey inglés. Falleció el 18 de marzo de 1800, y fue enterrado en las bóvedas de la iglesia de San Pedro.

II

Grande era la desmoralización de Lima cuando O'Higgins entró a ejercer el mando. Según el censo mandado formar por el virrey bailío Gil y Lemus, contaba la ciudad en el recinto de sus murallas 52.627 habitantes, y para tan reducida población excedía de mil el número de carruajes particulares que con ricos arneses y soberbios troncos se ostentaban en la alameda. Tal exceso de lujo basta a revelarnos que la Moralidad social no podía rayar muy alto.

Los robos, asesinatos y otros escándalos nocturnos se multiplicaban, y para remediarlos juzgó oportuno su excelencia promulgar bandos, previniendo que sería aposentado en la cárcel todo el que después de las diez de la noche fuese encontrado en la calle por las comisiones de ronda. Las compañías de encapados o agentes de policía, establecidas por el virrey Amat, recibieron aumento y mejora en el personal con el nombramiento de capitanes, que recayó en personas notables.

Pero los bandos se quedaban escritos en las esquinas y los desórdenes no disminuían. Precisamente los jóvenes de la nobleza colonial hacían gala de ser los primeros infractores. El pueblo tomaba ejemplo en ellos y viendo el virrey que no había forma de extirpar el mal, llamó un día a los cinco capitanes de las compañías de encapados.

—Tengo noticia, señores —les dijo—, que ustedes llevan a la cárcel solo a los pobres diablos que no tienen padrino que los valga; pero que cuando se trata de uno de los marquesitos o condesitos que andan escandalizando el vecindario con escalamientos, serenatas, estocadas y jolgorios, vienen las contemporizaciones y se hacen ustedes de la vista gorda. Yo quiero que la justicia no tenga 2 pesos y dos medidas, sino que sea igual para grandes y chicos. Ténganlo ustedes así por entendido, y después de las diez de la noche... ¡a la cárcel todo Cristo!

Antes de proseguir refiramos, pues viene a pelo, el origen del refrán popular a la cárcel todo Cristo. Cuentan que en un pueblecito de Andalucía se sacó una procesión de penitencia, en la que muchos devotos salieron vestidos con túnica nazarena y llevando al hombro una pesada cruz de madera. Parece que uno de los parodiadores de Cristo empujó maliciosamente a otro compañero, que no tenía aguachirle en las venas y que olvidando la mansedumbre a que lo comprometía su papel, sacó a relucir la navaja. Los demás penitentes tomaron cartas en el juego y anduvieron a mojicón cerrado y puñalada limpia, hasta que apareciéndose el alcalde dijo: «¡A la cárcel todo Cristo!».

Probablemente don Ambrosio O'Higgins se acordó del cuento cuando, al sermonear a los capitanes, terminó la reprimenda empleando las palabras del alcalde andaluz.

Aquella noche quiso su excelencia convencerse personalmente de la manera como se obedecían sus prescripciones. Después de las once y cuando estaba la ciudad en plena tiniebla, embozose el virrey en su capa y salió de palacio.

A poco de andar tropezó con una ronda; mas reconociéndolo el capitán lo dejó seguir tranquilamente, murmurando:

—¡Vamos, ya pareció aquello! También su excelencia anda de galanteo y por eso no quiere que los demás tengan un arreglillo y se diviertan. Está visto que el oficio de virrey tiene más gangas que el testamento del moqueguano.

Esta frase pide a gritos explicación. Hubo en Moquegua un ricacho nombrado don Cristóbal Cugate, a quien su mujer, que era de la piel del diablo, hizo pasar la pena negra. Estando el infeliz en las postrimerías, pensó que era imposible comiese pan en el mundo hombre de genio tan manso como el suyo, y que otro cualquiera, con la décima parte de lo que él había soportado, le habría aplicado diez palizas a su conjunta.

—Es preciso que haya quien me vengue —díjose el moribundo; y haciendo venir un escribano, dictó su testamento, dejando a aquella arpía por heredera de su fortuna, con la condición de que había de contraer segundas nupcias antes de cumplirse los seis meses de su muerte, y de no verificarlo así era su voluntad que pasase la herencia a un hospital.

«Mujer joven, no mal laminada, rica y autorizada para dar pronto reemplazo al difunto —decían los moqueguanos—, ¡qué gangas de testamento!» Y el dicho pasó a refrán.

Y el virrey encontró otras tres rondas, y los capitanes le dieron buenas noches, y le preguntaron si quería ser acompañado, y se derritieron en cortesías, y le dejaron libre el paso.

Sonaron las dos, y el virrey, cansado del ejercicio, se retiraba ya a dormir, cuando le dio en la cara la luz del farolillo de la quinta ronda, cuyo capitán era don Juan Pedro Lostaunau.

—¡Alto! ¿Quién vive?

—Soy yo, don Juan Pedro, el virrey.

—No conozco al virrey en la calle después de las diez de la noche. ¡Al centro el vagabundo!

—Pero, señor capitán...

—¡Nada! El bando es bando y ¡a la cárcel todo Cristo!

Al siguiente día quedaron destituidos de sus empleos los cuatro capitanes que por respeto no habían arrestado al virrey; y los que los reemplazaron fueron bastante enérgicos para no andarse en contemplaciones, poniendo, en breve, término a los desórdenes.

El hecho es que pasó la noche en el calabozo de la cárcel de la Pescadería, como cualquier pelafustán, todo un don Ambrosio O'Higgins, marqués de Osorno, barón de Bellenari, teniente general de los reales ejércitos y trigésimo sexto virrey del Perú por su majestad don Carlos IV.

Nadie se muere hasta que Dios quiere. Crónica de la época del trigésimo séptimo virrey del Perú

I

Cuentan que un fraile con ribetes de tuno y de filósofo, administrando el sacramento del matrimonio, le dijo al varón:

> Ahí te entrego esa mujer;
> trátala como a mula de alquiler,
> mucho garrote y poco de comer.

Otro que tal debió ser el que casó en Lima al platero Román, solo que cambió de frenos y dijo a la mujer:

> Ahí tienes ese marido;
> trátalo como a buey al yugo uncido
> y procura que se ahorque de aburrido.

Viven aún personas que conocieron y trataron al platero, a quien llamaremos Román; pues causa existe para no estampar en letras de molde su nombre verdadero. El presente sucedido es popularísimo en Lima y te lo referirá, lector, con puntos y comas, el primer octogenario con quien tropieces por esas calles.

La mujer de Román, si bien honradísima hembra en punto a fidelidad conyugal, tenía las peores cualidades apetecibles en una hija de Eva. Amiga del boato, manirrota, terca y regañona, atosigaba al pobrete del marido con exigencias de dinero; y aquello no era casa, ni hogar, ni Cristo que lo fundó, sino trasunto vivo del infierno. Ni se daba escobada, ni se zurcían las calcetas del pagano, ni se cuidaba del puchero, y todo, en fin, andaba a la bolina. Madama no pensaba sino en dijes y faralares, en bebendurrias y paseos.

A ese andar, la tienda y los haberes del marido se evaporaron en menos de lo que se persigna un cura loco, y con la pobreza estalló la guerra civil en esa república práctica que se llama matrimonio. Los cónyuges andaban siempre a pícame Pedro que picarte quiero. Por quítame allá esta paja se tiraban los cacharros a la cabeza, a riesgo de descalabrarse, y no quedaba silla con hueso sano. A bien librar salía siempre el bonachón del marido llevando en el rostro reminiscencias de las uñas de su conjunta persona.

Este matrimonio nos trae al magín un soneto que escribimos, allá por los alegres tiempos de nuestra mocedad, y que, pues la ocasión es tentadora para endilgarlo, ahí va como el caballo de copas:

> Caséme por mi mal con una indina,
> fresca como la pera bergamota;
> trájome suegra y larga familiota
> y por dote su cara peregrina.
> A trote largo mi caudal camina
> a sumergirse en una sirte ignota;
> pronto he de hacer con ella bancarrota,
> salvo que encuentre una boyante mina.
> Un diablo pedigüeño anda conmigo;
> es ¡dame! su perenne cantinela,
> y así estoy en los huesos, caro amigo.
> ¿Qué me dices? ¿Mi afán te desconsuela?
> —Dígote, don Peruétano, que digo,
> que aquélla no es mujer... es sanguijuela.

No recuerdo a quién oí decir que los mandamientos de la mujer casada son, como los de la ley de Dios, diez:

El primero, amar a su marido sobre todas las cosas.
El segundo, no jurarle amor en vano.
El tercero, hacerle fiestas.
El cuarto, quererle más que a padre y madre.
El quinto, no atormentarlo con celos y refunfuños.
El sexto, no traicionarlo,
El séptimo, no gastarle la plata en perifollos.
El octavo, no fingir ataque de nervios ni hacer mimos a los primos.
El noveno, no desear más prójimo que su marido.

El décimo, no codiciar el lujo ajeno.

Estos diez mandamientos se encierran en la cajita de los polvos de arroz, y se leen cada día hasta aprenderlos de memoria.

El quid está en no quebrantar ninguno, como hacemos los cristianos con varios de los del Decálogo. Sigamos con el platero.

Una mañana, después de haber tenido Román una de esas cotidianas zambras de moros y cristianos, gutibambas y muziferrenas, se dijo:

—Pues, señor, esto no puede durar más tiempo, que penas más negras que las que paso con mi costilla no me ha de deparar su Divina Majestad en el otro mundo. Bien dijo el que dijo que si el mar se casase había de perder su braveza y embobalicarse. Decididamente, hoy me ahorco.

Y con la única peseta columnaria que le quedaba en el bolsillo, se dirigió al ventorrillo o pulpería de la esquina y compró cuatro vayas de cuerda fuerte y nueva, lujo muy excusable en quien se prometía no tener ya otros en la vida.

II

—¿Y qué virrey gobernaba entonces? —paréceme oír esta pregunta, que es de estilo cuando se escucha contar algo de cuya exactitud dudan los oyentes.

Pues, lectores míos, gobernaba el excelentísimo señor don Gabriel de Avilés y Fierro, marqués de Avilés, teniente general de los reales ejércitos y que, después de haber servido la presidencia de Chile y el virreinato de Buenos Aires, vino en noviembre de 1801 a hacerse cargo del mando de esta bendita tierra.

Avilés había llegado al Perú en la época del virrey Amat; y cuando estalló en 1780 la famosa revolución de Tupac-Amaru fue mandado con tropas para sofocarla. Excesivo fue el rigor que empleó Avilés en esa campaña.

Durante su gobierno se erigió el obispado de Maynas y se incorporó Guayaquil al virreinato. Se estableció en Lima el hospital del Refugio para mujeres, a expensas de Avilés y de su esposa la limeña doña Mercedes Risco, y se principió la fábrica del fuerte de Santa Catalina para cuartel de artillería, bajo la dirección del entonces coronel y más tarde virrey don Joaquín de la Pezuela.

Con grandes fiestas se celebró la llegada del fluido vacuno. Tuvo el Perú la visita del sabio Humboldt, y en Lima se experimentó una noche el alarmante fenómeno de haberse oído con claridad muchos truenos. En esa época se plantaron los árboles de la alameda de Acho.

Como España y Francia hacían causa común contra Inglaterra y acababa de realizarse el desastre de Trafalgar, dos bergantines ingleses atacaron en Arica a la fragata de guerra española Astrea, ocasionándola fuertes averías y forzándola a buscar abrigo en la bahía.

Tratando de dar cumplimiento a una real orden sobre desamortización de bienes eclesiásticos, tropezó Avilés con serias resistencias, que el prudente virrey calmó dando largas al asunto y enviando consultas y memoriales a la corona. No fue esta la primera vez en que el virrey apeló al expediente de dar tiempo al tiempo para libertarse de compromisos. En 1804 interesábase la ciudad por que el virrey dictase cierta providencia, mas él, creyendo que la cosa no era hacedera o que no entraba en sus atribuciones, decidió consultar al monarca. El pueblo, que lo ignoraba, se echó a murmurar sin embozo, y en la puerta de palacio apareció este pasquín:

> ¡Avilés! ¡Avilés!
> ¿Qué haces que por la ciudad no ves?

El virrey no lo tomó a enojo, y mandó escribir debajo:

> Para dar gusto a antojos
> he mandado hasta España por anteojos.

Respuesta que tranquilizó los ánimos, pues vieron los vecinos que su empeño estaba sujeto a la decisión del rey.

Avilés consagraba gran parte de su tiempo a las prácticas religiosas. El pueblo lo pintaba con esta frase: «En la oración hábil es y en gobierno inhábil es».

En julio de 1806 entregó el mando a Abascal.

Anciano, enfermo y abatido de ánimo por la reciente muerte de su esposa, quiso Avilés regresar a España. La nave que lo conducía arribó a Valparaíso, y a los pocos días falleció en ese puerto el virrey devoto, como lo llamaban las picarescas limeñas.

III

Provisto de cuerda y sin cuidarse de escribir previamente esquelas de despedida, como es de moda desde la invención de los nervios y del romanticismo, se dirigió nuestro hombre al estanque de Santa Beatriz, lugar amenísimo entonces y rodeado de naranjos y otros árboles, que no parecía sino que estaban convidando al prójimo Para colgarse de ellos y dar al traste con el aburrimiento y pesadumbres.

Principió Román por pasar revista a los árboles, y a todos hallaba algún pero que ponerles. Éste no era bastante elevado; aquél no ofrecía consistencia para soportar por fruto el cuerpo de un tagarote como él; el otro era un poco frondoso, y el de más allá un tanto encorvado. Cuando uno se ahorca debe siquiera llevar el consuelo de haberlo hecho a su regalado gusto. Al fin encontró árbol con las condiciones que el caso requería y, encaramándose en él, ató la cuerda en una de las ramas más vigorosas.

En estos preparativos reflexionó que, para no ser interrumpido y quedarse a medio morir y tener tal vez que empezar de nuevo la faena, lo mejor era esperar a que el camino estuviese desierto. Indias pescadoras que venían de Chorrillos, hierbateros de Surco, yanaconas de Miraflores, cimarrones de San Juan y peones de las haciendas traficaban a esa hora a pequeña distancia del estanque. No había forma de que un hombre pudiera matarse en paz.

—«¡Pues sería andrómina que, a lo mejor de la función, me descolgase un transeúnte importuno! Si ello, al fin, ha de ser, nada se pierde con esperar un rato, que no llega tarde quien llega.»

En estas y otras cavilaciones hallábase Román escondido entre el espeso ramaje del árbol, cuando vio llegar con tardo paso y mirando a todas partes con faz recelosa un hombrecillo envuelto en un capote lleno de remiendos.

Era éste un vejete español que vivía de la caridad pública, y a quien en Lima conocían con el apodo de Ovillitos. El apodo le venía de que en una época entraba de casa en casa vendiendo ovillos de hilo, hasta que un día resolvió cambiar de oficio sentando plaza de mendigo.

Ovillitos, después de dirigir miradas escudriñadoras a las tapias y al camino, se sentó bajo el árbol que cobijaba a Román, y sacando una tijera, descosió dos de los infinitos parches que esmaltaban su mugriento capote de barragán.

¿Cuál sería la sorpresa del encaramado Román al ver que de cada parche sacó Ovillitos una onza de oro y que luego las enterró al pie del árbol, después de haber permanecido gran espacio de tiempo contemplándolas amorosamente?

—¡Qué suicidio ni qué ocho cuartos! —exclamó Román, descendiendo listamente de su árbol apenas se alejó el mendigo—. Pues Dios me ha venido a ver, aprovechemos la ocasión y empuñémosla por el único pelo de la calva. ¡Árbol feliz el que tal abono tiene!

Y se puso a la obra, y desenterró poco más de doscientas peluconas de esas que bajo el Indice et Hispaniarum Rex lucían el busto de Carlos III o Carlos IV.

IV

Román volvió a habilitar la tienda, y su comercio de platería marchó viento en popa. Aleccionado por los días de penuria, puso coto a los derroches de su mujer, cuyo carácter, por milagro sin duda de la Divina Providencia, para quien no hay imposibles, mejoró notablemente.

Ovillitos enfermó de gravedad al descubrir que su tesoro se había convertido en pájaro y volado del encierro. El infeliz ignoraba que el dinero no es monje cartujo que gusta de estar guardado y criar moho, y que es un libertino que se desvive por andar al aire libre y de mano en mano. Mendigos ha habido en todos los tiempos que a su muerte han dejado un caudal decente.

Román murió, ya en los tiempos de la república, repartiéndose entre sus herederos una fortuna que se estimó en más de 100.000 pesos.

Una de las cláusulas de su testamento, que hemos leído, señala durante veinticinco años la suma de 30 pesos al mes para misas en sufragio del alma de Ovillitos.

El virrey de la adivinanza. Crónica de la época del trigésimo octavo virrey del Perú

Preguntábamos hace poco tiempo a cierto anciano amigote nuestro sobre la edad que podría contar una respetable matrona de nuestro conocimiento; y el buen viejo, que gasta más agallas que un ballenato, nos dijo después de consultar su caja de polvillo:

—Yo le sacaré de curiosidad, señor cronista. Esa señora nació dos años antes de que se volviera a España el virrey de la adivinanza... Conque ajuste usted la cuenta.

La respuesta nada tenía de satisfactoria; porque así sabíamos quién fue el susodicho virrey, como la hora en que el goloso padre Adán dio el primer mordisco a la agridulce manzana del Edén.

—¿Y quién era ese señor adivino?

—¡Hombre! ¿No lo sabe usted? El virrey Abascal, ese virrey a quien debe Lima su cementerio y la mejor escuela de Medicina de América, y bajo cuyo gobierno se recibió la última partida de esclavos africanos, que fueron vendidos a 600 pesos cada uno.

Pero por más que interrogamos al setentón nada pudimos sacar en limpio, porque él estaba a oscuras en punto a la adivinanza. Echámonos a tomar lenguas, tarea que nos produjo el resultado que verá el lector, si tiene la paciencia de hacernos compañía hasta el fin de este relato.

I. ¡Fortuna te dé Dios!

Cuentan que el asturiano don Fernando de Abascal era en sus verdes años un hidalgo segundón, sin más bienes que su gallarda figura y una rancia ejecutoria que probaba siete ascendencias de sangre azul, sin mezcla de moro ni judío. Viéndose un día sin blanca y aguijado por la necesidad, entró como dependiente de mostrador en una a la sazón famosa hostería de Madrid contigua a la Puerta del Sol, hasta que su buena estrella le deparó conocimiento con un bravo alférez del real ejército, apellidado Valleriestra, constante parroquiano de la casa, quien brindó a Fernandico una plaza en el regimiento de Mallorca. El mancebo asió la ocasión por el único pelo de la calva, y después de gruesas penurias y dos años de soldadesca, consiguió plantarse la jineta; y tras un gentil sablazo, recibido y devuelto en el campo de batalla de 1775, pasó sin más examen a oficial. A contar de aquí, empezó la fortuna a sonreír a don Fernando, tanto que en menos de un lustro ascendió a capitán como una loma.

Una tarde en que a inmediaciones de uno de los sitios reales disciplinaba su compañía, acertó a pasar la carroza en que iba de paseo su majestad, y por uno de esos caprichos frecuentes no solo en los monarcas, sino en los gobernantes republicanos, hizo parar el carruaje para ver evolucionar a los soldados. Enseguida mandó llamar al capitán, le preguntó su nombre, y sin más requilorio le ordenó regresar al cuartel y constituirse en arresto.

Dábase de calabazadas nuestro protagonista, inquiriendo en su magín la causa que podría haberlo hecho incurrir en el real desagrado; pero cuanto más se devanaba el caletre, más se perdía en extravagantes conjeturas. Sus camaradas huían de él como de un apestado; que cualidad de las almas mezquinas es abandonar al amigo en la hora de la desgracia, viniendo por ende a aumentar su zozobra el aislamiento a que se veía condenado.

Pero como no queremos hacer participar al lector de la misma angustia, diremos de una vez que todo ello era una amable chanza del monarca, quien vuelto a Madrid llamó a su secretario, y abocándose con él:

—¿Sabes —le interrogó— si está vacante el mando de algún regimiento?

—Vuestra majestad no ha nombrado aún el jefe que ha de mandar, en la campaña del Rosellón, el regimiento de las Órdenes militares.

—Pues extiende un nombramiento de coronel para el capitán don José Fernando de Abascal, y confiérele ese mando.

Y su majestad salió dejando cariacontecido a su ministro.

Caprichos de esta naturaleza eran sobrado frecuentes en Carlos IV. Paseando una tarde en coche, se encontró detenido por el Viático que marchaba a casa de un moribundo. El rey hizo subir en su carroza al sacerdote, y cirio en mano acompañó al Sacramento hasta el lecho del enfermo. Era éste un abogado en agraz que, restablecido de su enfermedad, fue destinado por Carlos IV a la Audiencia del Cuzco, en donde el zumbón y epigramático pueblo lo bautizó con el apodo del oidor del Tabardillo. Sigamos con Abascal.

Veinticuatro horas después salía de su arresto, rodeado de las felicitaciones de los mismos que poco antes le huían cobardemente. Solicitó luego una entrevista con su majestad, en la que tras de darle las gracias por sus mercedes, se avanzó a significarle la curiosidad que lo aquejaba de saber lo que motivara su castigo.

El rey, sonriendo con aire paternal, le dijo:

—¡Ideas, coronel, ideas!

Terminada la campaña de Rosellón, en que halló gloriosamente tumba de soldado el comandante en jefe del ejército don Luis de Carbajal y Vargas, conde de la Unión y natural de Lima, fue Abascal ascendido a brigadier y trasladado a América con el carácter de presidente de la Real Audiencia de Guadalajara.

Algunos años permaneció en México don Fernando, sorprendiéndose cada día más del empeño que el rey se tomaba en el adelanto de su carrera. Claro es también que Abascal prestaba importantísimos servicios a la corona. Baste decir que al ser trasladado al Perú con el título de virrey, hizo su entrada en Lima, por retiro del excelentísimo señor don Gabriel de Avilés, a fines de julio de 1806, anunciándose como mariscal de campo, y que seis años después fue nombrado marqués de la Concordia, en memoria de un regimiento que fundó con este nombre para calmar la tempestad revolucionaria y del que, por más honrarlo, se declaró coronel.

Abascal fue, hagámosle justicia, esclarecido militar, hábil político y acertado administrador.

Murió en Madrid en 1821, a los setenta y siete años de edad, invistiendo la alta clase de capitán general.

Sus armas de familia eran: escudo en cruz; dos cuarteles en gules con castillo de plata, y dos en oro, con un lobo de sable pasante.

II. Gajes del oficio

Allá por los años de 1815, cuando la popularidad de virrey don José Fernando de Abascal comenzaba a convertirse en humo, cosa en que siempre viene a parar el incienso que se quema a los magnates, tocole a su excelencia asistir a la Catedral en compañía del Cabildo, Real Audiencia y miembros de la por entonces magnífica Universidad de San Marcos, para solemnizar una fiesta de tabla. Habíase encargado del sermón un reverendo de la orden de predicadores, varón muy entendido en súmulas, gran comentador de los santos padres y sobre cuyo lustroso cerviguillo descansaba el doctoral capelo.

Subió su paternidad al sagrado púlpito, ensartó unos cuantos latinajos, y después de media hora en que echó flores por el pico ostentando una erudición indigesta y gerundiana, descendió muy satisfecho entre los murmullos del auditorio.

Su excelencia, que tenía la pretensión de hombre entendido y apreciador del talento, no quiso desperdiciar la ocasión que tan a las manos se le presentaba, aunque para sus adentros el único mérito que halló al sermón fue el de la brevedad, en lo cual, según el sentir de muy competentes críticos de esa época, no andaba el señor marqués descaminado. Así es que cuando el predicador se hallaba más embelesado en la sacristía, recibiendo plácemes de sus allegados y aduladores, fue sorprendido por un ayuda de campo del virrey que en nombre de su excelencia le invitaba a comer en palacio. No se lo hizo por cierto repetir el convidado y contestó que, con sacrificios de su modestia, concurriría a la mesa del virrey.

Un banquete oficial no era en aquellos tiempos tan expansivo como en nuestros días de congresos constitucionales; sin embargo de que ya, por entonces, empezaba la república a sacar los pies del plato y se hablaba muy a las callandas de patria y de libertad. Pero, volviendo a los banquetes, antes de que se me vaya el santo al cielo por echar una mano de político palique, si bien no lucía en ellos la pulcra porcelana, se ostentaba en cambio la deslumbradora vajilla de plata; y si se desconocía la cocina francesa con todos sus encantos, el gusto gastronómico encontraba mucho de sólido y suculento, y váyase lo uno por lo otro.

Nuestro reverendo, que así hilvanaba un sermón como devoraba un pollo en alioli o una sopa teóloga con prosaicas tajadas de tocino, hizo cumplido honor a la mesa de su excelencia; y aun agregan que se puso un tanto chispo con sendos tragos de catalán y Valdepeñas, vinos que, sin bautizar, salían de las moriscas cubas que el marqués reservaba para los días de mantel largo, junto con el exquisito y alborotador aguardiente de Motocachi.

Terminada la comida, el virrey se asomó al balcón que mira a la calle de los Desamparados, y allí permaneció en sabrosa plática con su comensal hasta la hora del teatro, única distracción que se permitía su excelencia. El fraile, a quien el calorcillo del vino prestaba más locuacidad de la precisa, dio gusto a la lengua, desatándola en bellaquerías que su excelencia tomó por frutos de un ingenio esclarecido.

Ello es que en esa noche el padre obtuvo una pingüe capellanía, con la añadidura de una cruz de brillantes para adorno de su rosario.

III. Sucesos notables en la época de Abascal

A los cuatro meses de instalado en el gobierno don José Fernando de Abascal, y en el mismo día en que se celebraba la inauguración de la junta propagadora del fluido vacuno, llegó a Lima un propio con pliegues que comunicaban la noticia de la reconquista de Buenos Aires por Liniers. El propio, que se apellidaba Otayza, hizo el viaje de Buenos Aires a Lima en treinta y tres días, y quedó inutilizado para volver a montar a caballo. El virrey le asignó una pensión vitalicia de 50 pesos; que lo rápido de tal viaje raya, hoy mismo, en lo maravilloso y hacía al que lo efectuó digno de recompensa.

El 1.º de diciembre de 1806 se sintió en Lima un temblor que duró dos minutos y que hizo oscilar las torres de la ciudad. La braveza del mar en el Callao fue tanta, que las olas arrojaron por sobre la barraca del capitán del puerto una ancla que pesaba treinta quintales. Gastáronse ciento 50.000 pesos en reparar las murallas de la ciudad, y 9.000 en construir el arco o portada de Maravillas.

En 1808 se instaló el Colegio de abogados y se estrenó el cementerio general, en cuya fábrica se emplearon ciento 10.000 pesos. Dos años después se inauguró solemnemente el colegio de San Fernando para los estudiantes de Medicina.

Entre los acontecimientos notables de los años 1812 y 1813 consignaremos el gran incendio de Guayaquil que destruyó media ciudad, un huracán que arrancó de raíz varios árboles de la alameda de Lima, terremotos en Ica y Piura y la abolición del Santo Oficio.

En octubre de 1807 se vio en Lima un cometa, y en noviembre de 1811 otro que durante seis meses permaneció visible sin necesidad de telescopio.

Los demás sucesos importantes —y no son pocos— de la época de Abascal se relacionan con la guerra de Independencia, y exigirían de nosotros un estudio ajeno a la índole de las *Tradiciones*.

IV. Que trata del ingenioso medio de que se valió un fraile para obligar al marqués a renunciar el gobierno

El virrey, que se encontraba hacía algún tiempo en lucha abierta con los miembros del Cabildo y el alto clero, se burlaba de los pasquines y anónimos que pululaban, no solo en las calles, sino hasta en los corredores de palacio. La grita popular, que amenazaba tomar las serias proporciones de un motín, tampoco le inspiraba temores, porque su excelencia contaba con dos mil quinientos soldados para su resguardo, y con cuerdas nuevas de cáñamo para colgar racimos humanos en una horca.

Que Abascal era valiente hasta la temeridad lo comprueba, entre muchas acciones de su vida, la que vamos a apuntar. Hallábase, como buen español, durmiendo siesta en la tarde del 7 de noviembre de 1815 cuando le avisaron que en la plaza de Santa Catalina estaba formado el regimiento de Extremadura en plena rebeldía contra sus jefes, y que la desmoralización se había extendido ya a los cuarteles de húsares y dragones. El virrey montó precipitadamente a caballo, y sin esperar escolta penetró solo en los cuarteles de los sublevados, bastando su presencia y energía para restablecer el orden.

Realizada por entonces la Independencia de algunas repúblicas americanas, la idea de libertad hacía también su camino en el Perú. Abascal había sofocado la revolución en Tacna y en el Cuzco, y sus esfuerzos por el momento se consagraban a vencerla en el Alto Perú. Mientras él permaneciese al frente del poder juzgaban los patriotas de Lima que era casi imposible salir avante.

Felizmente, el premio otorgado por Abascal al molondro predicador vino a sugerir a otro religioso agustino, el padre Molero, hombre de ingenio y de positivo mérito, que sus motivos tendría para sentirse agraviado, la idea salvadora que sin notable escándalo fastidiase a su excelencia obligándole a irse con la música a otra parte. Para ejecutar su plan le fue necesario ganarse al criado en cuya lealtad abrigaba más confianza el virrey, y he aquí cómo se produjo el mayor efecto a que un sermoncillo de mala muerte diera causa.

Una mañana, al acercarse el marqués de la Concordia a su mesa de escribir, vio sobre ella tres saquitos, los que mandó arrojar a la calle después de examinar su contenido. Su excelencia se encolerizó, dio voces borrascosas, castigó criados, y aun es fama que se practicaron dos o tres arrestos. La broma probablemente no le había llegado a lo vivo hasta que se repitió a los quince días.

Entonces no alborotó el cotarro, sino que muy tranquilamente anunció a la Real Audiencia que no sentándole bien los aires de Lima y necesitando su salud de los cuidados de su hija única, la hermosa Ramona Abascal —que recientemente casada con el brigadier Pereira había partido para España—, se dignase apoyar la renuncia que iba a dirigir a la corte. En efecto, por el primer galeón que zarpó del Callao para Cádiz envió el consabido memorial, y el 7 de julio de 1816 entregó el mando a su favorito don Joaquín de la Pezuela.

Claro, muy claro vio Abascal que la causa de la corona era perdida en el Perú, y como hombre cuerdo prefirió retirarse con todos sus laureles. Él escribió a uno de sus amigos de España estas proféticas palabras: «Harto he hecho por atajar el torrente, y no quiero, ante la historia y ante mi rey, cargar con la responsabilidad de que el Perú se pierda para España entre mis manos. Tal vez otro logre lo que yo no me siento con fuerzas para alcanzar».

La honradez política de Abascal y su lealtad al monarca superan a todo elogio. Una espléndida prueba de esto son las siguientes líneas, que transcribimos de su biógrafo don José Antonio de Lavalle.

«España, invadida por las huestes de Napoleón, veía atónita los sucesos del Escorial, el viaje a Bayona y la prisión de Valencey, e indignada de tanta audacia, levantábase contra el usurpador. Pero con la prisión del rey se había perdido el centro de gravedad en la vasta monarquía de Fernando VII; y las provincias americanas, aunque tímidamente aún, comenzaban a manifestar sus deseos de separarse de una corona que moralmente no existía ya. Dicen que en Lima se le instó a Abascal para que colocase sobre sus sienes la corona de los Incas. Asegúrase que Carlos IV le ordenó que no obedeciese a su hijo; que José Bonaparte le brindó honores, y que Carlota, la princesa del Brasil, le dio sus plenos poderes. El noble anciano no se dejó deslumbrar por el brillo de una corona. Con las lágrimas en los ojos cerró los oídos a la voz del que ya no era su rey; despreció indignado los ofrecimientos del invasor de su patria, y llamó respetuosamente a su deber a la hermana de Fernando. La población de Lima esperaba con la mayor ansiedad el día destinado para jurar a Fernando VII; pues nadie ignoraba las encontradas intrigas que rodeaban a Abascal, la gratitud que éste tenía a Carlos IV y la amistad que lo unía a Godoy. El anhelo general en Lima era la independencia bajo el reinado de Abascal. Nobleza, clero, ejército y pueblo lo deseaban, y lo esperaban. Las tropas formadas en la Plaza, el pueblo apiñado en las calles, las corporaciones reunidas en palacio aguardaban una palabra. Abascal, en su gabinete, era vivamente instado por sus amigos. Hombre al fin, sus ojos se deslumbraron con el esplendor del trono, y dicen que vaciló un momento. Pero volviendo luego en sí, tomó su sombrero y salió con reposado continente al balcón de palacio, y todos le escucharon atónitos hacer la solemne proclamación de Fernando VII y prestar juramento al nuevo rey. Un grito inmenso de admiración y entusiasmo acogió sus palabras, y el rostro del anciano se dilató con el placer que causa la conciencia del deber cumplido; placer tanto más intenso cuanto más doloroso ha sido vencer, para alcanzarlo, la flaca naturaleza de la humanidad.»

V. La curiosidad se pena

Ahora saquemos del limbo al lector.

El contenido de los saquitos que tan gran resultado produjeron era:

SAL-HABAS-CAL

Sin consultar brujas descifró su excelencia esta charada en acción. Sopla, vivo te lo doy, y si muerto me lo das, tú me lo pagarás.

He aquí por qué tomó el tole para España el excelentísimo señor don José Fernando de Abascal y por qué es llamado el virrey del Acertijo.

¡¡Buena laya de fraile!! Crónica de la época del virrey marqués de Viluma (A Aureliano Villarán)

I

Fray Pablo Negrón era andaluz y vestía el hábito mercedario. Enemigo de hacer vida conventual, residía constantemente en alguna hacienda de los valles inmediatos a Lima, en calidad de capellán del fundo.

Fray Pablo habría sido un fraile ejemplar, si el demonio no hubiera desarrollado en él una loca afición por el toreo. Destrísimo capeador, a pie y a caballo, pasaba su tiempo en los potreros sacando suertes a los toros, y conocía mejor que el latín de su breviario la genealogía, cualidades y vicios de ellos. Él sabía las mañas del burriciego y del corniveleto, y su lenguaje familiar no abundaba en citas teológicas, sino en tecnicismos tauromáquicos.

Hasta 1818 no se dio en este siglo corrida en la ciudad de los reyes y lugares de diez leguas a la redonda en cuyos preparativos no hubiera intervenido fray Pablo, ni hubo torero que no le debiese utilísimas lecciones y muy saludables consejos. El mismo Casimiro Cajapaico, aquel famoso capeador de a caballo por quien escribe el marqués de Valleumbroso que merecía le erigiesen estatua, solía decir: «Si no fuera quien soy, quisiera ser el padre Negrón».

Inútil era que el comendador de la Merced y aun el arzobispo Las Heras amonestasen al fraile para que rebajase algunos quilates a su afición tauromáquica. Su paternidad hacía ante ellos propósito de enmienda; pero lo mismo era ver un animal armado de puntas como leznas, que desvanecérsele el propósito. La afición era en él más poderosa que la conveniencia y el deber.

Grandes fiestas se preparaban en Lima por el mes de agosto de 1816 para celebrar la recepción del nuevo virrey del Perú don Joaquín de la Pezuela, primer marqués de Viluma. En el programa entraban tres tardes de toros en la plaza Mayor; pues no se efectuaban en el circo de Acho las lidias que tenían por objeto festejar al monarca o a su representante.

Los listines que en esta ocasión se obsequiaron a los oidores, cabildantes y personas caracterizadas, no estaban impresos en raso blanco, como hasta entonces se había acostumbrado, sino en raso carmesí. Es verdad que en ellos, después de enaltecer, como era justo, las dotes administrativas y sociales del señor de la Pezuela, hablaba mucho el poeta de regar el suelo peruano con sangre de insurgentes.

Fray Pablo que, como hemos dicho, no era ningún lego confitado, anduvo de hacienda en hacienda, en unión de la cuadrilla de toreros, presenciando lo que se llama prueba del ganado y decidiendo sobre el mérito de cada bicho. Los hacendados, a competencia, querían exhibir lo más fino de la cría, y el fallo del mercedario era por ellos acatado sin observación,

La prueba general del ya escogido ganado se efectuó en la chacarilla del Estanco, donde había gran corral con burladeros. Entre los toros que allí se probaron hubo uno bautizado con el nombre de Relámpago y oriundo de los montes de Retes. El torero Lorenzo Pizí le sacó algunas suertes, y en el canto de una uña estuvo que el animal lo despanzurrara.

Pizí era un negro retinto, enjuto, de largas zancas y medianamente diestro en el oficio. Terminada la prueba, lo llamó aparte fray Pablo y le dijo:

—Mira, negro, cómo te manejas con el Relámpago y no comas confianza, que aunque es cierto que a los toros más que con el estoque se les mata con el corazón, bueno será que estés sobre aviso para que no te suceda un percance y vayas al infierno a contarle cuentos a la puerca de tu madre. Ese animal es tuerto del cuerno derecho, y por el asta sana se va recto al bulto. Es toro de sentido, de mucha cabeza y de más pies que un galgo. Con él no hay que descomponerse, sino aguardar a que entre en jurisdicción y humille, aunque el mejor modo y manera de trastearlo es a pasatoro, y luego una buena por todo lo alto y a la cruz. Pero es suerte poco lucida y no te la aconsejo. Conque abre el ojo, negrito; porque si te descuidas, te chinga el toro y ¡abur, melones!

—Su merced, padre, lo entiende, como que es facultativo, y ya verá a la hora de la función que no predicó en desierto —contestó el torero.

II

Don Joaquín de la Pezuela y Sánchez, teniente general de los reales ejércitos, caballero gran cruz de la orden de Isabel la Católica y primer marqués de Viluma, estaba al mando de las tropas que en el Alto-Perú combatían a los insurgentes, cuando, por haber insistido Abascal en renunciar el cargo de virrey, fue nombrado para sucederle, y tomó posesión del puesto el 17 de agosto de 1817. En sus oficios de renuncia hábíalo Abascal recomendado al monarca como el más digno de reemplazarlo en las funciones de virrey.

Pezuela que, en la clase de general, había sido el organizador del cuerpo de artillería y quien dirigió la fábrica del cuartel de Santa Catalina, fue siempre el favorito de Abascal, que influyó para que obtuviera ascensos en su carrera. Parece, sin embargo, que al sentarse el marqués de Viluma bajo el solio de los virreyes, no correspondió con la gratitud que a su benefactor debía. Así lo deduzco de los siguientes párrafos que extracto de un escritor contemporáneo.

Pezuela, criatura de Abascal, que desde comandante de artillería lo fue elevando hasta hacerlo nombrar virrey, apenas se vio en palacio se ocupaba en censurar, con los bajos cortesanos que rodean al Sol que nace, las medidas de su respetable antecesor, deshacía cuanto él había dispuesto, hostilizaba a sus adeptos, le desconocía ciertas prerrogativas de virrey cesante y, por fin, rodeaba de espías al anciano marqués de la Concordia, quien mientras terminaba sus arreglos de viaje a Europa, vivía en casa de un amigo en la calle de la Recoleta.

Tres días antes de partir, envió Abascal un recado a Pezuela pidiéndole órdenes. El virrey, correspondiendo a ese acto de social etiqueta, fue de tiros largos a casa de Abascal, que lo recibió en cama por hallarse enfermo. Al entrar el marqués de Viluma al dormitorio, lo hizo exclamando:

—¡Excelentísimo compañero!

—¿Quién es? —dijo Abascal sacando su blanca cabeza por entre las cortinas del lecho.

Turbado Pezuela por lo extraño de la pregunta, repuso:

—¡Cómo! ¿No me conoce vuecelencia? Soy Pezuela.

—¿Pezuela? —insistió el marqués de la Concordia—. ¿Ese a quien hice coronel de artillería? ¿Ese a quien hice general en jefe?

—Sí, sí —balbuceó el virrey.

—¡Ah! —exclamó Abascal incorporándose en la cama—. Si es ese misino, déme usted un abrazo.

Como veremos después, a su turno tuvo también Pezuela que habérselas con un ingrato. Lo midieron con la misma vara con que él midió a Abascal.

La casa que habitó Pezuela antes de ser virrey fue la llamada hoy de los Ramos, en la calle de San Antonio, vecina al monasterio de la Trinidad. En ella nació su hijo el ilustre literato don Juan de la Pezuela, conde de Cheste y actual director de la Real Academia Española.

Bajo el gobierno del marqués de Viluma se implantaron cuatro máquinas a vapor, traídas de Inglaterra, para desaguar las minas del Cerro de Pasco; se recibió una real cédula aboliendo las abusivas mitas, y se experimentó en Lima una epidemia, a la que, por la suma debilidad en que quedaban los convalecientes, bautizó el pueblo con el nombre de Mangajo. El mangajo fue un catarral bilioso con síntomas parecidos a los de la fiebre amarilla. Quizá desde entonces viene el decir en Lima, por todo hombre desgarbado y sin vigor físico: «¡Vaya usted con Dios, mangajo!».

En cuanto a sucesos revolucionarios, los más notables de esa época fueron el suplicio en la plaza de Lima de los patriotas Alcázar, Gómez y Espejo; las excursiones de lord Cochrane y el apresamiento, en la rada del Callao, de la fragata, Esmeralda, cargada con 2 millones de pesos; el desembarco de San Martín en Pisco, la defección del batallón de Numancia, la derrota del general español O'Reilly, que se suicidó un mes más tarde arrojándose al mar, y el curioso incidente de haberse recibido un día por el virrey, a las dos de la tarde, la noticia oficial del descalabro de los patriotas en Cancharayada, y una hora después, cuando entregados al regocijo estaban los realistas de la capital quemando cohetes y repicando campanas, fondeó en el Callao otro buque portador de documentos que anunciaban la victoria de Maypú, en que quedó aniquilado el dominio español en Chile. Entre la primera y segunda batalla mediaron dieciséis días.

En 1816 había llegado al Perú don José de Laserna, con el carácter de mariscal de campo y enviado por el rey para mandar el ejército que maniobraba sobre Tupiza; mas a fines de 1819 vino de España su destitución, porque lo acusaron ante el monarca de ser masón o propagandista de doctrinas liberales y opuestas al absolutismo despótico que imperaba en la metrópoll. Pezuela se negó a enviarlo a Madrid, y escribió a Fernando VII abogando por Laserna y pidiendo se le dejase en el Perú, donde tenía el gobierno necesidad de sus servicios. En España esperaban a Laserna la cárcel y el destierro.

Iniciadas en septiembre de 1820 las conferencias o armisticio de Miraflores entre los comisionados de San Martín y los de Pezuela, púsose Laserna a la cabeza del partido de oposición, y el 28 de enero de 1821 amotinose el ejército acantonado en Asnapuquio, intimando al marqués de Viluma que en el término de cuatro horas entregase el mando al teniente general Laserna, proclamado virrey por los motinistas. Pezuela, sin elementos para resistir y procediendo con patriotismo, puso el poder en manos de su ingrato amigo.

Los revolucionarios de Asnapuquio habían principiado por emplear la difamación como arma contra el virrey. Una mañana apareció este pasquín en el primer patio de palacio:

> Nació David para rey,
> para sabio Salomón,
> para soldado Laserna,
> Pezuela para ladrón.

Dicen que la injuria llegó a lo vivo al marqués de Viluma, que ciertamente no era merecedor del calificativo. Pezuela manejó con pureza los caudales públicos.

En caso de muerte o imposibilidad física de Pezuela era al general Lamar a quien correspondía ejercer interinamente el cargo de virrey; pero aparte de que Lamar no era motinista ni ambicioso, por su condición de americano mirábanlo los militares españoles con desafecto. El honrado Lamar no se dio por entendido del desaire y siguió sirviendo con lealtad al rey hasta que, sin desdoro para su nombre y fama, pudo en 1823 cambiar de bandera.

Para el orden numérico y cronológico de la historia es Laserna el último virrey del Perú; pero para mí –será ello una extravagancia– la lista de los verdaderos virreyes termina en Pezuela. En Laserna veo un virrey de cuño falso; un virrey carnavalesco y de motín; un virrey sin fausto ni cortesanos, que no fue siquiera festejado con toros, comedias ni certamen universitario; un virrey que, estirando la cuerda, solo alcanzó a habitar cinco meses en palacio, como huésped y con la maleta siempre lista para cambiar de posada; un virrey que vivió luego a salto de mata para caer como un pelele en Ayacucho; un virrey, en fin, prosaico, sin historia ni aventuras. Y virrey que no habla a la fantasía, virrey sin oropel y sin relumbrones, es una falsificación del tipo, como si dijéramos un santo sin altar y sin devotos.

III. Llegó el día de la corrida

Su excelencia, acompañado de su esposa, la altiva doña Ángela Cevallos, Real Audiencia y gran comitiva de ayudantes y amigos, ocupaba la galería de palacio, y el ilustrísimo Las Heras, con el cabildo eclesiástico, mostrábase en los balcones de la casa arzobispal.

En las barandas de los portales estaba lo más granado de la aristocracia limeña, así damas como caballeros, y el pueblo ocupaba andamios colocados bajo la arquería de los portales y gradas de la catedral.

Pasando por alto la descripción del toril, situado en la esquina de Judíos, el lujo de las enjalmas, adornos de la plaza, distribución de la cuadrilla y otras menudencias, que no es mi ánimo escribir un relato circunstanciado de la función, vengamos al quinto toro.

Era éste el famoso Relámpago, gateado, de Retes, enjalma carmesí bordada de plata, obsequio del gremio de pasamaneros.

Recibiolo Casimiro Cajapaico en un alazán tostado, raza del Norte (Andahuasi), y le sacó cuatro suertes revolviendo y dos a la carrera.

Entró Juanita Breña, en un zaino manchado, raza de Chile, y le dio tres suertes, sentando el caballo en la última para esperar nueva embestida. ¡Por la encarnación del diablo que se lució la china!

A ésta, como a Cajapaico, lo arrojaron de todas las barandas muchísimos pesos fuertes y aun monedas de oro.

Después que los chulos se desempeñaron bastante bien, mandó el ayuntamiento tocar banderillas. Cantoral le clavó con mucha limpieza y a volapié, a topacarnero o al quiebro, que de ello no estoy seguro, un par de rehiletes de fuego en el cerviguillo.

Tocaron a muerte, y armado de estoque y bandola se presentó Lorenzo Pizí, vestido de morado y plata. Encaminose a la galería del virrey, y después de brindarle el toro con la frase «por vuecencia, su ascendencia, descendencia y toda la noble concurrencia», tomó pie frente a las gradas y a seis varas del pilancón que por ese lado tenía la monumental fuente de la plaza.

Fray Pablo, que asistía a la lidia desde uno de los andamios del portal de Botoneros, se puso a gritar desaforadamente:

—¡Quítate de ahí, negro jovero, que no tienes vuelo! Acuérdate de la lección y no me vayas a dejar feo.

Pero Lorenzo Pizí no tuvo tiempo para atender observaciones y cambiar de sitio; porque el gateado, que era pegajoso y ligero de pies, se le vino al bulto, y después del primer pase de muleta, sin dar espacio al matador para franquear el pilancón y ponerse del lado del cuerno tuerto, revolvió con la rapidez de su nombre y en los pitones levantó ensartado el matachín.

Un grito espantoso, lanzado a la vez por quince mil bocas, resonó en la plaza, sobresaliendo la voz del mercedario.

—¡Zapateta! ¿No te lo dije, negro bruto? ¿No te lo dije? —y terciándose la capa brincó del andamio y a todo correr se dirigió al pilancón.

El toro dejó sobre la arena al moribundo Pizí para arrojarse sobre el intruso fraile, quien con mucho desparpajo se quitó la capa blanca y se puso a sacarle suertes a la navarra, a la verónica y a la criolla, hasta cansar al bicho, dando así tiempo para que los chulos retirasen al malaventurado torero.

Ante la gallardía con que fray Pablo burlaba a la fiera, el pueblo no pudo dejar de sentirse arrebatado de entusiasmo, y palmoteando lo lucido de las suertes, repetían todos:

—¡Buena laya de fraile!

Viven aún personas que asistieron a la corrida y que dicen no ha pisado el redondel capeador más eximio que fray Pablo Negrón.

Muerto el Relámpago a traición, por los desgarretadores y el puntillero Beque, pues ni Esteban Corujo, que era el primer espada, tuvo coraje para estoquearlo, llevaron a nuestro fraile preso al convento de la Merced.

Dicen que allí el comendador fray Mariano Durán reunió en la sala capitular a todos los padres graves, y que éstos, cirio en mano, trajeron a su escandaloso compañero, al que el Superior aplicó unos cuantos disciplinazos. Ítem, se le declaró suspenso de misa y demás funciones sacerdotales y se le prohibió salir del convento sin licencia de su prelado.

Fray Pablo se fastidiaba soberanamente del encierro en los claustros y su salud empezó a decaer. Alarmados los conventuales, consultaron médicos, y éstos resolvieron que sin pérdida de minuto saliese de Lima el enfermo.

Enviáronlo los buenos padres a tomar aires en la Magdalena, pueblecito distante dos millas de la ciudad, amonestándolo mucho para que no volviese a sacar suertes a los toros.

Sermón perdido. Fray Pablo recobró la salud, como por ensalmo, tan luego como pudo ir de visita a Orbea, Matalechuzas y demás haciendas del valle y echar la capa al primer bicho con astas. Al fin encontrose con la horma de su zapato en un furioso berrendo que le dio tal testarada contra una tapia, que le dejó para siempre desconcertado un brazo y, por consiguiente, inutilizado para el capeo.

Verdad es que, como a los músicos viejos, le quedó el compás y la afición, y su dictamen era consultado en toda cuestión intrincada de tauromaquia. El hombre era voto en la materia, y a haber vivido en tiempo de la república práctica, creada por el presidente don Manuel Pardo —y cuyos democráticos frutos saborearán nuestros choznos—, habría figurado dignamente en una de las juntas consultivas que se inventaron; verbigracia, en la de instrucción pública o en la de demarcación territorial.

Con días y ollas venceremos

A principios de junio de 1821, y cuando acababan de iniciarse las famosas negociaciones o armisticio de Punchauca entre el virrey Laserna y el general San Martín, recibió el ejército patriota, acantonado en Huaura, el siguiente santo, seña y contraseña: Con días —y ollas— venceremos.

Para todos, exceptuando Monteagudo, Luzuriaga, Guido y García del Río, el santo y seña era una charada estúpida, una frase disparatada; y los que juzgaban a San Martín más cristiana y caritativamente se alzaban de hombros murmurando: «¡Extravagancias del general!».

Sin embargo, el santo y seña tenía malicia o entripado, y es la síntesis de un gran suceso histórico. Y de eso es de lo que me propongo hoy hablar, apoyando mi relato, más que en la tradición oral que he oído contar al amanuense de San Martín y a otros soldados de la patria vieja, en la autoridad de mi amigo el escritor bonaerense don Mariano Pelliza, que a vuela pluma se ocupa del santo y seña en uno de sus interesantes libros.

I

San Martín, por juiciosas razones que la historia consigna y aplaude, no quería deber la ocupación de Lima al éxito de una batalla, sino a los manejos y ardides de la política. Sus impacientes tropas, ganosas de habérselas cuanto antes con los engreídos realistas, rabiaban mirando la aparente pachorra del general; pero el héroe argentino tenía en mira, como acabamos de apuntarlo, pisar Lima sin consumo de pólvora y sin lo que para él importaba más, exponer la vida de sus soldados; pues en verdad no andaba sobrado de ellos.

En correspondencia secreta y constante con los patriotas de la capital, confiaba en el entusiasmo y actividad de éstos para conspirar, empeño que había producido ya, entre otros hechos de importancia para la causa libertadora, la defección del batallón Numancia.

Pero con frecuencia los espías y las partidas de exploración o avanzadas lograban interceptar las comunicaciones entre San Martín y sus amigos, frustrando no pocas veces el desarrollo de un plan. Esta contrariedad, reagravada con el fusilamiento que hacían los españoles de aquellos a quienes sorprendían con cartas en clave, traía inquieto y pensativo al emprendedor caudillo. Era necesario encontrar a todo trance un medio seguro y expedito de comunicación.

Preocupado con este pensamiento, paseaba una tarde el general, acompañado de Guido y un ayudante, por la larga y única calle de Huaura, cuando, a inmediaciones del puente, fijó su distraída mirada en un caserón viejo que en el patio tenía un horno para fundición de ladrillos y obras de alfarería. En aquel tiempo, en que no llegaba por acá la porcelana hechiza, era éste lucrativo oficio; pues así la vajilla de uso diario como los utensilios de cocina eran de barro cocido y calcinado en el país, salvos tal cual jarrón de Guadalajara y las escudillas de plata, que ciertamente figuraban solo en la mesa de gente acomodada.

San Martín tuvo una de esas repentinas y misteriosas inspiraciones que acuden únicamente al cerebro de los hombres de genio, y exclamó para sí: «¡Eureka! Ya está resuelta la X del problema».

El dueño de la casa era un indio entrado en años, de espíritu despierto y gran partidario de los insurgentes.

Entendiose con él San Martín, y el alfarero se comprometió a fabricar una olla con doble fondo, tan diestramente preparada que el ojo más experto no pudiera descubrir la trampa.

El indio hacía semanalmente un viajecito a Lima, conduciendo dos mulas cargadas de platos y ollas de barro, que aún no se conocían por nuestra tierra las de peltre o cobre estañado. Entre estas últimas y sin diferenciarse ostensiblemente de las que componían el resto de la carga, iba la olla revolucionaria, llevando en su doble fondo importantísimas cartas en cifra. El conductor se dejaba registrar por cuanta partida de campo encontraba, respondía con naturalidad a los interrogatorios, se quitaba el sombrero cuando el oficial del piquete pronunciaba el nombre de Fernando VII, nuestro amo y señor, y lo dejaban seguir su viaje, no sin hacerle gritar antes «¡Viva el rey! ¡Muera la patria!». ¿Quién demonios iba a imaginarse que ese pobre indio viejo andaba tan seriamente metido en belenes de política?

Nuestro alfarero era, como cierto soldado, gran repentista o improvisador de coplas que, tomado prisionero por un coronel español, éste como por burla o para hacerlo renegar de su bandera le dijo:

—Mira, palangana, te regalo un peso si haces una cuarteta con el pie forzado que voy a darte:

> Viva el séptimo Fernando
> con su noble y leal nación.

—No tengo el menor conveniente, señor coronel —contestó el prisionero—. Escuche usted:

> Viva el séptimo Fernando
> con su noble y leal nación;
> pero es con la condición
> de que en mí no tenga mando...
> y venga mi patacón.

II

Vivía el señor don Francisco Javier de Luna Pizarro, sacerdote que ejerció desde entonces gran influencia en el país, en la casa fronteriza a la iglesia de la Concepción, y él fue el patriota designado por San Martín para entenderse con el ollero. Pasaba éste a las ocho de la mañana por la calle de la Concepción pregonando con toda la fuerza de sus pulmones: ¡Ollas y platos! ¡Baratos! ¡Baratos!, que, hasta hace pocos años, los vendedores de Lima podían dar tema para un libro por la especialidad de sus pregones. Algo más. Casas había en que para saber la hora no se consultaba reloj, sino el pregón de los vendedores ambulantes.

Lima ha ganado en civilización; pero se ha despoetizado, y día por día pierde todo lo que de original y típico hubo en sus costumbres.

Yo he alcanzado esos tiempos en los que parece que, en Lima, la ocupación de los vecinos hubiera sido tener en continuo ejercicio los molinos de masticación llamados dientes y muelas. Juzgue el lector por el siguiente cuadrito de cómo distribuían las horas en mi barrio, allá cuando yo andaba haciendo novillos por huertas y murallas y muy distante de escribir tradiciones y dragonear de poeta, que es otra forma de matar el tiempo o hacer novillos.

La lechera indicaba las seis de la mañana.

La tisanera y la chichera de Terranova daban su pregón a las siete en punto.

El bizcochero y la vendedora de leche-vinagre, que gritaba ¡a la cuajadita!, designaban las ocho, ni minuto más ni minuto menos.

La vendedora de zanguito de ñajú y choncholíes marcaba las nueve, hora de canónigos.

La tamalera era anuncio de las diez.

A las once pasaban la melonera y la mulata de convento vendiendo ranfañote, cocada, bocado de rey, chancaquitas de cancha y de maní, y fréjoles colados.

A las doce aparecían el frutero de canasta llena y proveedor de empanaditas de picadillo.

La una era indefectiblemente señalada por el vendedor de ante con ante, la arrocera y el alfajorero.

A las dos de la tarde la picaronera, el humitero y el de la rica causa de Trujillo atronaban con sus pregones.

A las tres el melcochero, la turronera y el anticuchero o vendedor de bisteque en palito clamoreaban con más puntualidad que la Mariangola de la Catedral.

A las cuatro gritaban la picantera y el de la piñita de nuez.

A las cinco chillaban el jazminero, el de las caramanducas y el vendedor de flores de trapo, que gritaba: ¡Jardín, jardín! ¿Muchacha, no hueles?

A las seis canturreaban el raicero y el galletero.

A las siete de la noche pregonaban el caramelero, la mazamorrera y la champucera.

A las ocho el heladero y el barquillero.

Aún a las nueve de la noche, junto con el toque de cubrefuego, el animero o sacristán de la parroquia salía con capa colorada y farolito en mano pidiendo para las ánimas benditas del purgatorio o para la cera de Nuestro Amo. Este prójimo era el terror de los niños rebeldes para acostarse.

Después de esa hora, era el sereno del barrio quien reemplazaba a los relojes ambulantes, cantando, entre piteo y piteo: «¡Ave María Purísima! ¡Las diez han dado! ¡Viva el Perú, y sereno!». Que eso sí, para los serenos de Lima, por mucho que el tiempo estuviese nublado o lluvioso, la consigna era declararlo ¡sereno! Y de sesenta en sesenta minutos se repetía el canticio hasta el amanecer.

Y hago caso omiso de innumerables pregones que se daban a una hora fija.

¡Ah, tiempos dichosos! Podía en ellos ostentarse por pura chamberinada un cronómetro; pero para saber con fijeza la hora en que uno vivía, ningún reloj más puntual que el pregón de los vendedores. Ése sí que no discrepaba pelo de segundo ni había para qué limpiarlo o enviarlo a la enfermería cada seis meses. ¡Y luego la baratura! Vamos; si cuando empiezo a hablar de antiguallas se me va el santo al cielo y corre la pluma sobre el papel como caballo desbocado. Punto a la digresión, y sigamos con nuestro insurgente ollero.

Apenas terminaba su pregón en cada esquina, cuando salían a la puerta todos los vecinos que tenían necesidad de utensilios de cocina.

III

Pedro Manzanares, mayordomo del señor Luna Pizarro, era un negrito retinto, con toda la lisura criolla de los budingas y mataperros de Lima, gran decidor de desvergüenzas, cantador, guitarrista y navajero, pero muy leal a su amo y muy mimado por éste. Jamás dejaba de acudir al pregón y pagar un real por una olla de barro; pero al día siguiente volvía a presentarse en la puerta, utensilio en mano, gritando: «Oiga usted, so cholo ladronazo, con sus ollas que se chirrean toditas... Ya puede usted cambiarme esta que le compré ayer, antes de que se la rompa en la tutuma para enseñarlo a no engañar al marchante. ¡Pedazo de pillo!».

El alfarero sonreía como quien desprecia injurias, y cambiaba la olla.

Y tanto se repitió la escena de compra y cambio de ollas y el agasajo de palabrotas, soportadas siempre con paciencia por el indio, que el barbero de la esquina, andaluz entrometido, llegó a decir una mañana:

—¡Córcholis! ¡Vaya con el clericuito para cominero! Ni yo, que soy un pobre de hacha, hago tanta alharaca por un miserable real. ¡Recórcholis! Oye, macuito. Las ollas de barro y las mujeres que también son de barro, se toman sin lugar a devolución, y el que se lleva chasco ¡contracórcholis! se mama el dedo meñique, y ni chista ni mista y se aguanta el clavo, sin molestar con gritos y lamentaciones al vecindario.

—Y a usted, so godo de cuernos, cascabel sonajero, ¿quién le dio vela en este entierro? —contestó con su habitual insolencia el negrito Manzanares—. Vaya usted a desollar barbas y cascar liendres, y no se meta en lo que no le va ni le viene, so adefesio en misa de una, so chapetón embreado y de ciento en carga...

Al oírse apostrofar así, se le avinagró al andaluz la mostaza, y exclamó ceceando:

—¡María Zantícima! Hoy me pierdo... ¡Aguárdate, gallinazo de muladar!

Y echando mano al puñalito o limpiadientes, se fue sobre Perico Manzanares, que sin esperar la embestida se refugió en las habitaciones de su amo. ¡Quién sabe si la camorra entre el barbero y el mayordomo habría servido para despertar sospechas sobre las ollas; que de pequeñas causas han surgido grandes efectos! Pero, afortunadamente, ella coincidió con el último viaje que hizo el alfarero trayendo olla contrabandista: pues el escándalo pasó el 5 de julio, y al amanecer del siguiente día abandonaba el virrey Laserna la ciudad, de la cual tomaron posesión los patriotas en la noche del 9.

Cuando el indio, a principios de junio, llevó a San Martín la primera olla devuelta por el mayordomo del señor Luna Pizarro, hallábase el general en su gabinete dictando la orden del día. Suspendió la ocupación, y después de leer las cartas que venían en el doble fondo, se volvió a sus ministros García del Río y Monteagudo y les dijo sonriendo:

—Como lo pide el suplicante.

Luego se aproximó al amanuense y añadió:

—Escribe, Manolito, santo, seña y contraseña para hoy: Con días —y ollas— venceremos.

La victoria codiciada por San Martín era apoderarse de Lima sin quemar pólvora; y merced a las ollas que llevaban en el vientre ideas más formidables siempre que los cañones modernos, el éxito fue tan espléndido, que el 28 de julio se juraba en Lima la Independencia y se declaraba la autonomía del Perú. Junín y Ayacucho fueron el corolario.

Pan, queso y raspadura

I

El mes de diciembre de 1821 principiaba tomando el ejército español, mandado personalmente por el virrey La-Serna la ofensiva sobre el ejército patriota, a órdenes del bravo general Sucre, ese Bayardo de la América. Ambos ejércitos marchaban paralelamente y casi a la vista, separados por el caudaloso río Pampas, y cambiándose de vez en cuando algunos tiros. El jefe español se proponía, ante todo, cortar la comunicación de los patriotas con Lima, a la vez que forzar a éstos a descender al llano abandonando las crestas de Matará.

Sucre, comprendiendo el propósito del enemigo, se apresuró a ganar el día 3 la quebrada de Corpahuaico; y habían avanzado camino en ella las divisiones de vanguardia y centro, cuando la retaguardia fue bruscamente atacada por las tropas de Valdez, el más inteligente y prestigioso de los generales españoles. Los patriotas perdieron en esa jornada todo el parque, uno de los cañones que formaban su artillería y cerca de trescientos hombres. El desastre habría sido trascendental si el batallón Vargas, mandado por el comandante Trinidad Morán, no hubiera desplegado heroica bizarría, dando con su resistencia tiempo para que el ejército acabase de pasar el peligroso desfiladero.

¡Triste burla de la suerte! Treinta años después, el 3 de diciembre de 1854, el general don Trinidad Morán era fusilado en la plaza de Arequipa, en el mismo día aniversario de aquel en que salvó al ejército patriota y con él acaso la independencia de América.

El 8 las tropas realistas, ocupando las alturas de Pacaicasa y del Cundurcunca (cuello de cóndor), tenían cortada para los patriotas la comunicación con el valle de Jauja. Los independientes tomaban posiciones primero en Tambo-Cangallo, después en el pueblecito de Quinua, a cuatro leguas de Huamanga, y finalmente, a la falda del Cundurcunca, Retirarse sobre Ica o retroceder camino del Cuzco era, si no imposible, plan absurdo.

El ejército del virrey se componía de doce batallones de infantería, cinco cuerpos de caballería y catorce cañones. Su fuerza efectiva era de nueve mil trescientos hombres.

Los patriotas contaban solo con diez batallones, cuatro regimientos de caballería y un cañón que, como recuerdo glorioso, se conservaba hasta 1881 en el museo del cuartel de artillería de Lima. Total, cinco mil ochocientos hombres.

Inmensa, como se ve, era la superioridad de los españoles; pero cada hora que corría sin combatir hacía más aflictiva la situación del reducido ejército patriota en el que, para mayor conflicto, solo había carne para racionar a la tropa por uno o dos días más.

El general La-Mar se dirigió a una choza de pastores que servía de alojamiento a Sucre. Éste le tendió afectuosamente la mano y le dijo:

—¡Y bien, compañero! ¿Qué haría usted en mi condición?

—Dar mañana la batalla, y vencer o morir —contestó La-Mar.

—Pienso lo mismo, y me alegro de que no haya discrepancia en nuestra manera de apreciar la situación.

Y Sucre salió a la puerta de la choza, llamó a su ayudante y le dio orden de convocar inmediatamente para una junta de guerra a los principales jefes del ejército.

Una hora después, los generales Sucre, La-Mar, Córdova, Miller, Lara y Gamarra, que era el jefe de Estado Mayor, y los comandantes de cuerpo se encontraban congregados a la puerta de la choza, sentados sobre tambores e improvisados taburetes de campaña.

II. Una ligera noticia biográfica de los principales miembros de la junta de guerra paréceme que viene aquí como anillo en dedo

Antonio José de Sucre nació en Cumaná en 1793, y desde la edad de dieciséis años se enroló en las filas patriotas. En 1813 mandaba ya un batallón. Desde la batalla de Pichincha empezó a figurar como general en jefe. Siendo, en 1828, presidente de Bolivia, envió su poder a un amigo para contraer matrimonio, en Quito, con la marquesa de Solanda, y ¡curiosa coincidencia! el mismo día, 18 de abril, en que se celebraba la ceremonia nupcial, era Sucre herido, en Chuquisaca, al sofocar un movimiento revolucionario. El gran mariscal de Ayacucho fue villanamente asesinado el 4 de junio de 1830, en la montaña de Berruecos.

Don José de La-Mar nació en Guayaquil en 1777, y fue llevado por uno de sus deudos a un colegio de Madrid. En 1794, entró en la carrera militar e hizo la campaña del Rosellón al lado del limeño conde de la Unión que mandaba en jefe el ejército español. En el sitio de Zaragoza era ya coronel y muy querido de Palafox. Defendiendo un fuerte cayó mortalmente herido, y su curación fu penosísima. En Valencia mandó después un cuerpo de cuatro mil hombres y, tomado prisionero, el mariscal Soult lo remitió al depósito de Dijón. En 1814, Fernando VII lo ascendió a general y lo envió al Perú con alto destino militar. En 1823 elevó su renuncia ante el virrey La-Serna, y aceptada por éste y desligado de todo compromiso con España, tomó servicio en favor de la causa americana. Presidente constitucional del Perú, en 1828, fue derrocado por la más injustificable revolución, y murió desterrado en San José de Costa Rica, en 1830.

El granadino José María Córdova nació en 1800, y en 1822 era general de brigada en premio de su bravura en Boyacá y otros combates. En el mismo campo de Ayacucho fue ascendido a general de división, y cuando acompañando a Bolívar en su paseo triunfal hasta Potosí, el vecindario del Cuzco obsequió al libertador una corona de oro y piedras preciosas, éste no la aceptó y la puso sobre la cabeza de Córdova. La guerra civil se enseñoreó de Colombia en 1829, y Córdova fue asesinado después de una derrota.

Agustín Gamarra nació en el Cuzco en 1785, y aunque sus padres pretendieron hacer de él un teólogo, abandonó el colegio y sentó plaza de cadete en el ejército español, alcanzando en él hasta comandante. Proclamada en 1821 la independencia, tomó servicio con los patriotas, que lo reputaban, después de Sucre y La-Mar, como el militar más competente en materia de organización, disciplina y estrategia. Entrado ya el Perú en el régimen constitucional, fue perenne perturbador del orden y vivió siendo siempre o presidente o conspirador. Tuvo gloriosa muerte en el campo de batalla de Ingavi, en 1840.

III. La junta de guerra decidió por unanimidad de votos dar la batalla en la mañana del siguiente día

Terminada la sesión, Sucre llamó a su asistente y le dijo: «Sirve las once a estos caballeros».

Y volviéndose a sus compañeros de junta, añadió: «Conténtense ustedes con mis pobrezas, que para festines tiempo queda si Dios nos da mañana la victoria y una bala no nos corta el resuello».

Y el asistente puso sobre un tambor una botella de aguardiente, un trozo de queso, varios panes y una chancaca.

—¡Banquete de príncipes golosos! —exclamó Córdova.

—No moriremos de indigestión —dijo La-Mar, poniendo una rebanada de queso dentro de un pan y cortando con el cuchillo un trocito de chancaca.

A este tiempo el coronel O'Connor, primer ayudante de Estado Mayor, se acercó a Sucre, preguntándole:

—Mi general, ¿quiere usía dictarme el santo y seña que se ha de comunicar al ejército?

—¡Ahítate, glotón! Pan, queso y raspadura[2] —continuó diciendo La-Mar y pasando a Miller la ración que acababa de arreglar.

—¡Pan, queso y raspadura! —repitió el gallardo inglés aceptando el agasajo—. ¡Very well! ¡Muchas gracias!

Sucre se volvió hacia Miller, y le dijo sonriendo:

—¿Qué ha dicho usted, general?

—¡Nothing! ¡Nada! ¡Nada! Pan, queso y raspadura...

—Coronel O'Connor, ahí tiene usted el santo, seña y contraseña precursores del triunfo.

Y sacando Sucre del bolsillo su librito de memorias, arrancó una página y escribió sobre ella con lápiz:

PAN, QUESO Y RASPADURA

Tal fue el santo, seña y contraseña del ejército patriota al romperse los fuegos en el campo de Ayacucho.

---

2   Raspadura, según el Diccionario de la lengua, es lo que se quita de alguna superficie raspándola. Se usa más en plural, y así se dice: raspaduras de uñas, raspaduras de chancaca, etc. La voz chancaca es provincialismo de México y del Perú, y se designa con este nombre al pan o bollo hecho con la melaza o heces de la miel de caña.

IV. La batalla de Ayacucho tuvo, al iniciarse, todos los caracteres de un caballeresco torneo

A las ocho de la mañana del 9 de diciembre el bizarro general Monet se aproximó con un ayudante al campo patriota, hizo llamar al no menos bizarro Córdova, y le dijo:

—General, en nuestro ejército como en el de ustedes hay jefes y oficiales ligados por vínculos de familia o de amistad íntima: ¿sería posible que, antes de rompernos la crisma, conversasen y se diesen un abrazo?

—Me parece, general, que no habrá inconveniente. Voy a consultarlo —contestó Córdova.

Y envió a su ayudante donde Sucre, quien en el acto acordó el permiso.

Treinta y siete peruanos entre jefes y oficiales, y veintiséis colombianos, desciñéndose la espada, pasaron a la línea neutral donde, igualmente sin armas, los esperaban ochenta y dos españoles.

Después de media hora de afectuosas expansiones regresaron a sus respectivos campamentos, donde los aguardaba el almuerzo.

Concluido éste, los españoles, jefes, oficiales y soldados, se vistieron de gran parada, en lo que los patriotas no podían imitarlos por no tener más ropa que la que llevaban puesta.

Sucre vestía levita azul cerrada con una hilera de botones dorados, sin banda, faja ni medallas, pantalón azul, charreteras de oro y sombrero apuntado con orla de pluma blanca. El traje de La-Mar se diferenciaba en que vestía casaca azul en lugar de levita. Córdova tenía el mismo uniforme de Sucre y, en vez de sombrero apuntado, un jipijapa de Guayaquil.

A las diez volvió a presentarse Monet, a cuyo encuentro adelantó Córdova.

—General —le dijo aquél—, vengo a participarle que vamos a principiar la batalla.

—Cuando ustedes gusten, general —contestó el valiente colombiano—. Esperaremos para contestarle a que ustedes rompan los fuegos.

Ambos generales se estrecharon la mano y volvieron grupas.

No pudo llevarse más adelante la galantería por ambas partes.

A los americanos nos tocaba hacerlos honores de la casa, no quemando los primeros cartuchos mientras los españoles no nos diesen el ejemplo.

En Ayacucho se repitió aquello de: A vous, messieurs les anglaises, que nous sommes chez nous.

V

A poco más de las diez de la mañana, la división Monet, compuesta de los batallones Burgos, Infante, Guías y Victoria, a la vez que la división Villalobos formada por los batallones Gerona, Imperial y Fernandinos, empezaron a descender de las alturas sobre la derecha y centro de los patriotas.

La división Valdez, organizada con los batallones Cantabria, Centro y Castro, había dado un largo rodeo y aparecía ya por la izquierda. La caballería, al mando de Ferraz, constaba de los húsares de Fernando VII, dragones de la Unión, granaderos de la Guardia y escuadrones de San Carlos y de alabarderos. Las catorce piezas de artillería estaban también convenientemente colocadas.

Los patriotas esperaban el ataque en línea de batalla. El ala derecha era mandada por Córdova y se componía de los batallones Bogotá, Voltíjeros, Caracas y Pichincha. La división del general Lara, con los batallones Vargas, Rifles y Vencedores, ocupaba el centro. La-Mar, con los cuatro cuerpos peruanos, sostenía la izquierda. La caballería, a órdenes de Miller, se componía de los húsares de Junín y de Colombia y de los granaderos de Buenos Aires.

Cada batallón de la infantería española constaba de ochocientas plazas por lo menos, y entre los patriotas raro era el cuerpo que excedía de la mitad de esa cifra.

Sucre, en su brioso caballo de batalla, recorría la línea, y deteniéndose en el centro de ella, dijo con entonación de voz que alcanzó a repercutir en los extremos:

—¡Soldados! De los esfuerzos de hoy pende la suerte de la América del Sur. ¡Que otro día de gloria corone vuestra admirable constancia!

Y espoleando su fogoso corcel, se dirigió hacia el ala que ocupaban los peruanos.

La-Mar, el adalid sin miedo y sin mancilla, alentó a sus tropas con una proclama culta, a la vez que entusiasta y breve, y que ni la historia ni la tradición han cuidado de conservar.

Los batallones contestaron con un estruendoso ¡viva el Perú!, y rompieron el fuego sobre la división Valdez que había tomado ya la iniciativa del combate. Era en esa ala donde la victoria debía disputarse más reñidamente.

Entretanto la división Monet avanzaba sobre la de Córdova, y el coronel Guas, que mandaba el antiguo batallón Numancia, cuyo nombre cambió Bolívar con el de Voltíjeros, dijo a sus soldados:

—¡Numantinos! Ya sabéis que para vosotros no hay cuartel. ¡Ea! A vencer o morir matando.

Sucre, que acudía con oportunidad allí donde su presencia era necesaria, le gritó a Córdova:

—General, tome usted la altura y está ganada la batalla.

El valiente Córdova, ese gallardo paladín de veinticuatro años, por toda respuesta se apeó del caballo y, alzando su sombrero de jipijapa[3] en la punta de su espada, dio esta original voz de mando:

—¡División! ¡De frente! ¡Arma a discreción y paso de vencedores!

Y dando una irresistible carga a la bayoneta, sostenido por la caballería de Miller que acuchillaba sin piedad a los húsares de Fernando VII, sembró pronto el pánico en la división Monet.

Sospecho que también la historia tiene sus pudores de niña melindrosa. Ella no ha querido conservar la proclama del general Lara a la división del centro, proclama eminentemente cambrónica; pero la tradición no la ha olvidado, y yo, tradicionista de oficio, quiero consignarla. Si peco en ello, pecaré con Víctor Hugo; es decir, en buena compañía.

---

3   Hasta en escritores serios hemos visto consignada la especie de que, al emprender la famosa acometida sobre los españoles, Córdova se apeó de su corcel de batalla, desnudó la espada, atravesó con ella el pecho del caballo, y a guisa de bandera enarboló el tricornio en la punta de su acero, pronunciando a la vez sus inmortales palabras de mando. Varios pintores lo exhiben así en sus cuadros.

Ello quizá sea poético, y duélenos despoetizar la pintura; pero la verdad histórica nos obliga a decir que Córdova no lució ese día sombrero apuntado, sino un blanco jipijapa, y que estuvo muy lejos de herir al noble corcel que lo sustentara en varios combates, acción que habría revestido caracteres de crueldad y de ingratitud.

La malicia del lector adivinará los vocablos que debe sustituir a los que yo estampo en letra bastardilla. Téngase en cuenta que la división Lara se componía de llaneros y gente cruda a la que no era posible entusiasmar con palabritas de salón.

—¡Zambos del espantajo! —les gritó—. Al frente están los godos puchueleros. El que manda la batalla es Antonio José de Sucre que, como saben ustedes, no es ningún cangrejo. Conque así, apretarse los calzones y... ¡a ellos!

Y no dijo más, y ni Mirabeau habría sido más elocuente.

Y tan furiosa fue la arremetida sobre la división Villalobos, en la cual venía el virrey, que el batallón Vargas no solo alcanzó a derrotar el centro enemigo, sino que tuvo tiempo para acudir en auxilio de La-Mar, cuyos cuerpos empezaban a ceder terreno ante el bien disciplinado coraje de los soldados de Valdez.

Secundó a Vargas el regimiento húsares de Colombia, cuyo jefe, el coronel venezolano Laurencio Silva, cayó herido. Llevado al hospital y puesto un vendaje a la herida, preguntó al cirujano:

—Dígame, socio... ¿Cree usted que moriré de ésta?

—Lo que es morir me parece que no; pero tiene usted lo preciso para pasar algunos meses bien divertido.

—¡Ah! Pues si no muero de ésta, venga mi caballo, que todavía hay jarana para un cuarto de hora y quiero estar en ella hasta el conchito. Y con agilidad suma, sin escuchar las reflexiones de su amigo el cirujano, saltó sobre el caballo y volvió a meterse en lo recio del fuego.

¡Qué hombres, Cristo mío! ¡Qué hombres! Setenta minutos de batalla, casi toda cuerpo a cuerpo, empleando los patriotas el sable y la bayoneta más que el fusil, pues desde Corpaguaico, donde perdieron el parque, se hallaban escasos de pólvora (cincuenta y dos cartuchos por plaza), bastaron para consumar la independencia de América.

VI

A las doce del día el virrey La-Serna, ligeramente herido en la cabeza, se encontraba prisionero de los patriotas, y ¡lo que son las ironías del destino! en ese mismo día, a esa misma hora, en Madrid, el rey don Fernando VII firmaba para La-Serna el título de conde de los Andes.

La rivalidad entro Canterac, favorito del virrey y jefe de Estado Mayor de los españoles, y Valdez, el más valiente, honrado y entendido de los generales realistas, influyó algo para la derrota. El plan de batalla fue acordado solo entre La-Serna y Canterac, y al ponerlo en conocimiento de Valdez tres horas antes de iniciarse el combate, éste murmuró al oído del coronel del Cantabria, que era su íntimo amigo:

—¡Nos arreglaron los insurgentes! Ese plan de batalla han podido urdirlo dos frailes gilitos, pero no dos militares. Los enemigos nos habrán hecho flecos antes de que lleguemos a la falda del cerro, y aun superado este inconveniente, no nos dejarán formar línea ordenada de batalla. En fin, soldado soy y mi obligación es ir sin chistar al matadero y cumplir, como Dios me ayude, con mi rey y con mi patria.

—¿Qué hacer, mi general? —contestó el jefe del Cantabria estrechando la mano de su superior—. ¡Caro vamos a pagar las francesadas de Canterac!

Desbandada su división que, en justicia sea dicho, se batió admirablemente, Valdez descabalgó y, sentándose sobre una piedra, dijo con estoicismo:

—Esta comedia se la llevó el demonio. ¡Canario! De aquí no me muevo y aquí me matan.

Un grupo de sus soldados, de quienes era muy querido, lo tomó en peso y consiguió transportarlo algunas cuadras fuera del campo.

A la caída del Sol, Canterac firmaba la capitulación de Ayacucho, y tres días más tarde dirigía a Simón Bolívar esta carta, que acaso medio siglo después trajo a la memoria Napoleón III al rendirse prisionero en Sedán:

«Excelentísimo señor libertador don Simón Bolívar: Como amante de la gloria, aunque vencido, no puedo menos que felicitar a vuecelencia por haber terminado su empresa en el Perú con la jornada de Ayacucho. Con este motivo tiene el honor de ofrecerse a sus órdenes y saludarle, en nombre de los generales españoles, su afectísimo y obsecuente servidor que sus manos besa. —José de Canterac. —Guamanga a 12 de diciembre de 1824.»

VII

A las dos de la tarde, fatigado por la sangrienta al par que gloriosa faena del día, llegó el general Miller a la puerta de la tienda de Sucre, donde solo encontró al leal asistente.

—Pancho —le dijo el alegre inglés—, dame un traguito de algo que refresque y un bocado para comer.

El asistente le contestó:

—Mi general, dispense usía si no le ofrezco otra cosa que lo mismo de ayer: un sorbo de aguardiente, pan, queso y raspadura.

—Hombre, guárdate la raspadura y tráeme lo demás, que para raspadura basta con la que hemos dado a los godos.

El fraile y la monja del Callao. Escribo esta tradición para purgar un pecado gordo que contra la historia y la literatura cometí cuando muchacho

Contaba dieciocho años y hacía pinicos de escritor y de poeta. Mi sueño dorado era oír entre los aplausos de un público bonachón los destemplados gritos «¡el autor! ¡el autor!». A esa edad todo el monte antojábaseme orégano y cominillo, e imaginábame que con cuatro coplas mal zurcidas y una docena de articulejos peor hilvanados había puesto una pica en Flandes y otra en Jerez. Maldito si ni por el forro consultaba clásicos, ni si sabía por experiencia propia que los viejos pergaminos son criadero de polilla. Casi casi me habría atrevido a dar quince y raya al más entendido en materias literarias, siendo yo entonces uno de aquellos zopencos que, por comer pan en lugar de bellota, ponen al Quijote por las patas de los caballos, llamándolo libro disparatado y sin pies ni cabeza. ¿Por qué? Porque sí. Este porque sí será una razón de pie de banco, una razón de incuestionable y caprichosa brutalidad, convengo; pero es la razón que alegamos todos los hombres a falta de razón.

Como la ignorancia es atrevida, echeme a escribir para el teatro; y así Dios me perdone si cada uno de mis engendres dramáticos no fue puñalada de pícaro al buen sentido, a las musas y a la historia. Y sin embargo, hubo público bobalicón que llamara a la escena al asesino poeta y que, en vez de tirarle los bancos a la cabeza, le arrojara coronitas de laurel hechizo. Verdad es que por esos tiempos no era yo el único malaventurado que con fenomenales producciones desacreditaba el teatro nacional, ilustrado por las buenas comedias de Pardo y de Segura. Consuela ver que no es todo el sayal alforjas.

Titulábase uno de mis desatinos dramáticos Rodil, especie de alacrán de cuatro colas o actos, y ¡sandio de mí! fui tan bruto que no solo creí a mi hijo la octava maravilla, sino que ¡mal pecado! consentí en que un mi amigo, que no tenía mucho de lo de Salomón, lo hiciera poner en letras de molde. ¡Qué tinta y qué papel tan mal empleados!

Aquello no era drama ni piñón mondado. Versos ramplones, lirismo tonto, diálogo extravagante, argumento inverosímil, lances traídos a lazo, caracteres imposibles, la propiedad de la lengua tratada a puntapiés, la historia arreglada a mi antojo y... vamos, aquello era un mamarracho digno de un soberbio varapalo. A guisa, pues, de protesta contra tal paternidad escribo esta tradición, en la que, por lo menos, sabré guardar respetos a los fueros de la historia y la sombra de Rodil no tendrá derecho para querellarse de calumnia y dar de soplamocos a la mía cuando ambas se den un tropezón en el valle de Josafat.

«¡Basta de preámbulo y al hecho!», exclamó el presidente de un tribunal, interrumpiendo a un abogado que se andaba con perfiles y rodeos en un alegato sobre filiación o paternidad de un mamón. El letrado dijo entonces de corrido: «El hecho es un muchacho hecho: el que lo ha hecho niega el hecho: he aquí el hecho».

I

Con la batalla de Ayacucho quedó afianzada la independencia de Sudamérica. Sin embargo, y como una morisqueta de la Providencia, España dominó por trece meses más en un área de media legua cuadrada. La traición del sargento Moyano, en febrero de 1824, había entregado a los realistas una plaza fuerte y bien guarnecida y municionada. El pabellón de Castilla flameaba en el Callao, y preciso es confesar que la obstinación de Rodil en defender este último baluarte de la monarquía rayó en heroica temeridad. El historiador Torrente, que llama a Rodil el nuevo Leonidas, dice que hizo demasiado por su gloria de soldado, Stevenson y aun García Camba convienen en que Rodil fue cruel hasta la barbarie, y que no necesitó mantener una resistencia tan desesperada para dejar su reputación bien puesta y a salvo el honor de las armas españolas.

Sin esperanzas de que llegasen en su socorro fuerzas de la península, ni de que en el país hubiese una reacción en favor del sistema colonial, viendo a sus compañeros desaparecer día a día, diezmados por el escorbuto y por las balas republicanas, no por eso desmayó un instante la indomable terquedad del castellano del Callao.

Mucho hemos investigado sobre el origen del nombre Callao que lleva el primer puerto de la república, y entre otras versiones, la más generalizada es la de que viene por la abundancia que hay en su playa del pequeño guijarro llamado por los marinos zahorra o callao.

A medida que pasan los años, la figura de Rodil toma proporciones legendarias. Más que hombre, parécenos ser fantástico que encarnaba una voluntad de bronce en un cuerpo de acero. Siempre en vigilia, jamás pudieron los suyos saber cuáles eran las horas que consagraba al reposo, y en el momento más inesperado se aparecía como fantasma en los baluartes y en la caserna de sus soldados. Ni la implacable peste que arrebató a seis mil de los moradores del Callao lo acometió un instante; pues Rodil había empleado el preservativo de hacerse abrir fuentes en los brazos.

Rodil era gallego y nacido en Santa María del Trovo. Alumno de la universidad de Santiago de Galicia, donde estudiaba jurisprudencia, abandonó los claustros junto con otros colegiales, y en 1808 sentó plaza en el batallón de cadetes literarios. En abril de 1817 llegó al Perú con el grado de primer ayudante del regimiento del Infante. Ascendido poco después a comandante, se le encomendó la formación del batallón Arequipa. Rodil se posesionó con los reclutas de la solitaria islita del Alacrán, frente a Arica, donde pasó meses disciplinándolos, hasta que Osorio lo condujo a Chile. Allí concurrió Rodil, mandando el cuerpo que había creado, a las batallas de Talca, Cancharayada y Maypú.

Regresó al Perú, tomando parte activa en la campaña contra los patriotas, y salió herido el 7 de julio de 1822 en el combate de Pucarán.

Al encargarse del gobierno político y militar del Callao en 1824 el brigadier don José Ramón Rodil, hallábase condecorado con las cruces de Somorso, Espinosa de los Monteros, San Payo, Tumames, Medina del Campo, Tarifa, Pamplona y Cancharayada, cruces que atestiguaban las batallas en que había tenido la suerte de encontrarse entre los vencedores. Sitiado el Callao por las tropas de Bolívar, al mando del general Salom, y por la escuadra patriota, que disponía de 171 cañones, fue verdaderamente titánica la resistencia. La historia consigna la para Rodil decorosa capitulación de 23 de enero de 1826, en que el bravo jefe español, vestido de gran uniforme y con los honores de ordenanza, abandonó el castillo para embarcarse en la fragata de guerra inglesa Briton. El general La-Mar, que era, valiéndome de una feliz expresión del Inca Garcilaso, un caballero muy caballero en todas sus cosas, tributó en esta ocasión justo homenaje al valor y la lealtad de Rodil, que des de el 1.º de marzo de 1824, en que reemplazó a Casariego en el mando del Callao, hasta enero de 1826 casi no pasó día sin combatir.

Rodil tuvo durante el sitio que desplegar una maravillosa actividad, una astucia sin límites y una energía incontestable para sofocar complots. En solo un día fusiló treinta y seis conspiradores, acto de crueldad que lo rodeó de terrorífico y aun supersticioso respeto. Uno de los fusilados en esa ocasión fue Frasquito, muchacho andaluz muy popular por sus chistes y agudezas y que era el amanuense de Rodil.

El general Canterac (que tan tristemente murió en 1835 al apaciguar en Madrid un motín de cuartel) fue comisionado por el virrey conde de los Andes para celebrar el tratado de Ayacucho, y en él se estipuló la inmediata entrega de los castillos. Al recibir Rodil la carta u oficio en que Canterac le transcribía el artículo de la capitulación concerniente al Callao, exclamó furioso: «¡Canario! Que capitulen ellos que se dejaron derrotar, y no yo. ¿Abogaderas conmigo? Mientras tenga pólvora y balas, no quiero dimes ni diretes con esos p... ícaros insurgentes».

II

Durante el sitio disparó sobre el campamento de Bellavista, ocupado por los patriotas, 79.553 balas de cañón, 451 bombas, 908 granadas, y 34.713 tiros de metralla, ocasionando a los sitiadores la muerte de siete Oficiales y ciento dos individuos de tropa, y seis oficiales y sesenta y dos soldados heridos. Los patriotas por su parte no anduvieron cortos en la respuesta, y lanzaron sobre las fortalezas 20.327 balas de cañón, 317 bombas e incalculable cantidad de metralla.

Al principiarse el sitio contaba Rodil en los castillos una guarnición de 2.800 soldados, y el día de la capitulación solo tuvo 376 hombres en estado de manejar una arma. El resto había sucumbido al rigor de la peste y de las balas republicanas. En las calles del Callao, donde un año antes pasaban de 8.000 los asilados o partidarios del rey, apenas si llegaban a 700 almas las que presenciaron el desenlace del sitio. Según García Camba, fueron 6.000 las víctimas del escorbuto y 767 los que murieron combatiendo.

En los primeros meses del sitio Rodil expulsó de la plaza 2.389 personas. El gobierno de Lima resolvió no admitir más expulsados, y viose el feroz espectáculo de infelices mujeres que no podían pasar al campamento de Miranaves ni volver a la plaza, porque de ambas partes se las rechazaba a balazos. Las desventuradas se encontraban entre dos fuegos y sufriendo angustias imposibles de relatarse por pluma humana. He aquí lo que sobre este punto dice Rodil en el curioso manifiesto que publicó en España, sin alcanzar ciertamente a disculpar un hecho ajeno de todo sentimiento de humanidad.

«Yo que necesitaba aminorar la población para suspender consumos que no podían reponerse, mandé que los que no pudieran subsistir con sus provisiones o industria saliesen del Callao. Esta orden fue cumplida con prudencia, con pausa y con buen éxito. La noticia de los primeros que emigraron fue animando a los que carecían de recursos para vivir en la población, y en cuatro meses me descargué de 2.389 bocas inútiles. Los enemigos, a la decimacuarta emigración de ellas entendieron que su conservación me sería nociva, y tentaron no admitirlas con esfuerzo inhumano. Yo las repelí decisivamente.»

Inútil es hacer sobre estas líneas apreciaciones que están en la conciencia de todos los espíritus generosos. Si indigna hasta la barbarie y ajena del carácter compasivo de los peruanos fue la conducta del sitiador, no menos vituperable encontrará el juicio de la historia la conducta del gobernador de la plaza.

Rodil estaba resuelto a prolongar la resistencia; pero su coraje desmayó cuando en los primeros días de enero de 1826 se vio abandonado por su íntimo amigo el comandante Ponce de León, que se pasó a las filas patriotas, y por el comandante Riera, gobernador del castillo de San Rafael, quien entregó esta fortaleza a los republicanos. Ambos poseían el secreto de las minas que debían hacer explosión cuando los patriotas emprendiesen un asalto formal. Ellos conocían en sus menores detalles todo el plan de defensa imaginado por el impertérrito brigadier. La traición de sus amigos y tenientes había venido a hacer imposible la defensa.

El 11 de enero se dio principio a los tratados que terminaron con la capitulación del 23 honrosa para el vencido y magnánima para el vencedor.

Las banderas de los regimientos Infante, don Carlos y Arequipa, cuerpos muy queridos para Rodil, le fueron concedidas para que se las llevase a España. De las nueve banderas españolas tomadas en el Callao, dispuso el general La-Mar que una se enviase al gobierno de Colombia, que cuatro se guardasen en la catedral de Lima, y las otras cuatro en el templo de Nuestra Señora de las Mercedes, patrona de las armas peruanas.

¿Se conservan tan preciosas reliquias? Ignoro, lector, el contenido de la pregunta.

III

Vuelto Rodil a su patria, lo trataron sus paisanos con especial distinción y fue el único de los que militaron en el Perú a quien no aplicaron el epíteto de ayacucho con que se bautizó en España a los amigos políticos de Espartero. Rodil figuró, y en altísima escala, en la guerra civil de cristinos y carlistas; y como no nos hemos propuesto escribir una biografía de este personaje, nos limitaremos a decir que obtuvo los cargos más importantes y honoríficos. Fue general en jefe del ejército que afianzó sobre las sienes de doña María de la Gloria la corona de Portugal. Tuvo después el mando del ejército que defendió los derechos de Isabel II al trono de España, aunque le asistió poca fortuna en las operaciones militares de esta lucha, que solo terminó cuando Espartero eclipsó el prestigio de Rodil.

Fue virrey de Navarra, marqués de Rodil y sucesivamente capitán general de Extremadura, Valencia, Aragón y Castilla la Nueva, diputado a Cortes, ministro de la Guerra, presidente del Consejo de ministros, senador de la Alta Cámara, prócer del reino, caballero de collar y placa de la orden de la Torre y Espada, gran cruz de las de Isabel la Católica y Carlos III, y caballero con banda de las de San Fernando y San Hermenegildo. Entre él y Espartero existió siempre antagonismo político y aun personal, habiendo llegado a extremo tal, que en 1815, siendo ministro el duque de la Victoria, hizo juzgar a Rodil en consejo de guerra y lo exoneró de sus empleos, honores, títulos y condecoraciones. Al primer cambio de tortilla, a la caída de Espartero, el nuevo ministro amnistió a Rodil, devolviéndole su clase de capitán general y demás preeminencias.

El marqués de Rodil no volvió desde entonces a tornar parte activa en la política española y murió en 1861.

Espartero murió en enero de 1879, de más de ochenta años de edad.

136

IV

Desalentados los que acompañaban a Rodil y convencidos de la esterilidad de esfuerzos y sacrificios, se echaron a conspirar contra su jefe. El presidente marqués de Torre-Tagle y su vicepresidente don Diego Aliaga, los condes de San Juan de Lurigancho, de Castellón y de Fuente-González, y otros personajes de la nobleza colonial, habían muerto víctimas del escorbuto y de la disentería que se desarrollan en toda plaza mal abastecida. Los oficiales y tropa estaban sometidos a ración de carne de caballo, y sobrándoles el oro a los sitiados, pagaban a precios fabulosos un panecillo o una fruta. El marqués de Torre-Tagle, moribundo ya del escorbuto, consiguió tres limones ceutíes en cambio de otros tantos platillos de oro macizo, y llegó época en que se vendieron ratas como manjar delicioso.

Por otra parte, las cartas y proclamas de los patriotas penetraban misteriosamente en el Callao alentando a los conspiradores. Hoy descubría Rodil una conspiración, e inmediatamente, sin fórmulas ni proceso, mandaba fusilar a los comprometidos, y mañana tenía que repetir los castigos de la víspera. Encontrando muchas veces un traidor en aquel que más había alambicado antes su lealtad a la causa del rey, pasó Rodil por el martirio de desconfiar hasta del cuello de su camisa.

Las mujeres encerradas en el Callao eran las que más activamente conspiraban. Los soldados del general Salom llegaban de noche hasta ponerse a tiro de fusil y gritaban:

—A Lima, muchachas, que la patria engorda y da colores —palabras que eran una apetitosa promesa para las pobres hijas de Eva, a quienes el hambre y la zozobra traían escuálidas y ojerosas.

V

A pesar de los frecuentes fusilamientos no desaparecía el germen de sedición, y vino día en que almas del otro mundo se metieron a revolucionarias. ¡No sabían las pobrecitas que don Ramón Rodil era hombre para habérselas tiesas con el purgatorio entero!

Fue el caso que una mañana encontraron privados de sentido y echando espumarajos por la boca a dos centinelas de un bastión lienzo de muralla fronterizo a Bellavista. Eran los tales dos gallegos crudos, mozos de letras gordas y de poca sindéresis, tan brutos como valientes, capaces de derribar a un toro de una puñada en el testuz y de clavarle una bala en el hueso palomo al mismísimo gallo de la Pasión; pero los infelices eran hombres de su época, es decir, supersticiosos y fanáticos hasta dejarlo de sobra.

Vueltos en sí, declaró uno de ellos que a la hora en que Pedro negó al Maestro se lo apareció como vomitado por la tierra un franciscano con la capucha calada, y que con aquella voz gangosa que diz que se estila en el otro barrio le preguntó: «¡Hermanito! ¿Pasó la monja?».

El otro soldado declaró, sobre poco más o menos, que a él se le había aparecido una mujer con hábito de monja clarisa y díchole: «¡Hermanito! ¿Pasó el fraile?».

Ambos añadieron que no estando acostumbrados a hablar con gente de la otra vida, se olvidaron de la consigna y de dar el quién vive, porque la carne se les volvió de gallina, se les erizó el cabello, se les atravesó la palabra en el galillo y cayeron redondos como troncos.

Don Ramón Rodil para curarlos de espantos les mandó aplicar carrera de baquetas.

El castellano del Real Felipe, que no tragaba ruedas de molino ni se asustaba con duendes ni demonios coronados, diose a cavilar en los fantasmas, y entre ceja y ceja se le encajó la idea de que aquello trascendía de a legua a embuchado revolucionario. Y tal maña diose y a tales expedientes recurrió, que ocho días después sacó en claro que fraile y monja no eran sino conspiradores de carne y hueso que se valían del disfraz para acercarse a la muralla y entablar por medio de una cuerda cambio de cartas con los patriotas.

Era la del alba, cuando Rodil en persona ponía bajo sombra en la casamata del castillo una docena de sospechosos y a la vez mandaba fusilar al fraile y a la monja, dándoles el hábito por mortaja.

Aunque a contar de ese día no han vuelto fantasmas a peregrinar o correr aventuras por las murallas del hoy casi destruido Real Felipe, no por eso el pueblo, dado siempre a lo sobrenatural y maravilloso, deja de creer a pie juntillas que el fraile y la monja vinieron al Callao en tren directo y desde el país de las calaveras, por solo el placer de dar un susto mayúsculo al par de tagarotes que hacían centinela en el bastión del castillo.

Preludio obligado

Lector, aquí me tienes por quinta vez en liza,
de históricos recuerdos te mando otro centón:
huyendo de un presente que el genio esteriliza,
mi templo es el pasado, mi altar la tradición.
De incásica huaca yo sé los secretos;   5
alcoba cerrada nunca hay para mí;
yo entiendo de magia, yo sé de amuletos,
yo soy taumaturgo, yo soy zahorí.
Si acaso me peta, bailar hago a un muerto;
yo tengo varita de ignota virtud;   10
si un texto me falta que pruebe un aserto,
lo pido a la Biblia, lo pido al Talmud.
Aquello que calla la historia adivino;
comento las suras que trae el Corán;
ya soy eremita, ya soy libertino;   15
ya vivo con Cristo, ya estoy con Satán.
Ya narro una dicha, ya cuento un desastre;
si hoy mal hablo de uno, mañana hablo bien;
tengo eso que llaman trastienda de sastre
y zurzo un vestido de guiñapos cien.   20
Tertulios son míos virrey y arzobispo;
de reo y verdugo compinche soy yo;
si el cuerpo me pide jarana, me achispo
con monjas severas, con damas de pro.
Yo soy infatigable trabajador. Hacino   25
las piedras para que otro levante arco triunfal.
Rebuscador de archivos, forrado en pergamino,
¿desdeñará mis piedras la historia nacional?

Ricardo Palma
Miraflores, diciembre de 1879.

Un cerro que tiene historia

A un cuarto de legua de la plaza Mayor de Lima y encadenado a una serie de colinas, que son ramificación de los Andes, levántase un cerrillo de forma cónica, y cuya altura es de cuatrocientas setenta varas sobre, el nivel del mar. Los geólogos que lo han visitado convienen en que es una mole de piedra, cuyas entrañas no esconden metal alguno; y sabio hubo que, en el pasado siglo, opinara que la vecindad del cerro era peligrosa para Lima, porque encerraba nada menos que un volcán de agua. Las primeras lluvias del invierno dan al cerro pintoresca perspectiva, pues toda su superficie se cubre de flores y gramalote que aprovecha el ganado vacuno.

En 1536 el inca Manco, a la vez que con un ejército de doscientos mil indios asediaba el Cuzco, envió sesenta mil guerreros sobre la recién fundada ciudad de Lima. Éstos, para ponerse a, cubierto de la caballería española, acamparon a la falda del cerro, delante del cual pasaba un brazo del Rimac, cuyo curso continuaba por los sitios llamados hoy de Otero, y el Pedregal.

A propósito del río, consignaremos que en 1554 el conquistador Jerónimo de Aliaga, alcalde del Cabildo de Lima, representó y obtuvo que con gasto que no excedió de 20.000 duros se construyese un puente de madera; mas en 1608, viendo el virrey marqués de Monteselaros que las crecientes del Rimac amenazaban destruirlo, procedió a reemplazarlo con el de piedra que hoy existe, y cuya construcción se terminó en 1610 con gasto de 400.000 reales de a ocho.

En 1634 una creciente del Rimac destruyó la iglesia de Nuestra Señora de las Cabezas, a cuya reedificación se puso término cinco anos después.

En la noche del 11 de febrero de 1696 se desbordó el brazo de río que pasa por el monasterio de la Concepción, llegando el agua hasta la plaza Mayor. En las tiendas de los Portales, cuya construcción acababa de terminar el virrey conde de la Monclova con gasto de 25.000 pesos, subió el agua a media vara de altura; y como casi todas eran ocupadas por escribanos que tenían los protocolos en el suelo y no en estantes, por lo caro de la madera, pudriéronse documentos cuya reposición fue, si no imposible, muy difícil. Desde entonces se trasladaron los escribanos a otras calles, legando su nombre al Portal que habían ocupado.

Con las continuas avenidas sufrieron tanto los cimientos del famoso y monumental puente de piedra, que en tiempo del virrey Amat cundió la alarma de que el primer ojo amenazaba desplomarse. Desde 1766 hasta 1777 duraron los trabajos de reparación, terminados los cuales, y en reemplazo de la estatua ecuestre de Felipe V, que se derrumbó en el terremoto de 1746, colocaron sobre la arcada el reloj de los jesuitas, instituto que acababa de ser abolido. En 1852 el presidente general Echenique reemplazó este reloj con otro que había mandado traer de Europa y que desapareció en 1879 a consecuencia de un voraz incendio.

Larga nos ha salido la digresión. Reanudemos el relato.

Durante diez días sostuvieron los indios recios combates con los defensores de la ciudad, cuyo número alcanzaba escasamente a quinientos españoles.

Entonces fue cuando, según lo apunta Quintana refiriéndose al cronista Montesinos, la querida de Pizarro, Inés Huayllas —usta, hermana de Atahualpa, instigada por una coya o dama de su servicio, fue sorprendida dirigiéndose al real de los sitiadores, llevándose un cofre lleno de oro y esmeraldas.

Pizarro perdonó a su querida, a la que fue después madre de sus hijos Gonzalo y Francisca; pero mandó dar garrote a la coya, instigadora de la fuga.

Eso de haber sido benévolo para con la querida, es virtud que cualquiera la tiene y que está en la masa de la sangre. ¡Miren qué gracia! Aquí viene de molde este pareado:

Pues yo también soy hecho de igual barro
que el inmortal conquistador Pizarro.

Siempre que los sitiadores emprendían el paso del río, para consumar la derrota y exterminio de los sitiados conquistadores, volvíase tan impetuosa la corriente, que centenares de indios perecieron ahogados. Por el contrario, a los españoles les bastaba encomendarse a San Cristóforo (cargador de Cristo) para vadear el río sin peligro, y embestir sobre los atrincheramientos del enemigo, bien que con poco éxito, pues eran constantemente rechazados y tenían que replegarse a la ciudad.

A no obrar el cielo un milagro, los españoles estaban perdidos.

Y ese milagro se realizó.

En la mañana del 14 de septiembre, día en que la Iglesia celebra la fiesta de la Exaltación de la Cruz, los indios emprendieron la retirada, sin que haya podido ningún historiador explicar las causas que la motivaron.

A las cuatro de la tarde de ese día, don Francisco Pizarro, seguido de sus bravos conmilitones, se dirigió al cerro, lo bautizó con el nombre de San Cristóbal, y para dar principio a la erección de una capilla puso en la cumbre una gran cruz de madera.

Como por entonces no había en Lima templo alguno, la misa dominical se celebraba en la plaza Mayor, en altar portátil que se colocaba frente al callejón de Petateros; mas en 1537 inaugurose la capillita del cerro de San Cristóbal, a la que, por devoción y por paseo, afluía el vecindario en los días de fiesta.

Después, anualmente, el 14 de septiembre efectuábase una bulliciosa romería al San Cristóbal.

Había en ella danza de moros y cristianos, abundancia de cohetes y francachela en grande.

Aunque el terremoto de 1746 destruyó la capilla, dejando en pie parte de los muros, no por eso olvidó el pueblo la romería anual, y en el sitió que antes fue sagrado se bailaba desaforadamente y se cometía todo linaje de profanos excesos.

Allí, sin respeto a la prohibición de la autoridad, se cantaba hasta el estornudo, cancioncita liviana con que se conmemoraba la peste que afligió a Lima en 1719 y que, entre estornudo y estornudo, condujo algunos prójimos al campo santo. Como muestra de la cancioncilla popular, vaya una de sus coplas:

> Tiene mi dueño
> eso pequeño,
> chiquito lo otro y estrecho el pie.
> ¡Ach! ¡María y José!

En 1784 el arzobispo La Reguera prohibió la romería y mandó que se acabase de demoler la capilla, dejando solo, como recuerdo del sitio en que existiera, el arco de la puerta y una cruz de madera en memoria de la que colocó Pizarro.

El carbunclo del diablo

La huaca Juliana, cuya celebridad data desde la batalla de la Palma, el 5 de enero de 1855, por haber sido ella la posición más disputada, tiene su leyenda popular que hoy se me antoja referir a mis lectores.

Cuando el conquistador Juan de la Torre, el Madrileño, sacó en los tiempos de la rebelión de Gonzalo Pizarro grandes tesoros de una de las huacas vecinas a la ciudad, despertose entre los soldados la fiebre de escarbar en las fortalezas y cementerios de los indios.

Tres ballesteros de la compañía del capitán Diego Gumiel asociáronse para buscar fortuna en las huacas de Miraflores, y llevaban ya semanas y semanas de hacer excavaciones sin conseguir cosa de provecho.

El Viernes Santo del año 1547, y sin respeto a la santidad del día, que la codicia humana no respeta santidades, los tres ballesteros, después de haber sudado el quilo y echado los bofes trabajando todo el día, no habían sacado más que una momia y ni siquiera un dije o pieza de alfarería que valiese tres pesetas. Estaban dados al diablo y maldiciendo de la corte celestial. Aquello era de taparse los oídos con algodones.

Habíase ya puesto el Sol, y los aventureros se disponían para regresar a Lima, renegando de los indios cicateros que tuvieron la tontuna de no hacerse enterrar sobre un lecho de oro y plata, cuando uno de los españoles dando un puntapié a la momia la hizo rodar gran trecho. Una piedrecita luminosa se desprendió del esqueleto.

—¡Canario! —exclamó uno de los soldados—. ¿Qué candelilla es esa? ¡Por Santa María que es carbunclo, y gordo!

Y disponíase a mover la planta tras la piedrecilla, cuando el del puntapié, que era todo un matón, lo detuvo diciéndole:

—¡Alto, camarada! No me salve si no es mío el carbunclo, que fui yo quien sacó la momia.

—¡Un demonio que te lleve! Yo lo vi brillar primero, y antes mueras que poseerlo.

—¡Cepos quedos! —arguyó el tercero desenvainando una espada de las llamadas de perrillo—. ¿Y yo soy don Nadie?

—¡A mí no me tose ni la mujer del diablo, caracolines! —contestó el matón sacando a lucir su daga.

Y entre los tres camaradas armose la tremenda.

Y el carbunclo, lanzando vivísimos destellos, alumbraba aquel siniestro duelo. No parecía sino que la maldita piedra azuzaba con su fatídico brillo la codicia y la rabia de los combatientes.

Al día siguiente, los mitayos de una huerta vecina encontraron el cadáver de uno de los guapos y a los otros dos con el pellejo hecho una criba y pidiendo a gritos confesión.

El alférez don Francisco Carrasco, propietario del terreno sobre el que hoy se han edificado las espléndidas casas de Chorrillos, hizo en 1663 donación de esas tierras a varias familias indígenas de Huacho y Surco que vivían consagradas a la pesca. ¿Quién habría dicho al alférez Carrasco que la miserable pesquería que él fundó habría, antes de dos siglos, de convertirse en la más opulenta villa del Perú?[4]

Era fama que anualmente, en la noche del Viernes Santo, los viajeros que pasaban por el camino de Chorrillos veían brillar sobre la huaca Juliana el carbunclo del diablo.

Parece que el silbido de la locomotora ha bastado después para espantar al maligno.

---

4   Ocupada Chorrillos, en la noche del 13 de enero de 1881, fue incendiada por el ejército chileno. Se estima en muchos millones de pesos el valor de lo destruido.

145

Don Alonso el Membrudo

Cuentan del venezolano general Páez, el héroe de los llanos, que en la época de guerra a muerte con la metrópoli, tomó prisionero a un corpulento soldado español que gozaba reputación de hombre de hercúleas fuerzas. El caudillo de los patriotas le dijo:

—Oye, maturrango. Te perdono la vida si logras echarme al suelo.

Sonrióse el prisionero y aceptó el reto, creyendo segura la victoria; pero Páez, que para este género de lucha poseía más maña y agilidad que fuerza física, consiguió al cabo de dos minutos que el español cayese de espaldas.

Entonces el vencedor le dijo:

—¡Ea, tembleque, prepárate para que te fusilen!

A lo que el soldado contestó sin inmutarse:

—Corriente, mi general: usía ha jugado conmigo como el gato con el ratón. Ahora, engúllame.

Déjase adivinar que a Páez le cayó en gracia la respuesta y que perdonó al prisionero.

También en el ejército realista había un hombre de ñeque. Era éste el comandante Santalla, del cual refieren que tomaba el librito de las cuarenta hojas, vulgo naipe, lo partía por mitad y decía: «Esto lo hacen muchos». Luego practicaba idéntica operación con las ochenta cartulinas, diciendo: «Esto lo hacen pocos». Y terminaba rompiendo de golpe los ciento sesenta retazos de baraja, exclamando con aire de triunfo: «¡Esto solo lo hago yo, el comandante Santalla!».

Pero en esto de hombres vigorosos, Páez, Santalla y todos los Sansones modernos son niños de teta comparados con mi don Alonso, sujeto de quien dice un cronista que cuando se le cansaba el caballo se lo echaba al hombro, sin desnudarlo de arneses, y seguía tan fresco su camino.

Don Alonso el Membrudo llamaban los conquistadores al capitán Alonso Díaz, deudo del gobernador de Panamá don Pedro Arias Dávila.

Vecino del Cuzco cuando estalló la rebelión en favor de Almagro el Mozo, y muy devoto del marqués Pizarro, no quiso don Alonso abandonar la ciudad, y quedose oculto en ella conspirando a favor del licenciado Vaca de Castro enviado por el rey para poner coto a las turbulencias del Perú.

Al tener noticia de que las tropas reales salían de Guamanga en número de 800 soldados para batir a los 600 de Almagro, decidió don Alonso abandonar su escondite y enderezó al campo de Chupas, anheloso de llegar a tiempo para tomar parte en la batalla que se dio el 16 de septiembre de 1542.

Faltábanle pocas leguas para llegar al real de Vaca de Castro, cuando vio venir, jinetes en briosos caballos y a todo correr, a tres soldados que el vencedor enviaba al Cuzco con la noticia del descalabro de los almagristas.

Alonso Díaz detuvo a uno de los emisarios; y éste, al reconocer en él a uno de los leales y de los primeros conquistadores que vinieron a estos reinos con Pizarro, echó pie a tierra exclamando:

—¡Albricias, señor capitán! ¡Viva el rey! ¡Vencido es el tirano!

Tan grande fue el gozo de don Alonso al saber la fausta nueva, que se echó en brazos del soldado diciéndole:

—¡Viva el rey! ¡Aprieta, valiente, aprieta!

Y tan estrecho fue el abrazo y tal la fuerza con que apretó don Alonso el Membrudo, que el soldado dio un grito y cayó redondo lanzando un torrente de sangre por la boca.

Alonso Díaz, que en los combates de la conquista mataba, no con la espada, sino con abrazos a los indios, olvidó, en el entusiasmo de su alegría por la victoria, que sus abrazos daban la muerte al prójimo.

Enjuiciado el involuntario matador, absolviolo Vaca de Castro; pero prohibiéndole para en adelante, bajo pena de la vida, abrazar a nadie, amigo o enemigo, hembra o varón.

El señor de Mendiburu, en el artículo que en su Diccionario histórico del Perú, consagra a Alonso Díaz, dice que vino de España una real cédula quitando a aquel bravucón el derecho de abrazo. Presumo que esta real cédula sería la aprobación de la sentencia dada por Vaca de Castro.

Que más vale maña que fuerza, como dice un refrán, lo comprueba el resultado de un duelo a espada entre Alonso Díaz y Francisco de Villacastín. Era éste uno de los compañeros del marqués Pizarro, quien profesábale gran cariño, a punto tal que lo hizo uno de los primeros potentados del Cuzco, dándole por mujer a una ñusta (princesa) hija de Huayna-Capac, llamada doña Leonor. Por su matrimonio, vino a ser Villacastín señor de Ayaviri, encomienda que hacía tributarios de él a más de ocho mil indios.

Villacastín era un personaje ridículo por su fealdad. Faltábanle los dientes delanteros, y lo que ocasionó este desperfecto en la boca era, en verdad, motivo para justa risa. Fue el caso que un día caminaba don Francisco distraído, por un bosque de Panamá, cuando un mono, que estaba en la copa de un árbol, le arrimó tan feroz pedrada que le hizo vomitar cuatro dientes. Villacastín recobrose a poco, armó la ballesta y consiguió matar a quién tan feamente lisiado lo dejaba de por vida. ¡Dichoso tiempo el nuestro en que campean no solo dientes sino hasta mandíbulas postizas! Si no recuerdo mal, Garcilaso, que conoció y trató a Villacastín, cuenta lo de la pedrada.

Alonso Díaz, que era gran bromista, burlándose en una ocasión de Villacastín, le dijo:

—Vuesa merced solo tiene hígados para desafiarse con un mono bravucón y salir mellado para in eternum.

Picose Villacastín, y desenvainó. Don Alonso púsose en guardia, y se cruzaron los aceros. Pero don Francisco, si bien tenía menos puños y vigor que su adversario, excedíalo en ligereza y, a poco esgrimir, le clavó a don Alonso Díaz tan bárbara estocada, que lo tuvo por ocho días entre si las liaba o no las liaba.

Comprometido Alonso Díaz en el bando de Girón y vencido y ajusticiado este caudillo, acogiose el Membrudo al indulto que en 1554 promulgó la Real Audiencia, retirándose luego a vivir pacíficamente en el Cuzco, donde era uno de los más acaudalados vecinos. Pero en 1556, recelando el virrey marqués de Cañete nuevos alzamientos, en los que se presentaba al capitán Díaz como agitador, le mandó en secreto dar garrote.

Un curioso, gran amigo de su excelencia, le preguntó un día el porqué había hecho dar muerte a español tan principal, y el virrey contestó sonriendo:

—Hícelo para curar a ese loco de la manía de abrazar; pues siendo sus caricias peligrosas y estándole vedadas, contravino a la real voluntad, y en un baile se le vio abrazar a una de sus comadres, según lo testifican diez vecinos de lo más notable del Cuzco.

La verdad quede en su sitio, que yo ni ato ni trasquilo, y no estoy de humor para discurrir sobre si fueron verdes o fueron maduras. Abrazador o revolucionario, ello es que don Alonso el Membrudo murió de mala muerte.

La hija del ajusticiado

Fruto de juveniles devaneos dejó Gonzalo Pizarro una hija, bautizada con el nombre de Inés, y que al finar su padre en el cadalso contaba muy poco más de cinco años. De pocos con más propiedad que del infortunado caudillo pudo decirse con un poeta antiguo.

Ave que cansa su vuelo
Por tender a lo infinito,
Tal vez se estrella en el suelo
Por ambicioso prurito.

Confiscada la hacienda del rebelde en provecho del real tesoro, llegó doña Inés a la pubertad en condición vecina a la miseria y mantenida por la generosidad de los poquísimos parciales y amigos del difunto. Uno de ellos decidió conducir a España a la doncella, creyendo que sería acogida por su tío Hernando Pizarro con el cariño de pariente.

En vano doña Inés se arrojó en Madrid a las plantas del monarca, pidiéndole la rehabilitación del nombre y derechos de su padre. El sombrío Felipe II se mantuvo implacable.

En vano puso en juego la infeliz joven todo linaje de esfuerzos para conseguir del Consejo de Indias que, por lo menos, la cabeza de Gonzalo fuese quitada del rollo en la plaza Mayor de Lima, donde se ostentaba como infamante memoria del vencido caudillo. Las lágrimas de la huérfana caían sobre los cortesanos del demonio del Mediodía como la lluvia sobre el arenal.

Entonces acudió a su tío Hernando, imaginándose encontrar en él un corazón a quien hacer partícipe de las penas del suyo. ¡Horrible desilusión! El hermano de su padre la apostrofó con estas feroces palabras:

—¡Hija de mala madre y de peor padre, apártate de mi vista! Yo no soy deudo de ese traidor Gonzalo de quien me hablas.

Despreciada de todos en España, emprendió doña Inés viaje de regreso a Lima, diciéndose: «A mi tierra me vuelvo, que Dios no se ha muerto de viejo, y en este mundo endiablado no hay bien cumplido ni mal acabado». Así la fama de su belleza como la de sus desventuras en la corte, eran tema obligado de conversación en el Perú; y cuando se hablaba de su próxima llegada, dos hidalgos se presentaron al virrey, conde de Nieva, solicitando la mano de la hija del ajusticiado.

Era el uno don Lorenzo de Cepeda Ahumada, hermano de Santa Teresa.

Era el otro don Baltasar de Contreras, español también, mancebo de veinte años y a quien, niño aún, habían traído sus padres a Lima.

El virrey resolvió dejar iguales a los romancescos galanes de dama a quien ni por retrato conocían, y escogió para marido de doña Inés a un hombre de edad madura y de cuantiosa fortuna.

Al desembarcar la hija de Gonzalo, se encontró con la sorpresa de que no era ya libre para disponer de su suerte, y aceptó de buen grado el esposo que le habían elegido.

El hermano de Santa Teresa, al fin hombre de mundo, se encogió de hombros y asistió a la boda acompañado de Contreras, el otro pretendiente desairado. Pero el fantástico joven, al conocer a la novia, se sintió verdaderamente apasionado de ella, y abandonó el templo sin presenciar el fin de la ceremonia. Tres días después, don Baltasar de Contreras vestía el hábito de religioso agustino. Fue un sacerdote ejemplar por su talento y virtudes, y asociado al padre Juan Vera, conocido con el mote del Pecador, fundó en 1619 el conventillo o Recolección de Guía.

El padre Contreras hizo un viaje a España; no quiso aceptar un obispado con que le brindaron en la corte; y después de haber ejercido los principales cargos de la orden, murió en Lima en 1632 y de edad casi nonagenaria.

En cuanto a la hija del ajusticiado, fue incansable en defender y honrar la memoria de su valiente y generoso padre, cuya cabeza vio, al fin, robada de la picota y puesta en lugar sagrado.

Orgullo de cacique

El naufragio del vapor de guerra Rimac el 1.º de marzo de 1855 en los arrecifes de la punta de San Juan llevó al tradicionista que este libro ha escrito, después de andar tres días entre arenales pasando la pena negra, al pueblecito de Acarí. Aquel naufragio no fue al principio gran catástrofe; pues de novecientos que éramos entre tripulantes del buque, pasajeros y un batallón de infantería que, con destino a Islay, se había embarcado, no excedieron do doce los ahogados en el mar. Pero cuando, congregados en la playa, nos echamos a deliberar sobre la situación, y nos encontramos sin víveres ni agua, y nos convencimos de que para llegar a poblado necesitábamos emprender jornada larga, sin más guía que la Providencia, francamente que los pelos se nos pusieron de punta. Acortando narración, baste decir que la sed, el hambre, el cansancio y fatiga dieron cuenta de ochenta y seis náufragos, y que los que, por vigorosos o afortunados, logramos llegar a Chaviña, Chocavento o Acarí, más semblanza teníamos de espectros que de humanos seres. Fue entonces cuando oí relatar a un indio viejo la tradición que van ustedes a leer, y de la cual habla también incidentalmente Garcilaso de la Vega en sus Comentarios reales.

Entre los caciques de Acarí y de Atiquipa, que nacieron cuando ya la conquista española había echado raíces en el Perú, reinaba en 1574 la más encarnizada discordia, a punto tal que sus vasallos se rompían la crisma, azuzados, se entiende, por los *curacas* rivales.

Era el caso que el de Atiquipa no se conformaba con que las fértiles lomas estuviesen bajo su señorío, y pretendía tener derecho a ciertos terrenos en el llano. El de Acarí contestaba que desde tiempo inmemorial, su jurisdicción se extendía hasta la falda de los cerros, y acusaba al vecino de ambicioso y usurpador.

La autoridad española, quo no podía consentir en que el desorden aumentara en proporciones, se resolvió a tomar cartas en la querella, amén de que el poderío de los caciques más era nominal que efectivo; pues a la política de los conquistadores convenía aún dejar subsistentes los cacicazgos y demás títulos colorados, rezagos del gobierno incásico.

El corregidor de Nazca mandó comparecer ante él a los dos caciques, oyó pacientemente sus cargos y descargos, y los obligó a prestar juramento de someterse al fallo que él pronunciara.

Dos o tres días después sentenció en favor del cacique de Acarí y dispuso que, en prueba de concordia, se celebrase un banquete al que debían concurrir los indios principales de ambos bandos.

El de Atiquipa disimuló el enojo que lo causara la pérdida del pleito; y el día designado para el banquete de reconciliación estuvo puntual, con sus amigos y deudos, en la plaza de Acarí.

Había en ella dos grandes mesas en las que se veía enormes fuentes con la obligada pachamanca de carnero, y no pocas tinajas barrigudas conteniendo la saludable chicha de jora, mil veces preferible, en el gusto y efectos sobre el organismo, a la amarga y abotargadora cerveza alemana.

Ocupó una de las mesas el vencedor con sus amigos, y en la fronteriza tomaron asiento el de Atiquipa y los suyos.

Terminada la masticación, humedecida, por supuesto, con frecuentes libaciones, llegó el momento solemne de los brindis. Levantose el de Atiquipa, y tomando dos mates llenos de chicha, avanzó hacia el de Acarí y le dijo:

—Hermano, sellemos el pacto brindando por que solo la muerte sea poderosa a romper nuestra alianza.

Y entregó a su antiguo rival el mate que traía en la derecha.

No sabré decir si fue por aviso cierto o por sospecha de una felonía por lo que, poniéndose de pie el de Acarí, contestó mirando con altivez a su vencido adversario:

—Hermano, si me hablas con el corazón, dame el mate de la izquierda, que es mano que al corazón se avecina.

El de Atiquipa palideció y su rostro se contrajo ligeramente; mas fuese orgullo o despecho al ver abortada su venganza, repúsose en el instante y con pulso sereno pasó el mato que el de Acarí le reclamara.

Ambos apuraron el confortativo licor; más el do Atiquipa, al separar sus labios del mate, cayó como herido por un rayo.

Entre el suicidio y el ridículo de verse nuevamente humillado por su contrario, optó sin vacilar por el suicidio, apurando el tósigo que traía preparado para sacrificar al de Acarí.

La moda en los nombres de pila

I

El inca Concolorcorvo, cuzqueño que, con repugnante cinismo, escribía: «Yo soy indio neto, salvo las trampas de mi madre, de que no salgo por fiador, y creo descender de los Incas por línea tan recta como el arco iris», aboga en su Lazarillo de ciegos caminantes, curioso libro que se imprimió en 1773, por el destierro de los nombres de antiguo uso, dando por razón que los santos nuevos tienen que ser más milagreros que los santos viejos; pues éstos de seguro que, con haber sido pedigüeños desde larga data, han de traer fastidiado a Dios, que se mirará y remirará para seguir acordándoles mercedes.

No diré yo que esto del nuevo calendario deje de significar un progreso; que con mi terquedad no haría sino imitar al anciano aquel que, aferrado a las cosas de su mocedad, nada encontraba bueno en el presente. «Vaya, abuelo, que en camino está usted de decirme que, en su tiempo, hasta la Hostia consagrada era mejor», le interrumpió su nieto. «Por supuesto —contestó el viejo—, como que era de harina de mejor calidad.» Pero sí digo que así el nombre de pila como el apellido han servido y servirán de carta de recomendación, abundando los casos en que acarrean perjuicio. Un soldado que se llame Pánfilo, Cándido, Homobono o Simplicio debe renunciar a carrera en que hallará rápido ascenso un Alejandro, un César, un Darío o un Napoleón. No a humo de pajas dijo Espronceda lo de que

> El nombre es el hombre
> y es su primer fatalidad su nombre.

Prueba al canto. Allá por los años do 1680 existió en Arequipa un gallego llamado David Gorozabel. Pues por cargar con tal nombre y tal apellido, casi lo achicharra la Inquisición en Lima, teniéndolo por judío. Sus señorías los inquisidores habían leído en la Biblia este versículo: Salathiel autem genuit Zorobabel, y corrigieron el texto poniendo en serios atrenzos al gallego Gorozabel, que lo menos debía ser primo segundo de Zorobabel.

Si en el siglo XIX las madres, llevándose de la opinión del cacique cuzqueño, han declarado cesante el calendario antiguo, buscando en las novelitas románticas nombres de revesado eufonismo para cristianar con ellos a sus hijos; si hoy se hace en las familias punto más serio que cuestión de Estado la elección de nombre para un nene, ¡bien hayan nuestros abuelos que maldito si paraban mientes en ello! Todo títere cargaba con prosaico nombre, que por entonces no había almanaque poético. Arco de iglesia habría sido encontrar en toda la América española un Arturo o un Edgardo, tina Oquelinda o una Etelvina.

Sin embargo, en los últimos años de la conquista hubo un nombre de moda y con el cual se bautizó por lo menos a un cincuenta por ciento de los nacidos. La moda no vino a Lima desde Francia, como las modernas, sino desde Potosí, como si dijéramos desde el polo.

Martínez Vela y un cronista agustino lo relatan, y a su verdad me atengo.

Hasta 1584, párvulos (mestizos o de pura sangre española) nacidos en Potosí eran ángeles para el cielo. No había memoria de que ningún niño hubiese llegado a la época de la dentición. El frío mató más inocentes que el rey de la degollina. Gracias a que desde 1640, casi cien años después de fundada la ciudad, se experimentó en ella tan notable cambio en la temperatura, que solo desde entonces han podido los vecinos cultivar jardinillos que, por vergonzantes que sean, hojitas verdes ostentan.

Doña Leonor de Guzmán, dama castellana y esposa de don Francisco Flores, veinticuatro de la imperial villa, había tenido un cardumen de hijos que vivieron lo que las rosas de que habla el poeta francés. En vano la pobre madre adoptaba todo linaje de precauciones para salvar la existencia de los niños, no siendo la menor la de darlos a luz en algún valle templado, y traerlos a Potosí después de pocos meses, que era como traerlos al cementerio.

En 1584, los agustinos acababan de fundar su convento, y doña Leonor, que se sentía con huésped en las entrañas, andaba con el desconsuelo de recelar que también se helase el nuevo fruto. El prior de los agustinos fue a visitarla un día, y encontrándola llorosa y acongojada la dijo:

—Enjugue esas lágrimas, mi señora doña Leonor, que encomendando la barriga a San Nicolás de Tolentino, yo lo respondo de que, sin abandonar la villa, tendrá heredero y lo verá logrado.

Lo cierto es que el santo hizo el milagro, y que don Nicolás Flores, rector cincuenta años más tarde de la Universidad de Lima y regidor de su Cabildo, fue el primer niño de raza española a quién el frío no convirtió en carámbano.

Entre setenta y dos bautismos que en 1585 administró el cura de la parroquia de San Lorenzo, consta del respectivo libro que, exceptuando cinco, el nene que no fue Colás fue Colasa. Fuese por intercesión del santo de los panecillos o porque el frío amainara, ello es que muchos de los infantes libraron de morir antes de la edad del destete.

Las madres limeñas no quisieron ser menos que las potosinas, y casi todos los muchachos nacidos hasta fin de ese siglo tuvieron por patrono a San Nicolás de Tolentino.

II

Pero la moda, que es hembra muy veleta, después de un cuarto de siglo había pasado, y eso no traía cuenta a los agustinos. Era preciso resucitarla y, en efecto, resucitó en 1624. Vean ustedes cómo.

Don Enrique del Castrillo y Fajardo, general de caballería del Perú y capitán de la compañía de gentiles hombres lanzas, tuvo una disputa con otro caballero que, sin pararse en ceremonias, le espetó en sus peinadas barbas un miente usía. El general echó mano por la charrasca y, también sin ceremonias, le sembró las tripas por el suelo. Me parece que así a cualquiera se le enseñan buena crianza y miramientos.

Por entonces todas las iglesias de Lima gozaban del derecho de asilo, pues fue solo en 1772 cuando el Padre Santo lo limitó a la catedral y San Marcelo.

Mientras recogían de la callo al difunto don Enrique tomó seguro en el templo de San Ildefonso, cuyo convento servía de colegio a los padres agustinos.

Doña Jacobina Lobo Guerrero, sobrina del arzobispo y esposa del refugiado, puso en juego todo género de influencias para que su marido fuese absuelto por el asesinato, absolución que alcanzó del virrey y de la Audiencia, por ser necesarios los servicios del general de caballería para la defensa de la ciudad, amenazada a la sazón por el pirata Heremite.

Cuando se presentó doña Jacobina en la portería de San Ildefonso, llevando a su marido la orden de libertad, encontrose con éste tan gravemente enfermo que los físicos le habían mandado hacer los últimos aprestos para el viajo eterno.

Dice el cronista padre Calancha que doña Jacobina hizo entonces formal promesa a San Nicolás de Tolentino de darle en cera, artículo muy caro en esa época, tantas arrobas cuantas pesase la humanidad do su marido, que era hombre alto y fornido, a juzgar por el retrato que existe en la catedral, en la capilla de San Bartolomé, de la cual él y doña Jacobina eran patronos.

Hubo de encontrar San Nicolás que hacía buen negocio, y el de Castrillo y Fajardo se levantó a poco de la cama más robusto y brioso que antes de caer en ella.

Nueve arrobas de cera y un piquillo de libras pesaba su señoría el general. ¡Peso es!

Y cata que con este milagrito volvió San Nicolás a recobrar su prestigio y a ponerse de moda.

Capa colorada, caballo blanco y caja turún-tun-tun

Cuéntase en diversas crónicas que el licenciado don Juan de Betanzos fue comisionado por el virrey Mendoza para escribir una historia de los incas y de los sucesos de la conquista; que desempeñó con acierto el encargo, pues era hombre entendido en letras y muy conocedor de las lenguas quechua y aimará; y que parte del manuscrito que, según fama, era bastante verídico y curioso, desapareció a la muerte del virrey, quien tenía el propósito de enviarlo a Europa para que se imprimiese. ¡Es lástima! El resto que se ha salvado permanece todavía inédito, existiendo en Lima una copia recientemente sacada de los archivos de Madrid.

Este licenciado Betanzos se avecindó en Puno, donde contrajo matrimonio con la princesa doña. Angelina, hija de Atahualpa y en otro tiempo querida de don Francisco Pizarro.

Pero no es del licenciado, sino del retoño que tuvo en doña Angelina y que también se llamó don Juan de Betanzos, de quien voy a ocuparme en esta tradición.

Como heredero de dama tan ilustre, el joven Betanzos era el señor feudal de Azángaro. Los indios veían en él un vástago de sangre real, y tributábanle grandes homenajes. Pero Betanzos que, por su riqueza y por su cuna, pudo ser caudillo de los indios y aspirar a ceñirse el *llautu* rojo, engreíase con su abolengo español, teniendo en poco su ascendencia materna.

Betanzos llevaba una existencia fastuosa y disipada en Azángaro, donde, en el distrito de Arapa, poseía minas que le daban una renta diaria de treinta marcos de plata. Con fortuna tal, que muchos monarcas de Europa codiciarían hoy mismo, inútil es añadir que españoles y criollos lo adulaban a porfía.

Por el año de 1600 fue nombrado alcalde de Azángaro un vizcaíno, hombre áspero y templado como el hierro de sus montañas patrias, y que no aguantaba que chico ni grande desobedeciese en un ápice los mandatos de la autoridad.

Promulgose un día bando para que, después del toque de cubrefuego, ningún vecino anduviese por las calles pelando la pava o cantando yaravíes para engatusar a las muchachas.

Don Juan tenía a la sazón su quebradero de cabeza con una linda criolla, a la que acostumbraba festejar con músicas nocturnas, dándosele un bledo del bando. Sorprendiole una noche la ronda, y aunque los alguaciles lo amonestaron cortésmente, él los envió a mala parte, llevándose de encuentro al alcalde.

Al escándalo acudió éste, oyose llamar pícaro y zopenco, y dejándose de contemplaciones, que su merced tenía sangre en el ojo, sopló en la cárcel pública al nieto de Atahualpa, y al día siguiente lo puso en libertad, no sin echarle un sermoncito cuaresmero por el desacato a la autoridad.

¡Cascarones! Un alcalde de monterilla encanallar así a quien contaba por abuelos catorce reyes, salvo error de suma o pluma. ¡Habrá atrevido! ¡Cascaroncitos con el vizcaíno!

Tan a lo vivo hubo de llegarle el ultraje al orgulloso mancebo, que juró no volver a Azángaro sino desagraviado con el castigo o humillación del vizcaíno, y corrió a esconder su sonrojo en las minas de Arapa.

Dice la tradición que fue entonces cuando sacó un trozo de plata maciza que pesaba casi tres arrobas y que tenía la forma perfecta de una cabeza de toro, curiosidad que, con un memorial bien parlado, envió de regalo al rey. A la vez, y como para impedir que el escrito se fuese a pique en la corte, cuidó de acompañarlo con mucho lastre, es decir, con obsequios para los personajes más influyentes en el ánimo del monarca.

Parece que en el memorial, después de ocuparse de su regia estirpe, se extendía en quejas sobre el pasado ultraje, y solicitaba concesiones que pusieran en relieve su calidad de príncipe.

Muchas pero desgraciadamente ineficaces diligencias he hecho para obtener copia de la respuesta del monarca, y tengo que conformarme con repetir lo que corre en boca de todos los vecinos de Puno.

Refieren ellos que por cédula real, fechada en Barcelona en junio de 1603, obtuvo don Juan de Betanzos las siguientes mercedes:

Primera: que en veinte leguas a la redonda de Azángaro fuese considerado con los honores y prerrogativas de príncipe, debiendo las autoridades de los pueblos que él visitase en esa demarcación salir a recibirlo desde seiscientas varas castellanas fuera de poblado.

Segunda: que entrase en los pueblos con repique de campanas, montado en caballo blanco, cubierto con capa colorada y precedido de heraldos con cuerno de caza y caja turún-tun-tun (frase textual).

Tercera: que no estaba sujeto a la justicia de Indias; pues el monarca se avocaba el conocimiento de toda causa contra el agraciado por su real bondad.

Cuarta: que su casa se llamase villa de Betanzos.

A poquísima distancia del mineral de Arapa vénse hoy mismo los cimientos de la villa de Betanzos, llamando la atención del viajero las ruinas de un espacioso templo. La decadencia del mineral y el porqué quedó sin terminarse la erección de la villa son puntos que acaso me servirán de argumento para otra tradición.

Según el censo oficial formado en 1876, la villa de Betanzos es hoy un miserable caserío habitado por veinticinco personas, y Paz Soldán en su Diccionario geográfico del Perú apenas consigna el nombre de la que fue morada del opulento don Juan.

Cuando supo Betanzos que en el Cabildo de Azángaro se había dado lectura a la real cédula, salió una mañana de Arapa, acompañado de muchos amigos, vistiendo capa colorada de paño de Córdoba y cabalgando un bien enjaezado potro de raza andaluza, blanco como leche sin bautizar.

A una cuadra de distancia, y a todo correr, iba un chasqui tocando un tambor y otro indio que hacía repercutir un bronco cuerno de caza.

En Azángaro no había campana que repicase; pero los cabildantes obedecieron al pie de la letra el real mandato saliendo a recibir con la capa de gala la visita del príncipe.

Este recorrió el grupo buscando la fisonomía del alcalde vizcaíno; pero su merced acababa de hacer dimisión de la vara y trasladádose a Lima, para libertarse del compromiso de honrar a quien en chirona tuvo. ¡Cascarones con el vizcaíno astuto!

Añaden los que esta historia relatan que, chasqueado don Juan en su propósito de humillar al alcalde, no volvió a hacer uso de los privilegios que le acordara la real cédula, en cuanto a entrar en los pueblos hecho un apóstol Santiago con el apéndice de cuerno y caja turún-tun-tun.

El ahijado de la providencia

I

El cuarto monarca del Perú, en la dinastía incásica, allá por los años de 1170, se detuvo con su ejército en un valle despoblado, pero amenísimo, al que llamó Ari-qquepas, que quiere decir quedémonos aquí; pero el padre Blas Valora, nacido en el Cuzco y muy entendido en las lenguas quechua y aimará, sostiene que Arequipa significa Trompeta sonora; porque qquepan llamaban los indios a un caracol marino del que usaban a guisa de trompa bélica.

Dicho inca repartió terrenos entre tres mil familias, las que fundaron los caseríos o pueblos de Yanahuara, Caima, Tiabaya, Paucarpata, Socabaya, Characato, Chiguata y otros.

Fue a fines de 1539 cuando Francisco Pizarro comisionó tal capitán Pedro Anzures Henríquez de Camporredondo, soldado muy experimentado, hombre de gran juicio y suficiencia y del que ningún historiador cita nada que lo deshonre o haga odiosa su memoria, para que fundase la actual ciudad del Misti con el nombre de Villa de la Asunción de Nuestra Señora del Valle Hermoso, desatendiendo a los que opinaban que la fundación debía hacerse a inmediaciones de la caleta de Quilca.

Los españoles que para tal misión acompañaron a Camporredondo, aparte de los veinticinco soldados oscuros, fueron don Garci Manuel de Carvajal, nombrado teniente gobernador de la villa, y los capitanes Miguel Cornejo el Bueno, Marcos Retamoso, Jerónimo de Villegas, Martín López, Pedro Pizarro (el historiador), Fernando de Ribera, Francisco Madueño, Alonso de Luque, Hernando Álvarez de Carmona, Juan Navarro y Pedro Godínez, entre los que se distribuyeron los cargos del Cabildo, tocando el empleo de alguaciles mayores a Nicolás de Almazán y al caballero de espuela dorada don Juan de la Torre. Algunos de ellos figuran entre los conquistadores a quienes tocó parte del rescate de Atahualpa, y otros entre los que más se comprometieron en las banderías de almagristas y pizarristas. Por supuesto que fueron muy favorecidos con solares para edificar sus casas y con excelentes terrenos de sembradío.

Parece que Pizarro no quería tener cerca de sí mucha gente de pluma; porque también envió para que fundasen la villa a los licenciados Escobedo, Cuéllar, León, Álvaro de Toledo y Juan de San Juan, y a los bachilleres Francisco Rodríguez, Pedro Blasco y Cristóbal Tovilla. No es, pues, de extrañar que, abundando los leguleyos trapisondistas, hayan salido los hijos de Arequipa aficionadillos a estudios jurídicos y a la chicana del foro. Quien lo hereda no lo hurta.

No tenía la villa un año de fundada cuando Carlos V, por cédula de 22 de diciembre de 1540 la elevaba a la categoría de ciudad, dándola escudo de armas, en el que se ve un grifo que en la mano trae una bandera, en la cual se lee este mote: Del rey.

Nada entendido en heráldica el demócrata que esto escribe, atiénese a la explicación que sobre tal alegoría da un cronista. Dice que la inscripción de la bandera expresa la posesión que el rey tomó de Arequipa y que al colocar aquélla, no bajo los pies, sino en la mano del grifo, quiso el monarca manifestar su aprecio por la ciudad, no pisándola como a vasalla, sino dándola la mano como a favorecida. Si hay quien lo explique mejor, que levante el dedo.

Por la conducta que observó Arequipa en las guerras civiles de los conquistadores, mereció de Felipe II, entre otras distinciones, el título de Noble y Leal.

Hablando de las aristocráticas pretensiones de los arequipeños, y con carácter de proverbio, decíase en Lima: Arequipa ciudad de dones, pendones y muchachos sin calzones; y si no miente don Bernardino de Pimentel, duque de Frías, he aquí el origen del refrán, tal como lo relata en un librejo que lleva por título Deleite de la discreción. El ejemplar que he consultado se encuentra en la Biblioteca Nacional.

Diz que a la puerta de una posada se hallaba un muchacho vestido de harapos, en circunstancias de llegar caballero en briosa mula un fraile de campanillas, el cual dirigiéndose al mozalbete, dijo:

—Mancebo, téngame el estribo y darele un real de cruz.

Ofendiose el de los harapos y contestó:

Padre, mida sus expresiones y sépase que habla don Fulano de Tal, de Tal y de Tal.

Y vomitó hasta una docena de apellidos. A lo que el fraile contestó con mucha flema:

—Pues señor don Fulano de Tal, de Tal y de Tal, vuesa merced se vista como se llama o llámese como se viste.

Y si ello es embuste o invención, no me pidan cuenta los arequipeños, que es el duque y no yo quien lo refiere.

Si he traído a cuento este cardumen de datos históricos, ha sido tanto por hacerlos populares cuanto porque en la tradición que voy a contar campea Alonso de Luque (a quien he ya nombrado entre los fundadores), conocido por el ahijado de la Providencia.

II

Por los años 1560 daba en Arequipa motivo a popular alboroto la venta de pescado fresco en la recova o plaza de abasto. Esto se explica teniendo en consideración la distancia que hay de la ciudad al mar, así como la escasez de pesca en esa costa.

Aunque no a precio tan fabuloso como en Potosí, donde un robalo se pagó en miles de duros, el pescado se vendía en Arequipa bastante caro para que solo fuese plato de ricos.

Una mañana en la cuaresma de este año presentose en la plaza un pescador con un cesto de corvinas, las que a poco rato hallaron compradores que pagaron sin regatear.

Quedaba la última, y disputábanse la posesión de ella un fraile dominico, cuyo nombre calla la crónica, y Alonso de Luque, el conquistador, anciano generalmente estimado, y que por su familia en el reino de León ostentaba escudo de armas, castillo de oro en gules y ocho arminios negros por orla.

—Perdono su paternidad —decía Luque—, el pescado es mío, que en tres duros lo tengo conchabado.

—Pero no pagado —argüía el fraile—, y la prenda es del primero que da por ella pecunia numerata; pues como dice el proverbio, «no sirve faré, faré, que más vale un toina que dos te daré».

Alonso de Luque se quedó bizco oyendo el latinajo, recelando que él encerrase algún versículo de la Biblia o por lo menos un texto de los Santos Padres. Sin embargo, balbució echando mano a la corvina:

—Será todo lo que su reverencia diga y quiera; pero no porque me haya dejado en casa la bolsa, deja mi palabra de ser buena moneda.

Hágase a un lado el viejo irreverente y no falte al respeto a un ministro del Señor —contestó amoscado el fraile, poniendo también mano sobre el objeto del litigio.

Alonso de Luque tiraba de la cabeza y el dominico de la cola.

De pronto éste, alzó la mano que lo quedaba libre, y sin ser obispo confirmó a su contendedor.

Luque, que había dado pruebas de su bravura en los campos de batalla y desafiado la muerte en muchas ocasiones, se sintió poseído de coraje y llevó la diestra a la empuñadura de su espada.

Pero en aquellos tiempos era inmenso el prestigio que sobre los españoles ejercía un hábito monacal, y el audaz soldado de la conquista tembló como un niño ante la idea de incurrir en excomunión si maltrataba o hería al ungido del Señor.

Entonces desesperado sacó la hoja, que era de finísimo acero de Toledo, y poniendo sobre ella el pie exclamó:

—No volveré a usarte, pues inútil me eres para procurarme desagravio.

La espada se partió en dos trozos, quedando el de la empuñadura en manos de Luque; y ¡juicios misteriosos de Dios!, el pedazo de la punta rebotó clavándose en el antebrazo del dominico, que olvidando la mansedumbre a que por sus votos y condición estaba obligado, se dejó arrebatar de la ira hasta el punto de abofetear a un honrado y respetable anciano.

Fue, pues, el cielo quien se encargó de desagraviar a Alonso de Luque; y he aquí el porqué llamaban a éste en Arequipa el ahijado de la Providencia.

Historia de unas columnas

El Diccionario de la Lengua favorece poco a los religiosos de la orden de la Merced; pues no los llama mercedarios o dispensadores de mercedes, sino mercenarios. Esto equivale a tratarlos como a gente que vive a sueldo, y lista para un fregado como para un barrido; lo que, como ustedes sospechan, nada tiene de halagüeño para quienes visten el hábito de San Pedro Nolasco.

Que dispensaban merced los que se ocupaban de redimir cautivos, es punto que para mí no admite circunloquios; y aunque me haga menudillo las entendederas, no acierto a darme cuenta del porqué la autoridad lingüística los bautiza con nombre sujeto a interpretación desventajosa para sus paternidades reverendas.

Sea de ello lo que fuere, que hombre no soy competente para enmendar la plana a nadie, y menos a la Real Academia, de que soy miembro humildísimo, diré, solo que Almagro el Viejo, a quien mucho debían en el Perú los redentores de cautivos, dijo un día al informársele de que el padre Varillas había aceptado el cargo de confesor de don Francisco Pizarro, su afortunado rival:

—¡Mercedarios mercenarios!

Injusto fue para con ellos el buen don Diego; porque más tarde los frailes de esa comunidad sirvieron, y mucho, la causa de Almagro el Mozo.

Háseme venido todo esto a la pluma como pretexto para referir lo que la tradición cuenta sobre las bellísimas columnas do granito que adornan la fachada del templo de Lima. Y aténgome a la tradición, porque los frailes mercenarios han tenido la desdicha o incuria, que da lo mismo, de no poseer, como los otros conventos del Perá, cronistas que historiasen los principales sucesos de su orden.

En el diminuto archivo del convento, apenas si se encuentra la Vida, del Padre Urraca, muerto en olor de santidad, y el sucinto libro del obispo Salmerón, titulado Recuerdos de los conventos de la Merced, en que sostiene que un año antes de fundarse la ciudad de Lima se había ya procedido a la de los claustros de esta orden. En cuanto a la crónica del padre Alonso Remón, que según entiendo, pues me ha sido imposible encontrarla, se ocupa en el segundo tomo del convento de esta ciudad de los reyes, diré que los religiosos actuales ni de oídas conocen la obra. Entiendo también que en la biblioteca de la Academia de la Historia en Madrid debe existir un manuscrito del jesuita Bernabé Cobo, titulado Fundación de Lima, en el que hay consignadas minuciosidades muy curiosas sobre nuestros templos.[5]

Sin embargo de no poder apoyar esta tradición en autoridad alguna, diré ateniéndome al relato popular que el conquistador Francisco de Herrera, allá por los años de 1550, escribió a Europa pidiendo le remitiesen columnas de granito para adornar con ellas el patio de su casa en la calle de la Encarnación. La casa era una en la que sobre el arco del zaguán se veía hasta hace treinta años este mote en letras de relieve: Sancta Maria, ora pro nobis.

Llegado el buque al Callao, procediose a desembarcar las pesadísimas columnas; pero fuese que hubo para la delicada operación poca inteligencia de parte del naviero, o lo más probable, que las cabrias y demás aparatos no fuesen apropiados para levantar tamañas moles, ello es que varias de las columnas cayeron al mar, y el dueño se resignó a perderlas, hacinando las que le eran inútiles en el traspatio de su casa.

Comendador de la Merced era por entonces el padre Juan de Vargas, quien, acercándose al acaudalado conquistador, que era además uno de los benefactores del convento, le dijo:

—Vengo a pretender de vuesa merced, cuya religiosidad y desprendimiento conozco, que me haga donación de las columnas para adornar con ellas el frontis de mi iglesia.

—Cuente con las columnas su reverencia: mas si espera sacar las que faltan del fondo del mar, dígole que habrá hecho un pan como unas hostias.

—De eso no se le dé cuidado a vuesa merced —replicó el comendador—, que lo esencial para mí es contar con su aquiescencia. Lo demás lo encomiendo a mi santo patrón Pedro Nolasco, y fío en él que hará un milagrito en pro de su casa de Lima.

Un año después, y en los meses en que se efectúa la braveza de mar que los náuticos llaman el cordonazo de San Francisco, las olas del Callao se alborotaron furiosamente y arrojaron a la playa las columnas. Solo una de ellas había sufrido pequeña lesión.

---

5   Recientemente se ha impreso en Lima el libro del padre Cobo.

Estas columnas son las que hoy puede contemplar el lector en la primo-rosa fachada del templo de la Merced.

Fray Juan Sin Miedo

Tentado estuve de llamar a esta tradición cuento de viejas; pues más arrugada que una pasa fue la mujer a quien en mi infancia oí el relato. Pero recristrando manuscritos en la Biblioteca Nacional, encontreme uno titulado Crónica de la Religión Agustina en esta provincia del Perú, desde 1657 hasta 1721, por fray Juan Teodoro Vázquez, donde está largamente narrada la tradición. El libro del padre Vázquez es continuación de los cronistas Calancha y Torres, y hay en esa obra noticias curiosísimas que dan luz sobre muchos acontecimientos notables de la época colonial. ¡Lástima es que tal libro permanezca inédito!

Por los años de 1640 vino de Extremadura a estos reinos del Perú un mozo a quien llamaban en Lima Juan Sin Miedo. Dedicose al comercio sin lograr en él cosa de provecho, porque el extremeño era muy para nada y de un talento más tupido que caldo de habas.

Fincaba el tal su vanidad en ser el hombre más terne que desde los tiempos del Cid produjeran las Españas, y raro era el día en que por si fueron tejas o tejos no anduviese al morro con el prójimo y repartiendo trancazos y mojicones. Perseguido una vez por pendenciero, escapó de caer en manos de alguaciles, tomando asilo en los claustros de San Agustín.

Como no había corrido sangre ni valía un pepino la querella, la justicia no volvió a acordarse de él; pero Juan, que había cobrado gusto por la vida holgazana y regalada del convento, se avino a vestir el hábito de lego, aunque sin renunciar por eso a sus humos de matón.

Dice el padre Vázquez en elogio de este hermano, que era puntual en el cumplimiento de sus deberes monásticos, sobrio, honesto y adornado de varias virtudes; pero conviene en que traía al retortero a sus iguales por la irascibilidad de su carácter, que lo impulsaba a cortar toda disputa, empleando como canta la copla:

> ¡Santo Cristo del garrote,
> leña del cuerpo divino!

Los superiores estaban ya hartos de amonestarlo, y si no le daban pasaporte era por consideración a sus buenas cualidades y porque esperaban que el tiempo venciese en él la propensión camorrista.

Costumbre era en Lima, cuando fallecía alguna persona de distinción, que velasen el cadáver dos religiosos del convento en cuyas bóvedas debía ser sepultado. Tocole, pues, a Juan Sin Miedo ir una noche a llenar esta tarea acompañando al padre Farfán de Rivadeneira, que era uno de los sacerdotes más caracterizados de la religión agustina.

Después de agasajados por la familia nuestros dos religiosos con un buen cangilón e chocolate acompañado de bizcochos, pasaron a la habitación donde sobre una tarima cubierta de terciopelo y en medio de cuatro cirios yacía el finado.

Era más de media noche cuando, fatigado del rezo y de encomendar el alma, empezó el sueño a apoderarse del padre Farfán de Rivadeneira, quien después de encargar al hermano lego que no pestañease, se recostó sobre el único estrado del cuarto y a poco se quedó profundamente dormido.

El sueño es contagioso; porque viendo el lego que su superior roncaba como diz que solo los frailes saben hacerlo, empezó a dar bostezos de a cuarta, y decidiose a tomar también la horizontal. A falta de mejor lecho, acostose en la tarima del cadáver, y empujando a éste, dijo con aire de chunga y como para que el desacato de la acción llevase un realce en las palabras:

—Hermano difunto, hágase a un lado, que para dormir ya no le sirve la cama y déjemela por un rato, que si tiene sueño de muerto, yo estoy muerto de sueño.

Dicho esto, sin sobresalto del ánimo ni asco en lo físico, acomodó la cabeza en la almohada del cadáver. A éste no debió agradarle la compañía, porque (maravíllate, lector) se puso inmediatamente sobre sus puntales.

Juan Sin Miedo abrió tamaños ojos; mas sin perder los bríos le dijo:

—¡Qué es eso, señor hidalgo? ¿Estaba vuesa merced dormido o viene otro mundo a algún negocio que se le había olvidado? Acuéstese como pueda y durmamos en paz, si no quiere que le sirva de despenador.

Antes de continuar, digamos lo que en muchos pueblos del Perú se conocía por despenador. Era el de éste un oficio como otro cualquiera y ejercíase con muy buenos emolumentos en esta forma:

Cuando el curandero del lugar desahuciaba a un enfermo y estaba éste aparejado para el viaje, los parientes, deseando evitarle una larga y dolorosa agonía, llamaban al despenador de la comarca. Era el sujeto, por lo general, un indio de feo y siniestro aspecto, que habitaba casi siempre en el monte o en alguna cueva de los cerros. Recibía previamente 2 o 4 pesos, según los teneres del moribundo; sentábase sobre el lecho de éste, cogíale la cabeza, e introduciéndole la uña, que traía descomunalmente crecida, en la hoya del pescuezo, lo estrangulaba y libraba de penas en menos de un periquete.

A Dios gracias, hace cincuenta años que murió en Huacho el último despenador, y el oficio se ha perdido para siempre.

Sigamos con la tradición.

El muerto, que no quería compartir su lecho con alma viviente, cogió uno de los candelabros que sustentaban los cirios y lo lanzó sobre el hermano Juan, con tan buen acierto que lo privó de sentido.

Al estrépito despertó el sacerdote, acudió la familia, y hallaron que el difunto había vuelto a su condición de cadáver, y junto a él, poco menos que descalabrado, yacía el lego agustino.

Aquí comenta y concluye el padre Vázquez citando la autoridad del padre Farfán de Rivadeneira, que también escribió sobre el suceso un libro que se ha perdido: «Dios determinó este golpe, no para ruina, sino para corrección de aquella alma soberbia e iracunda engañada por Satanás. Restituido el hermano a su claustro, tornose cordero manso el antes furioso león».

Agrega la tradición que Juan Sin Miedo cambió este nombre por el de Juan del Susto; y si no miente, que mentir no puede, el ilustre cronista padre Vázquez, definidor del convento, lector de la Universidad pontificia, regente mayor, visitador de libros y librerías y fraile, en fin, de más campanillas que mula madrina, alcanzó nuestro lego a morir en olor de santidad, que tengo para mí ha de ser algo así como olor a rosas y verbena inglesa.

Un obispo de contrabando

En 1620, poco más o menos, apareciose como caído de las nubes en los pueblos del corregimiento del Cuzco y acompañado de dos hermanos legos un monje cuya orden y nombre nos ha sido imposible averiguar; pues razones para no revelarlos alega el autor del infolio en pergamino que autoriza la autenticidad de este relato.

Era el fraile de gallarda y simpática figura, atildado en el traje y de conversación salpicada de chistes oportunos y chascarrillos decorosos. Decía haber sido presentado por su majestad a la corte de Roma para el obispado de Caracas, vacante a la sazón por muerte no sé si del dominico fray Juan Bohorques o del franciscano fray Gonzalo de Angulo.

Mostraba a los curiosos no sé qué documentos y traslados, que no dejaban ni pizca de duda de que las bulas venían navegando para América; pero él retardaba consagrarse y hacerse cargo del gobierno de su diócesis por asistirle urgencia de ir a Potosí para recibir un legado de un su tío materno, rico minero a quien Dios acababa de recogerse.

Antes de que él llegase a la ciudad de los incas, la fama se había encargado de contar maravillas acerca de las virtudes e ilustración del viajero prelado, quien por su parte no descuidó ayudar la vocinglería de aquélla, escribiendo cartas a los provinciales de los conventos del Cuzco, canónigos y vecinos notables.

En todos los pueblos del tránsito fue el caracterizado personaje espléndidamente agasajado, y los hombres pudientes no escasearon obsequios de alhajas y de dinero, a trueque de las futuras episcopales bendiciones.

El recibimiento que le hizo el vecindario cuzqueño fue solemne. Hubo tres días de continua fiesta y mantel largo. Todos se disputaban la honra de hospedar a su ilustrísima, quien decidió acordar tal distinción al prior de los agustinos fray Lucas de Mendoza, fraile paraguayo, notable por su ciencia y virtud a la par que por la fealdad de su estampa, y a quien llamaban el Excomulgado porque en una época había incurrido en censura canónica, por la oposición que hizo a la patente sobre alternativa en la elección de cargos.

El padre Mendoza era lo que se entiende por un fraile rumboso; así es que, para el presunto obispo de Caracas y sus dos familiares, alistó las mejores celdas del convento, engalanolas con cortinas de seda, aguamanil y otros utensilios de plata, sillones de cuero de Córdoba con tachuelas de esmalte, mesas de aromática madera, de la montaña y cama de nogal con mullidos colchones de plumas. Su paternidad hacía las cosas a lo grande, presentando al huésped todo lo que en materia de lujo ofrecían el país y la época...

Así pasó su ilustrísima dos meses, rodeado de visitas y atenciones y colmado de regalos valiosos.

A los pocos días de su llegada celebraban los agustinos la fiesta de su patriarca; y el señor obispo, como para corresponder a las finezas de los frailes, les ofreció encargarse del sermón.

Los agustinos brincaron de gozo, y en breves minutos circuló tan fausta noticia por la ciudad, y aun alcanzó a llegar a las poblaciones inmediatas, de donde muchos emprendieron viaje al Cuzco para tener la dicha de escuchar al egregio predicador.

Dice el autor de Los dos cuchillos, hablando de la celebración de esta fiesta: «Aderezose el púlpito con gran aparato, salió el predicador y usó, como si fuera ya obispo consagrado, del privilegio de predicar en silla y con almohada y se desnudó las manos de unos guantes muy olorosos».

El sermón nada dejó que desear. El orador fue muy aplaudido, porque en realidad era hombre hábil y de instrucción en materias eclesiásticas.

Después de triunfo tal, inútil es añadir que los regalos siguieron en aumento, y cuando ya consideró su ilustrísima que las ovejas tenían poco que esquilmar, se despidió para Potosí.

En la imperial villa produjo el mismo entusiasmo que en el Cuzco, y como aquellos eran aún los buenos tiempos para el mineral, la cosecha fue opima. Bástenos saber que, al abandonar Potosí, ocupó ocho mulas tucumanas en la carga de su equipaje.

El ilustrísimo tendría probablemente noticia de que el pueblo arequipeño es muy generoso, cuando se trata del óbolo de San Pedro o de aliviar la evangélica pobreza de los ministros del altar, y en consecuencia enderezó camino hacia la que por entonces ya empezaba a llamarse ciudad del Misti.

Cuando los españoles vinieron al Perú, no tenía nombre el volcán a cuya falda se fundó Arequipa. Si hemos de atenernos a lo que en su testamento dice el conquistador Mancio Sierra de Leguízamo, los peruanos abundaban en virtudes, y fueron sus dominadores europeos los que trajeron la semilla del vicio, semilla que no tardó en fructificar. Los mestizos, casi siempre fruto del connubio de una india con un español, fueron generalmente odiados por los naturales del país; y a su turno los mestizos, cuando alcanzaban algún mando o un cacho de influencia en la cosa pública, eran para con los pobres indios más soberbios y crueles que los españoles mismos, que habían necesitado que Roma declarase por breve del Papa Paulo III, expedido el 10 de junio de 1537, que los indios americanos no eran bestias de carga, sino seres racionales y capaces de sacramentos.

De esta odiosidad de razas vino sin duda el decir:

Mestizo educado,
diablo encarnado.

Basta leer, entre otros cronistas que citar pudiera, la obra del jesuita Acosta y el interesante libro de don Ventura Trabada sobre Arequipa, para convencerse de que fue más de medio siglo después de la conquista cuando los arequipeños bautizaron su volcán con el nombre de Misti (el Mestizo), significando así que esperaban de él alguna mala partida. «No la vean mis choznos,» dicen las viejas.

Y basta, que para digresión ya es mucho. Sigamos con el obispo.

Pocas jornadas faltábanle para llegar a Arequipa, cuando recibió su ilustrísima carta de uno de sus amigos o cómplices, en que se le daba aviso de haber llegado a Lima una real orden encargando al virrey que remitiese a España, bajo partida de registro, al hombre que llevaba ya más de un año de andar en el Perú embaucando bobos y haciendo buen agosto; pues ni era tal obispo de Caracas, ni fraile, ni monigote.

Nuestro aventurero, que durante la travesía había logrado reducir a monedas la mitad de los regalos que sacara de Potosí, comisionó en el acto a sus criados pan que llevasen epístolas a los curatos vecinos; y desembarazado así de testigos importunos, él y sus dos familiares se hicieron humo, poniendo (dice el ilustre Villarroel) tan en salvo su persona y su dinero, que hasta hoy (1656) no se ha vuelto a saber de él.

Los judíos del prendimiento

En cierta casa de la calle de Gremios y clavado en la puerta principal para que lo leyesen los transeúntes, aparecía una mañana del año 1636 un pergamino, con letras como el puño, conteniendo esta redondilla:

Que en lo que digo no miento
pongo por testigo a Dios:
esta casa es la de los
judíos del prendimiento.

Aquello era un pasquín en regla.

No se necesitaba más para poner en movimiento a la gente novelera y para que la Inquisición descolgara familiares que en la famosa calesita condujeran al dueño de la casa a la terrorífica cárcel del Santo Oficio.

Bastábales a sus señorías los inquisidores contra la herética pravedad saber que el jefe de la familia era portugués, para no dudar que fuese judaizante famoso y, por ende, merecedor del tostón.

Pocos meses antes, el 11 de agosto de 1635, la Inquisición había echado garra a más de cien portugueses, acusados de concurrir a la casa de Pilatos. Ya he contado en mis *Anales de la inquisición de Lima* los pormenores del luto de fe celebrado el domingo 23 de enero de 1639, en que once portugueses, hombres todos de caudal, sirvieron de combustible a la hoguera.

El verdadero crimen de éstos y de los seis mil lusitanos avecindados a la sazón en el país y a quienes por mandato del monarca puso en aprietos la Inquisición, era haberse hecho, trabajando honradamente, grandes capitalistas. Achacábaseles también no sé qué tramas con Holanda para arrancar estos reinos del Perú al dominio español. Pretexto político y pretexto religioso. El que salvaba de una ratonera caía de bruces en la otra. No había escape: o judío o revolucionario, y venga la bolsa.

Eran los portugueses muy entendidos en el laboreo de minas, y así en el corregimiento de Huarochiri, como en los de Yauyos y Canta, las poseían valiosísimas.

Cuéntase por tradición de padres a hijos que frente a Nazca y de un terreno aurífero llamado Cerro Blanco sacaron gran cantidad de oro; lo que no nos maravilla, sabiendo que en el departamento de Ica abunda este metal, como lo revela el nombre de Villacurí (criadero de oro) que desde el tiempo de los incas se dio a una de sus pampas.

Consta también que cuando principió en Lima la persecución de los portugueses, éstos para impedir que algunas cargas de metal ya beneficiado, que les venían por la ruta de Ica, cayesen en poder de la Inquisición, dieron oportunamente orden de ocultarlas. Así se explica que en las pampas de Acarí, en el sitio llamado Poruma, haya un tesoro perdido en el océano de arena.

Al que esto escribe (cuando en 1855, a consecuencia del naufragio del vapor de guerra Rimac, anduvo perdido en ese inmenso desierto) lo refirieron en Chocavento varias consejas sobre el tesoro de Poruma, y sobre el que también escondieron los portugueses en la pampa de Hualluri, en el lugar que hasta hoy se llama mesa de Magallanes.

Hombre hubo que me contó con toda seriedad que, extraviado una noche en el desierto, encontró las barras de Poruma y con ellas varios zurrones conteniendo plata de cruz, de la cual guardó en sus bolsillos muchas monedas; pero que cuando más tarde, provisto de agua y víveres, volvió a aventurarse, le fue imposible encontrar el sitio. Es general creencia entre los naturales que el diablo es guardián de los tesoros ocultos, y que por eso han sido estériles las tentativas de cuantos en diversas épocas han andado por esas pampas buscando lo que otros escondieron.

Continuemos con la tradición.

El dueño de la casa de Gremios llamábase don Antonio Balseyra Vasconcelos da Cota Pinheyro, natural de Zelorico do Bebado, marido de una doña Nicolasita, limeña, cándida de abarrajarse, y sobre cuyos candores tiene un escritor amigo mío largos apuntes, que yo no pongo en letras de molde por hacerle a él la forzosa de sacarlos a plaza.

No crean ustedes tampoco que el marido fuese muy avisado. Su candidez calzaba puntos mayúsculos, y era de las que reclaman más candelillas que el retablo de las ánimas.

La familia Balseyra era, en toda la extensión de la palabra, el prototipo de la tontería.

La circunstancia del pasquín, unida a la de que la Inquisición tuviera con ojo al margen todo apellido portugués, hizo que el vecindario se fijara en que los hijos de Antón Balseyras Vasconcelos y doña Nico no se llamaban como los demás muchachos del barrio con nombres manoseados en el calendario, sino algo revesados para esos tiempos, en que no se conocían los Alfredos y Abelardos ni las Deidamias y Eloísas.

El primogénito, que era el mismo pie de Judas, contaba diez años y se llamaba Ezebelión. A esa edad había ya roto a pedradas la cabeza a varios chicos de la vecindad.

Seguía a éste Noemí, avucastrito de ocho eneros mal contados.

Completaba la familia Melquisedec, trastuelo de cinco años, bizco, patizambo y jorobado; un verdadero diablito.

Cuando don Antonio estuvo ya aclimatado en las mazmorras del Santo Oficio, empezaron los inquisidores a hurgarle la conciencia, y después de aplicarlo un cuarto de rueda, sacaron en limpio que los hijos del portugués no habían sido bautizados por el cura de la parroquia, sino por su mismo padre y a usanza de judíos.

Con la mitad de esto había más que suficiente pretexto para enviar un hombre al quemadero; mas Balseyra dio tales muestras de compunción, probando hasta la pared del frente que había pecado por tonto y no por judío, que el Santo Oficio, teniendo también en cuenta que la hacienda del reo era pobre bocado, lo sentenció a abjurar de levi y a salir por las calles de Lima en bestia de albarda, con sambenito, coroza, pregonero y espantamoscas.

Ítem, llevaron a los muchachos a la capilla de la Inquisición y se les cristianó en forma. A Ezebelión le pusieron por nombre Felipe, Melquisedec se convirtió en Tomás, y Noemí se transformó en Carmencita.

El prójimo que, por mal de sus pecados, caía bajo la férula del Tribunal de la fe, tenía tiempo para pudrirse en la prisión antes de ver terminada su causa. El proceso contra los portugueses duró más de tres años; algo menos, es cierto, de lo que hoy dura un pleitecillo en nuestros tribunales de justicia, donde al litigante, entre abogado, escribano, procurador y papel sellado, lo hacen pasar más torturas que los torniceros a un reo de Inquisición.

Al día siguiente de relajados Manuel Bautista Pérez y demás compañeros mártires, salió Balseyra da Cota Pinheyro con otros infelices penitenciados a público paseo en burro, con chilladores delante y zurradores detrás.

Ezebelión y Melquisedec, que tenían de necios tanto como de bellacos, se escaparon de la casa materna, curiosos de ver la figura que el malhadado autor de sus días haría montado en asno y con scelerata mitra en la cabeza.

Cuando concluyó la función regresaron los muchachos contentísimos a su casa, gritando:

—¡Señora madre, señora madre! ¡Qué buen mozo estaba señor padre vestido de obispo! ¡Lástima que su merced no lo haya visto!

La procesión de ánimas de San Agustín

No hay limeño que en su infancia no haya oído hablar de la procesión de ánimas de San Agustín. Recuerdo que antes que tuviésemos alumbrado de gas, no había hija de Eva que se aventurase a pasar, dada la media noche, por esa plazuela, sin persignarse previamente, temerosa de un encuentro con las ciudadanas del purgatorio.

Ni Calancha ni su continuador el padre Torres hablan en la Crónica Agustina de esta procesión, y eso que refieren cosas todavía más estupendas. Sin embargo, en el Suelo de Arequipa convertido en cielo se relata del alcalde ordinario don Juan de Cárdenas algo muy parecido a lo que voy a contar.

A falta, pues, de fuente más auténtica, ahí va la tradición, tal como me la contó una vieja muy entendida en historias de duendes y almas en pena.

I

Alcalde del crimen por los años de 1640 era don Alfonso Arias de Segura, hijo de los reinos de España, y hombre que se había conquistado en el ejercicio de su cargo la reputación de severo hasta rayar en la crueldad. Reo que caía bajo su férula no libraba sino con sentencia de horca, que como ven ustedes no era mal librar. Con él no había circunstancias atenuantes ni influencias de faldas o bragas. Y en esta su intransigencia y en el terror que llegó a inspirar fincaba el señor alcalde su vanidad.

Habitaba su señoría en la casa fronteriza a la iglesia de San Agustín, y hallábase una noche, a hora de las nueve, leyendo un proceso, cuando oyó voces que clamaban socorro. Cogió don Alfonso sombrero, capa y espada, y seguido de dos alguaciles echose a la calle, donde encontró agonizante a un joven de aristocrática familia, muy conocido por lo pendenciero de su genio y por el escándalo de sus aventuras galantes.

Junto al moribundo estaba un pobre diablo, que vestía hábito delego agustino, con un puñal ensangrentado en la mano.

Era éste un indiecillo de raquítica figura, capaz por lo feo de dar susto a una noche oscura, al que todo Lima conocía por el hermano Cominito. Era el lego generalmente querido por lo servicial y afectuoso de su carácter, así como por su reputación de hombre moral y devoto. El repartía al pueblo los panecillos de San Nicolás, y por esta causa gozaba de más popularidad que el gobierno.

Incapaz, por la mansedumbre de su espíritu, de matar una rata, regresaba al convento después de cumplir una comisión del padre provincial, cuando acudió en auxilio del herido, y creyendo salvarlo le quitó el puñal del pecho, acto caritativo con el que apresuró su triste fin.

Viéndolo así armado, nuestro alcalde le dijo:

—¡Ah, pícaro asesino! Date a la justicia.

La intimación asustó de tal modo al hermano Cominito que, poniendo pies en polvorosa, se entró en la portería del convento. Siguiole el alcalde, echando ternos, y diole alcance en el corredor del primer claustro.

Alborotáronse los frailes que, encariñados por Cominito, sacaron a lucir un arsenal de argumentos y latines en defensa de su lego y de la inmunidad del asilo claustral; pero Arias, de Segura no entendía de algórgoras, y Cominito fue a dormir en la cárcel de corte, escoltado por una jauría de alguaciles, gente de buenos puños y de malas entrañas.

Al día siguiente principió a formarse causa. Las apariencias condenaban al preso. Se le había encontrado puñal en mano junto al difunto y emprendido la fuga, como hacen los delincuentes, al presentársele la justicia. Cominito negó, poniendo por testigos a Dios y sus santos, toda participación en el crimen; pero en aquellos tiempos la justicia disponía de un recurso con cuya aplicación resultaba criminal de cuenta cualquier papamoscas. Después de un cuarto de rueda que le hizo crujir los huesos, se declaró Cominito convicto y confeso de un delito que, como sabemos, no soñó en cometer. La tortura es argumento al que pocos tienen coraje para resistir.

Queda, pues, sobrentendido que el terrible alcalde a quien bastaba con ocupación al verdugo, sentenció a Cominito a ser ahorcado por el pescuezo.

Llegó la mañana en que la vindicta pública debía ser satisfecha. Al pueblo se le hizo muy cuesta arriba creer en la criminalidad del lego, y se formaron corrillos por el Portal de Botoneros para arbitrar la manera de libertarlo. Los agustinos, por su parte, no se descuidaban, y a la vez que azuzaban al pueblo conseguían conquistar al verdugo, no sé si con indulgencias o con relucientes monedas.

Ello es que al pie de la horca y entregado ya al ejecutor, éste, en un momento propicio, le dijo al oído:

—Ahora es tiempo, hermano. Corre, corre, que no hay galgos que te pillen.

Cominito, que estaba inteligenciado de que el pueblo lo protegería en su fuga, emprendió la carrera en dirección a las gradas de la catedral para alcanzar la puerta del Perdón El pueblo le abría paso y lo animaba con sus gritos.

Pero el infeliz había nacido predestinado para morir en la *ene* de palo. El alcalde Arias de Segura desembocaba a caballo por la esquina de la Pescadería a tiempo que el fugitivo llevaba vencida la mitad del camino. Don Alfonso aplicó espuelas al ánima, y atropellando al pueblo lanzose sobre Cominito y lo echó la zarpa encima.

El verdugo murmuró: «por mí no ha quedado: ese alcalde es un demonio».

Y cumplió con su ministerio, y Cominito pasó a la tierra de los calvos.

Y qué verdad tan grande la que dijo el poeta que zurció estos versos:

La vida es comparable a una ensalada,
en que todo se encuentra sin medida:
que unas veces resulta desabrida
y otras hasta el fastidio avinagrada.

II

La víspera de estos sucesos, un criado del conde de ••• se presentó en casa del alcalde Arias de Segura y puso en sus manos una carta de su amo. Don Alfonso, a quien asediaban los empeños en favor de Cominito, la guardó sin abrirla en un cajón del escritorio, murmurando:

—Esos agustinos no dejan eje por mover para que prevarique y se tuerza la justicia. ¡Mucha gente es la frailería!

Despachado ya el lego para el viaje eterno, entró en su casa el alcalde después de las diez de la noche, y acordándose de la carta, despegó la oblea. El firmante escribía desde su hacienda, a quince leguas de Lima:

«Señor licenciado: Cargo de conciencia se me hace no estorbar que, tan sesuda y noble persona como vuesa merced se extravíe por celo y amor a la justicia. El devoto agustino que en carcelería, mantiene esta inocente de culpa. Agravios en mi honra me autorizaron para hacer matar a un miserable. Otra conducta habría sido dar publicidad al deshonor y no lavar la mancha. Vuesa merced tome acuerdo en su hidalguía y sobresea en la causa, dejando en paz al muerto y a los vivos. Nuestro Señor conserve y aumente en su santo servicio la magnífica, persona de vuesa merced. A lo que vuesa merced mandare. —El conde de: •••»

Conforme avanzaba en la lectura de esta carta, el remordimiento se iba apoderando del espíritu de don Alfonso. Había condenado a un inocente, y por no haber leído en el momento preciso la fatal carta tenía un crimen en su conciencia. Su orgullo de juez lo había cegado.

La cabeza del alcalde era un volcán. Se ahogaba en la tibia atmósfera del dormitorio y necesitaba aire que refrescase su cerebro. Abrió una celosía del balcón y recostose en él de codos, con la frente entre las manos.

Sonó la media noche, y don Alfonso dirigió una mirada hacia la iglesia fronteriza. Lo que vio heló la sangre en sus venas, y quedose como figura de paramento. El templo estaba abierto y de él salía una larga procesión de frailes con cirios encendidos. Don Alfonso quiso huir; pero una fuerza misteriosa lo mantuvo como clavado en el sitio.

Entretanto, la procesión adelantaba por la plazuela salmodiando el fúnebre miserere y se detenía bajo el balcón.

Entonces Arias de Segura pudo al resplandor fatídico de las luces contemplar en vez de rostros descarnadas calaveras y que los cirios eran canillas de difuntos. Y de pronto cesaron las voces, y uno de aquellos extraños seres, dirigiéndose al alcalde, le dijo:

—¡Ay de ti, mal juez! Por tu soberbia has sido injusto, y por tu soberbia has sido feroz con nuestro hermano que gime en el purgatorio porque tú lo hiciste dudar de la justicia de Dios. ¡Ay de ti, mal juez!

Y continuó su camino la procesión alrededor de la plazuela, hasta perderse en las naves del templo.

III

¿Sería esto una alucinación del cerebro de don Alfonso? Lo juicioso es dejar sin respuesta, la pregunta, y quo cada cual crea lo que su espíritu lo dicte.

Por la mañana un criado encontró a don Alfonso privado de sentido en el frío piso del balcón. Al volver en sí, refirió a los deudos y amigos que lo cuidaban la escena de la procesión, y el relato se hizo público en la ciudad.

Pocos días más tarde don Alfonso Arias de Segura hizo dimisión de la vara y tomó el hábito de novicio en la Compañía de Jesús, donde es fama que murió devotamente,

Hubo más. Dos viejas declararon con juramento que desde la calle de San Sebastián habían visto las luces de los cirios; y ante tan autorizado testimonio no quedó en Lima prójimo que no creyera a puño cerrado en la procesión de ánimas de San Agustín.

Y a propósito de procesión de ánimas, es tradicional entre los vecinos del barrio de San Francisco que los lunes salía también una de la capilla de la Soledad, y que habiéndose asomado a verla cierta vieja grandísima pecadora, sucediola, que al pasar por su puerta cada fraile encapuchado apagaba el cirio que en la mano traía, diciéndola:

—Hermana, guárdeme esta velita hasta mañana.

La curiosa se encontró así depositaria de algunos centenares de cirios, proponiéndose en sus adentros venderlos al día siguiente, sacar subido producto, pues artículo caro era la cera, y mudar de casa antes que los aparecidos vinieran a fastidiarla con reclamaciones. Mas al levantarse por la mañana, encontrose con que cada cirio se había convertido en una canilla y que la vivienda era un campo santo u osario. Arrepentida la vieja de sus culpas, consultose con un sacerdote que gozaba fama de santidad, y éste le aconsejó que escondiese bajo el manto un niño recién nacido y que lo pellizcase hasta obligarlo a llorar cuando se presentara la procesión. Hízolo así la ya penitente vieja, y gracias al ardid no se la llevaron las ánimas benditas por no cargar también con el mamón, volviendo las canillas a convertirse en cirios que iba, devolviendo a sus dueños.

Francamente, no puede ser más prosaico este siglo diecinueve en que vivimos. Ya no asoma el diablo por el cerrito de las Ramas, ya los duendes no tiran piedras ni toman casas por asalto, ya no hay milagros ni apariciones de santos, y ni las ánimas del purgatorio se acuerdan de favorecernos siquiera con una, procesioncita vergonzante. Lo dicho: con tanta prosa y con el descreimiento que nos han traído los masones, está Lima como para correr de ella.

Cortar por lo sano

I

El 11 de mayo de 1664, a obra de las cuatro de la tarde, entraba en casa de don Francisco Cavero de Avendaño, caballero del hábito de Santiago y corregidor de San Jerónimo de Ica, un hombre mal encarado y que representaba tener poco más de treinta años. Era administrador de una hacienda de viña, a tres leguas de la por entonces villa de Valverde y hoy ciudad de Ica, y conocíasele por Corvalán el Malagueño.

Detúvose en la puerta del recibimiento o sala, donde a la sazón estaba el señor corregidor arrellanado en un sillón de cuero leyendo por la centésima vez las aventuras del famoso hidalgo manchego; y dando tres pausados golpecitos, aventuró esta pregunta:

—¿Da permiso su señoría?

—Entra, Corvalán. Siéntate y di lo que por acá te trae —contestó don Francisco, haciendo un doblez en la página del libro, que colocó sobre la escribanía.

—Pues, con venia de su señoría, le diré que estoy como quien ve visiones y que traigo una legión de diablos dentro del cuerpo, tal me siento de rabioso. Y pues vueseñoría es mi amigo y me hace la merced de oírme, consejo, que no otra cosa, he menester.

—Hombre, sepamos antes lo que te acuita; que a estar en manos mías el remedio, salvo de congojas he de verte.

—Pues señor, dos años hará por San Pedro Advíncula que vueseñoría apadrinó mi matrimonio con Leocadia, que entre gallos y media noche se me ha vuelto loca de atar por la beatería, y ni pizca do caso hace de mi persona, por andar de iglesia en iglesia y de jubileo en jubileo y en tapujos con el confesor, que es un trompo que bien baila.

—Corvalán, los dedos se te antojan huéspedes, y tengo para mí que eres celosillo y maldiciente. Mira que

> Los celos se parecen
> a la pimienta,
> que si es poca da gusto,

si es mucha quema.

—Algo hay de eso, señor don Francisco; y si he de hablar rectamente, no las tengo todas conmigo. Eso de que mi mujer vaya al confesionario dos veces por semana me trae escamado; que, como dijo el otro, cuando el diablo reza engañar quiere. Y la verdad, que por mucho que peque mi conjunta, ya es demasiado confesar; y como de esas cosas se han visto, la iglesia puede ser pretexto para que la honra de un cristiano vaya al estricote y barriendo calles. Hoy he propuesto a Leocadia llevármela a la hacienda, pero ha sido machacar en frío; porque ella, que es argumentadora y más fina que tela de cebolla, me ha salido con la antífona de que, sin licencia del padre Gonzalo, no me seguirá ni hecha cuartos. Ya ve su señoría que en mi casa manda el confesor, y que yo, el marido y el pagano, valgo menos que la décima cifra de la numeración puesta a la izquierda. Ahora que está inteligenciado, aconséjeme, señor don Francisco de mi alma.

—Sábete, Corvalancillo, por si lo ignoras, que la mujer debe obediencia al marido, y que el matrimonio es nudo que solo Dios que lo amarró desatar puede. Métete en tus calzones y corta por lo sano. Ve con Dios, hijo, y no me vuelvas con chirigotas, que no están bien en un barbado. Conque a cortar por lo sano y en paz.

Eso de cortar por lo sano fue frase que se le indigestó a Corvalán, y salió de casa del corregidor murmurando entre dientes:

—¿Conque cortar, eh? Tiene razón mi padrino y he sido un bragazas; pero, en fin, no llega tarde quien llega, sobre todo si trae consigo cuchillo para cortar.

Y siguió calle arriba en dirección a su hogar.

Iba nuestro celoso a poner pie en el umbral de su casa, cuando se encontró con el padre Gonzalo que salía de visitar a la hija de espíritu. ¡Váyase el diablo para diablo!

Era el padre Gonzalo un clérigo joven, buen mozo, siempre limpio y atildado y que gozaba fama de hábil predicador. Al verlo se sintió Corvalán como picado de víbora, y desenvainando el cuchillo que traía al cinto, lanzose frenético sobre el sacerdote y le clavó diecisiete puñaladas.

¡Diecisiete puñaladas! Apuñalear es. No rebaja siquiera una el historiador Córdova y Urrutia en sus Tres épocas.

El pueblo miró con impasibilidad tan horrendo delito, y gracias a la oportuna intervención de alguaciles fue aprehendido el asesino.

Conducido Corvalán a presencia de su padrino el corregidor, le dijo éste:

—¿Qué has hecho, desgraciado?

—Nada más, señor don Francisco, que seguir su consejo. He cortado por lo sano.

II

Diríase que el cielo quiso castigar en el pueblo iqueño el sacrílego crimen cometido por uno de sus habitantes.

Apenas habían transcurrido doce horas, cuando en la madrugada del 12 de mayo un espantoso terremoto no dejaba casa en pie, reduciendo a escombros la ciudad, cuya población en ese año de 1664 no excedía de mil quinientas personas.

Las iglesias de San Francisco y San Agustín, fabricadas con mucha, solidez, se desplomaron, y únicamente la capilla del señor de Luren resistió a la furia del terremoto.

La tierra se abrió formando anchas grietas, y el vino de las bodegas corrió por las calles formando arroyos.

En Pisco llegó a sesenta el número de víctimas.

Según la relación (que existe impresa) del licenciado Cristóbal Rodríguez, cura de la matriz, él dio sepultura en el cementerio de su parroquia a cuatrocientos setenta y cuatro cadáveres, y calcula en más de ciento los enterrados en los conventos. Es decir, que pereció casi la mitad de la población.

«Pasado el primer remezón, que duraría el espacio de un credo (dice el licenciado Rodríguez), quedó temblando la tierra por más de un cuarto de hora. A tres motivos atribuyo este cruel castigo que pocos meses antes había sido pronosticado por el padre Eguilaz, misionero jesuita: a los odios mortales y rivalidad entre los vecinos, al desacato con que miraban al sacerdocio y a los incestos y adulterios en que vivían encenagados.»

En la, vida del venerable limeño Francisco del Castillo (publicada en 1863 por monseñor García Sanz) leemos que este temblor fue también sentido en Lima, aunque disminuido en violencia y duración.

Corvalán fue conducido a Lima, y parece que se empeñó en complicar en su causa a Cavero de Avendaño; pues sostuvo siempre que al dar muerte al padre Gonzalo, lo hizo por seguir el consejo del corregidor.

La disculpa no lo salvó de morir en la horca, por sentencia del virrey conde de Santisteban, de quien cuentan que en el Real Acuerdo dijo a uno de los oidores que mostraba escrúpulos para echar su garabato.

—Firme usía de una vez y quédele horra la conciencia, que esto es cortar por lo gangrenado y no por lo sano.

Un virrey capitulero

Hasta los primeros tiempos de la República, nada preocupaba tanto los ánimos en la sociedad limeña como el acto de elección de prelado o abadesa de un convento. La influencia teocrática pesaba demasiado sobre los americanos, pues no había familia que no contase entre sus miembros por lo menos un par de frailes y otras tantas monjas.

Más que los mismos conventuales, inmediatamente interesados en la elección, se agitaban los partidos en las casas de la ciudad, y se recurría a todo género de intrigas y cohecho para ganar capítulo. Llenas están las crónicas de escandalosas escenas eleccionarias, y mucha tinta habríamos de gastar si nos propusiéramos historiar los capítulos más reñidos. Someramente hemos dado noticia de algunos en varias de nuestras tradiciones.

Pero el capítulo o elección de provincial agustino, en 1669, merece que le consagremos artículo especial; porque no solo fue religiosa, sino altamente política y social su importancia. Para historiarlo hemos procurado beber en buenas fuentes y consultado un curioso manuscrito de aquellos tiempos.

Grande era el prestigio que dos frailes hermanos tenían en la buena sociedad limeña y en los claustros agustinos. Los padres Diego y Jerónimo de Urrutia habían nacido en Lima y pertenecían a familia de las más ilustres y ricas del país. Al pronunciar los votos monásticos, trajeron al tesoro de la comunidad 50.000 pesos en moneda sellada y una valiosa, hacienda situada en el fértil valle de Bocanegra.

El menor de ellos, fray Jerónimo, hizo un viaje a Roma, donde el papa Alejandro VII le acordó por escrito varias distinciones y prerrogativas. Estuvo después en Madrid, y obtuvo de Felipe IV algunas mercedes y una carta de recomendación para el virrey del Perú, conde de Santisteban.

Llegado a Lima con tan prestigiosos elementos, organizó un partido para hacer elegir provincial a su hermano Diego. Los frailes españoles, que no querían dejarse quitar el mando, tomaron por candidato al padre Tovar, natural de Galicia. Los limeños, partidarios entusiastas de los Urrutias, bautizaron a aquéllos con el apodo de los zapatones, y éstos en despique llamaron a sus contrarios los mazamorreros. Aunque el conde de Santisteban protegía a los Urrutias, el triunfo de éstos parecía dudoso, pues los sacerdotes americanos y portugueses con derecho eran veintiséis y los españoles veintinueve. Ambos bandos veían en la lucha una cuestión de honra nacional y no economizaban oro ni influencias y ardides para alcanzar el triunfo. No había en Lima quien no estuviese interesado en pro de un bando. El capítulo fue reñidísimo; pero al fin, por mayoría de un voto, triunfó el limeño fray Diego de Urrutia.

Los criollos o peruleros vieron con orgullo y celebraron con grandes fiestas la victoria. Y había razón, porque hasta entonces el pandero había estado siempre en manos de los españoles. Esta elección ganada era un pasito que, a lo somorgujo, dábamos los peruanos en el camino de la independencia.

Durante el período del padre Urrutia llegó nuevo virrey, que lo fue don Pedro de Castro y Andrade, conde de Lemos, gran amigo do los jesuitas, quien por ciertas faltillas y desacatos puso preso en el Callao a Pérez de Guzmán, gobernador de Panamá. Fray Jerónimo de Urrutia que, cuando pasó por el istmo en su viaje a Europa, había sido muy agasajado por éste, fue a visitarlo en la prisión, y hallándolo escaso de recursos, lo obsequió 4.000 pesos.

Súpolo el virrey, y desde ese momento tomó ojeriza por los Urrutias, quienes confiados en la popularidad de que gozaban en Lima, y más que todo en el número de frailes con que habían sabido reforzar el partido criollo, maldita la importancia que daban al enojo del mandatario.

Llegó el año de 1669, en que debía celebrarse nuevo capítulo, y los Urrutias presentaron por candidato a un sacerdote de su parcialidad. El triunfo era para ellos seguro; pues contaban con cuarenta y cuatro votos de barreta, como hoy se dice, contra quince que proclamaban al padre Tovar, doce que apoyaban al padre Ulloa y nuevo partidarios del padre Lagunilla. Esta anarquía del partido español era también una, garantía de triunfo para los criollos.

El virrey, que era paisano y muy amigo de Lagunilla, se entendió con los adeptos de Tovar, consiguiendo por medio de manejos en que intervinieron los jesuitas que aquéllos desistieran.

En cuanto al padre Bartolomé de Ulloa, fue más fácil tarea la de hacerlo abandonar su pretensión. Pesaba sobre él una acusación de la que aunque resultara absuelto y penados sus acusadores, algo quedaba en la conciencia pública; pues, como dice el refrán, el sartenazo si no duele tizna. He aquí la acusación. Siendo el padre Ulloa prior del convento del Cuzco, sus enemigos sorprendieron en su celda a una mozuela, a la que, según diz que resultó del proceso, habían pagado para que se prestase a tamaño escándalo.

El sagaz virrey acabó de convencer a los de estas parcialidades, ofreciéndoles cargos en el Definitorio, y añadió:

—Padres míos, sigamos en este empeño hasta el último suspiro, si es preciso; porque si no nos unimos los españoles, estos peruleros quedarán para siempre encima como el aceite.

Aun así, como se ve, el partido español no reunía sino treinta y seis votos contra cuarenta y cuatro del partido criollo o de los Urrutias. Éstos disponían además del Definitorio, llamado por la constitución agustina a calificar los religiosos con derecho a voto; y asegurábase que era punto acordado el privar de sufragio, por motivo más o menos fundado, a tres de los del partido español.

Llegó el 29 de julio, y el virrey, de acuerdo con la Audiencia, pasó oficio a fray Diego de Urrutia para que inmediatamente tocase a capítulo. Respondió éste que no era ello posible porque aun el Definitorio no había hecho las calificaciones. Insistió el virrey, obstinose Urrutia, y su excelencia cortó por lo sano, dirigiéndose con buena escolta y dos calesas con las cortinillas corridas al convento de San Agustín.

Llegado el conde de Lemos a la portería, llamó a fray Diego y a cuatro sacerdotes de los más influyentes en el partido criollo, y sin atender a razones, protestas ni latinos, los enjauló en las calesas y los mandó al Callao.

Entrose luego su excelencia, acompañado de los oidores de la Real Audiencia, a la, sala capitular e intimó a los frailes que procediesen a la elección. Los soldados, que ocupaban los claustros, rechiflaban y aun amenazaban a los mazamorreros; y exaltándose los ánimos en la discusión, mandó el virrey venir otro vehículo y empaquetó en él con destino al Callao a dos de los padres definidores, que anduvieron un tanto insolentes en la defensa de sus prerrogativas.

Uno de ellos, el padre Matos, portugués y gran persona en el partido criollo, le dijo a otro fraile del bando contrario:

—Mire vuesa paternidad que no es cierto lo que dice.

Enfureciose ante tal mentís el español y le respondió en estos términos:

189

—Mire cómo habla el padre presentado y tenga maneras, que está delante del Real Acuerdo.

A lo que el padre Matos contestó:

—Pues fable la real verdad del Real Acuerdo, que menos lo respeta quien miente que quien arguye la falsedad.

Y dicho esto, abandonó la sala, dejando al mismo virrey pasmado de la audacia.

Desde las cuatro de la tarde hasta las cinco de la mañana permanecieron en San Agustín el virrey y los oidores para lograr aquietar los ánimos y que hubiera elección.

Obligado a votar el padre Jerónimo de Urrutia bajo pena de excomunión, hízolo, después de firmar una enérgica protesta, arrojando en el ánfora un puñado de fréjoles, acto de despecho que el virrey disimuló, por aquello de que al jugador perdido se le permite siempre que haga un cochino y aun que rompa la baraja.

Las calles inmediatas al convento estaban invadidas por el pueblo y por la tropa. No solo hombres sino señoras de distinción se encontraban allí, aplaudiendo los españoles la energía del virrey y renegando de ella los criollos. La exaltación de los partidos llegó a punto de tener que intervenir los soldados para evitar que un grupo de urrutistas les rompiese el bautismo a dos adeptos del padre Lagunilla.

Por fin, a las cinco de la mañana, las campanas echadas a vuelo anunciaron a los buenos vecinos de la ciudad de los reyes el triunfo del padre fray Francisco Loyola Lagunilla.

Oigamos sobre este famoso capítulo la opinión del padre Juan Teodoro Vázquez, cronista agustino, cuyo excelente libro permanece inédito en la sección de manuscritos de la Biblioteca de Lima: «Como se logró el triunfo por medios violentos y con la ruina de los Urrutias, bien emparentados y queridos en la República, no fue celebrada esta elección con los júbilos de costumbre. Afortunadamente el padre Lagunilla con su gran literatura, observancia, prendas de mando y discreción, llegó a hacerse querer, y a que nadie pensara que entró como ladrón por las bardas en el redil, sino como buen pastor por las puertas».

Fray Diego de Urrutia murió dos años después de esta derrota, y pocos meses antes de que también pasara a mejor vida el virrey capitulero.

El niño llorón

Zapatero tira-cuerno, como canta el villancico, o mejor dicho, zapatero remendón era, por los años de 1675, Perico Urbistondo, mozo mellado de sesos, pero honrado a carta cabal. Habitaba un tenducho situado en el barrio de Carmeneca de la por entonces ciudad de Huamanga y hoy capital del departamento de Ayacucho (rincón de muertos).

Por mucho que el buen Perico metiese lesna y diese puntadas, sus finanzas iban siempre de mal en peor; pues el pobrete había hecho la tontuna de casarse con una muchacha muy para nada y aindamáis bonita y granosa de lucir faldellín de seda. ¡Qué demonio! Muchas hembras que pisan mayor peldaño en la escala social se han perdido por el maldito frou-frou de la seda, y sería pedir copo y condadura pensar que la consorte del zapatero saliese avante, sin comprometer su honra y la ajena.

Para colmo de desdicha, el discípulo de San Crispín traía en el alma el comején de los celos; pues Casilda, que así se llamaba su conjunta, andaba en guiños y tratos subversivos con Antuco Quiñones, que era, como de mozas casquilucias. Para decirlo de una vez, Casilda era de la misma pasta que cierta chica melómana y vivaracha que cantaba:

> Tengo el dúo de la Norma,
> tengo il alma innamorata,
> y espero tener en forma
> el final de la Traviata.

El tenducho ocupado por Perico constaba de dos cuartos, sirviendo el uno de alcoba conyugal, y el que comunicaba con la calle contenía las hormas, tirapié, mesita de trabajo y demás menesteres del oficio, amén de un gallo, cazilí o matalobo, sujeto a estaca en un rincón. En aquel siglo no había zapatero sin gallo.

Todo el lujo del infeliz era un busto del Niño Jesús, primorosamente tallado, al que obsequiaba cada día con una mariposilla de aceite.

El zapatero hacía a la linda efigie confidente de sus cuitas domésticas; y una tarde en que, por ganar un doblón de oro, se comprometió con un caballero a ir hasta Huanta, conduciendo unos pliegos de urgencia, antes de emprender el viaje se acercó al Niño Jesús y le dijo:

—Mira, chiquitín cachigordete. A ti te encargo que cuides mi honra y mi casa; y si me das mala cuenta, peleamos y te perniquiebro. Conque así, mucho ojo, niñito, y hasta la vuelta, que será mañana.

Enseguida proveyose de coca y cigarros corbatones, despidiose de Casilda, recomendándola mucho que durante su ausencia no dejase pasar pantalones por el quicio de la tienda, ni pusiese ella pie fuera del umbral; y pian piano, en el rucio del seráfico San Francisco hizo en seis horas las siete leguas de camino que hay de Huamanga a Huanta, entregó los pliegos y le dieron recibo, y sin perder minuto, después de echar un remiendo al estómago, empezó a desandar lo andado.

Eran las nueve de la mañana cuando el zapatero llegó a su casa, y quedose como una estantigua al ver la puerta cerrada. Casilda era madrugadora y, por lo tanto, no podía presumir el marido que las sábanas se le hubiesen pegado al cuerpo. Golpeó Perico, redobló el estrépito y... ¡nada!... aquella condenada puerta no se abría.

Al ruido asomó una vieja, más doblada que abanico domínguero, con correa de la orden tercera. Era la tal de aquellas que tienen más lengua que trompa un elefante, que se pirran por meterse donde no las llaman ni han menester de ellas, y que se pintan solas para dar una mala noticia y clavarle al prójimo alfileres en el alma.

¡Mucha plepa era doña Pulquería!

Ítem, la susodicha beata parecía forrada en refranes; pues viniesen o no a pelo, soltaba una retahíla de ellos, y habría sido obra de teatinos el hacerla callar, una vez desenfundada la sin pelos. Por doña Pulquería dijo sin duda el marqués de Santillana que la vieja y el horno se calientan por la boca.

—Note canses, Periquillo, que si esperas a que tu mujer venga a abrir, tarea te doy hasta el día del juicio por la noche; que la mujer como el vino engañan al más fino. Y aunque bocado de mal pan, ni lo comas ni lo des a tu can, avísote que, desde que volviste la espalda, alzó el vuelo la paloma, y está muy guapa en el palomar de Quiñones que, como sabes, es gavilán corsario. Por lo demás, hijo, en lo que estamos benedicamos, y confórmate con la lotería que te ha caído; que, en este mundo redondo, quien no sabe nadar se va a fondo. Y aunque mal me quieren mis comadres porque digo las verdades, ponte erguido como gallo en cortijo, y no te des a pena ni a murria, que eso sería tras de cornamenta palos, y motivo para que hampones y truchimanes te repitan: «modorro, ya entraste en el corro». Deja a un lado la vergüenza a dala un puntapié, que la vergüenza es espantajo que de nada sirve y para todo es atajo: verde es la vergüenza y se la come el burro de la necesidad. Calma, muchacho, y no des con esa tu furia y fanfurriña vagar para que yo piense que predico en desierto, y que en cabeza de asno se pierde la lejía; que aunque el decidor sea loco, el escuchador ha de ser cuerdo, y cada gorrión aguante su espigón, y sobre todo, no hay mal de amores que no se cure, ni pena por hembra que no se olvide. Y ten presente que el bobo, si es callado, por sesudo es reputado, y que muchos están en la jaula por demasiado ir al aula. Alborotar merindades para luego salir con paro medio, es proceder como el galán que presumía de robusto, de noche chichirimoche y de madrugada chichirinada. ¡No que no! De pagártela habrá con las setenas, que Casilda y Quiñones son tal para cual, y a ruin mozuelo ruin capisayuelo; y el mejor día la planta en mitad del arroyo, y cátate vengado; que, como dice el refrán: ¿con quién la hábedes, cuaresma?, con quien non vos ayunará. Y cuenta que los refranes y sentencias son evangelios chiquitos, que dicen más verdad que la bula de composición, y los inventó Salomón, que fue un rey más sabio que el virrey príncipe de Esquilache, y que, como él, sacaba décimas de su cálamo, y era más mujeriego y trapisondista que Birján y los doce pares de Francia que vinieron con Pizarro a la conquista.

Doña Pulquería habría podido seguir un año vomitando proverbios y disparates, sin que el burlado marido la atendiese. A las primeras palabras con que la vieja le hizo conocer su deshonra, Perico, que era mozo fuerte, arrimó el hombro a la puerta tan vigorosamente que a poco consiguió hacerla ceder.

Cuando después de recorrer los dos cuartos se convenció de que su mujer andaba a picos pardos, abrió el cajoncito de la herramienta, y tomando una lesna, se dirigió al Niño Dios, diciéndole:

—¡Ah, ingrato! ¿Así vigilas por mi honra y así pagas mi cariño? Pues torna lo que mereces.

Y clavó la lesna en una pierna de la infantil y divina efigie.

La vieja, que se había quedado en la calle ensartando refranes, oyó en la habitación de Perico el llanto de un niño; y movida por la curiosidad, pues el matrimonio carecía de hijos, aventurose a penetrar en la tienda.

Perico había caído desmayado y conservaba en la mano la lesna ensangrentada.

El llanto que atrajo a la vieja había cesado.

Acudieron vecinos y socorrieron al zapatero, quien al volver en sí refirió que, después de herir el busto del Niño Dios, había éste prorrumpido en llanto.

Consta del expediente que siguió la autoridad eclesiástica que en la pierna del Niño se vio la sangre que brota de toda herida.

Esta imagen, que el devoto pueblo llama el Niño Llorón, fue trasladada con gran pompa a la catedral de Huamanga, donde existe, en la nave de la derecha, en el altar del señor de Burgos.

El zapatero se retiró al convento de Ocopa, y años más tarde murió allí devotamente vistiendo el hábito de lego.

En cuanto a Casilda, acabó como acaban casi siempre las heroínas de la prostitución: el final de la Traviata.

Zurrón-currichi

Conseja popular

De fijo, lector mío, que muchas veces has oído decir: Puneña, zurrón-currichi[6] aplicado a las hijas de San Carlos de Puno, apóstrofe que, francamente, es la mayor injuria que hacerse puede a las allí nacidas, porque equivale a llamarlas brujas, y harían muy bien en beberlo la sangre a sorbos al malandrín que tan pícaramente las agravia.

Yo no diré que la cosa tenga mucho fundamento; pero alguno ha de tener, estando la ciudad a las faldas del Laycacota, que quiere decir, en castellano de Cervantes, algo así como Guarida de brujas.

Sin embargo, rebuscando en mis *Anales de la inquisición de Lima*, librejo que escribí y publiqué no recuerdo cuándo ni cómo, no encuentro que jamás el Santo Oficio hubiera penitenciado una sola bruja de Puno; y eso que la

---

6   Que hace correr zurrón.

lista que de ellas consigné, con todas sus habilidades y circunstancias, es larguita y minuciosa.

Pero si la tradición dice que en Puno hubo brujas, no es decir (y aquí me pongo en buen predicamento con las muchachas que actualmente comen pan en Puno) que hogaño también las haya; y si las hay, mía la cuenta si no hacen uso de otro hechizo que el que Dios puso en sus ojos de gacela y en su boquita de coral partido.

Después de esta introducción, me parece que puedo, sin peligro de que me arañen, referir el cuento o sucedido.

¡Niñas, niñas, lo que no fue en vuestro año no es en vuestro daño!

I

Era el año de 1672, y aunque recientemente fundada por el virrey conde de Lemos la villa de San Carlos de Puno, conservaba restos de la opulencia que cinco años antes esparciera por la comarca el rico mineral de Salcedo. De todos los rincones del Perú habían afluido a las riberas del Titicaca aventureros ganosos de enriquecerse en poco tiempo y mercaderes que realizaban en breve su comercio con un ciento por ciento de provecho.

Don Nuño Gómez de Baeza fue uno de esos tantos que estableció tienda en la villa, dedicándose al rescate de lanas y venta de zurrones de nueces y cocos, que un su socio le remitía desde Chile para que él cuidase de proveer algunas de las poblaciones del Alto Perú.

Era don Nuño mozo que aún no llegaba a los treinta, gallardo como no había otro en la villa, generoso como un nabab, de amena y fácil conversación y muy gran aficionado al comistrajo o golosina del Paraíso. «Amor trompetero, cuantas veo tantas quiero; que en teniendo cuello y mangas, todo trapito es camisa.»

Gobernador de la villa era don Gracián Díez Merino, del hábito de Alcántara, caballero moral y religioso, que se desvivía para castigar todo escándalo y que, obedeciendo instrucciones que le comunicaran de Lima, consiguió que la población estuviera más tranquila que claustro de cartujos. Con tal fin promulgó bando previniendo que después del toque de queda nadie fuera osado a asomar el bulto por la calle, bajo pena de multa y prisión. Ítem, se empeñó en que todo títere había de vivir como la Iglesia manda; pues en su jurisdicción no toleraba amancebamiento, barraganía ni cosa que a pecado contra la honestidad trascendiese.

El que enferme de amores
sin calentura,
que vaya a su parroquia
que el cura, cura.

Había en el lugar una señora, viuda de un cabildante, jamón apetitoso todavía a pesar de los tres quinces que peinaba, la cual gozaba fama de ser cumplidora del precepto evangélico que manda ejercer la caridad dando de beber al sediento. El señor gobernador la rodeó de espías, jurando que, al primer gatuperio en que la atrapase, tenía de maridarla con su cómplice.

Por fin una noche diole aviso un alguacil de que, después de la queda, había doña Valdetrudes entreabierto cautelosamente la puerta de su casa y dado paso franco a un galán en quien, no embargante el embozo, había creído reconocer a don Nuño Gómez de Baeza.

Su señoría se reconcomió de gusto y se restregó las manos, diciendo:

—De esta no libra de que la case y bien casada, que aunque ella no es pobre, el don Nuño varea la plata y es mozo como unas perlas. Conviene que en todo matrimonio si el marido lleva para el puchero, la mujer no sea tan calva que no lleve siquiera para el chocolate.

Y seguido de alguaciles llamó enérgicamente a la puerta de doña Valdetrudes, diciendo:

—¡Por el rey! Abran a la justicia.

Don Nuño tuvo un susto mayúsculo; mientras ella, sin revelar la menor zozobra, dijo en voz baja a su amante:

—(Ponte detrás de la puerta y escapa tan luego como yo abra.) Y ¿qué busca la justicia en mi casa?

—Abra y lo sabrá; y que sea pronto, antes que lo roto resulte peor que lo descosido.

—Pues vuesa merced espere que me eche encima una saya y enseguida voy a abrirle.

Mientras duró el diálogo húbose don Nuño vestido a las volandas, y después de embozarse en la capa se puso detrás de la puerta.

Al abrirse ésta por doña Valdetrudes, avanzó su señoría con un farolillo en la mano y dio un rudo traspiés, empujado por un bulto que se deslizaba.

—¡Canario con el gatazo! —exclamó el gobernador—. Si no me hago a un lado me descrisma sin remedio.

Y en efecto, vieron los alguaciles que un gato negro escapaba calle arriba a todo correr.

don Gracián Díez Merino, después de practicar escrupuloso registro en la casa, que era pequeña, tuvo que retirarse pidiendo mil perdones a doña Valdetrudes por su importuna visita.

Al llegar a la esquina dio un tirón de orejas al alguacil que le llevara el aviso, y díjole:

—Sin duda viste entrar al gato y se te antojó persona. Mira, bribón, otro día asegúrate mejor para que no hagas caer en renuncio a la justicia del rey nuestro señor.

II

Al siguiente día no se hablaba en San Carlos de Puno sino de la estéril pesquisa del gobernador y del gato negro que por un tris descalabra a su señoría.

Sea que a don Nuño Gómez de Baeza maldita la gracia que le hiciera el que lo hubieran metamorfoseado en gato, o que no quisiera tracamandanas con la justicia, o lo que es más probable, que no lo cautivaran los trashumados hechizos de la dama, la verdad es que no volvió a ocuparse de ella, dejando sin respuesta (el muy criado) sus amorosos billetes y desairando las citas que en ellos le proponía.

Mis lectoras convendrán conmigo en que la descortesía del mancebo lo hacía merecedor de castigo; pues, aunque todo sea barro, no es lo mismo la tinaja que el jarro.

Convencida, al cabo, Valdetrudes de que el galán se negaba a volver a las andadas, resolvió emprender la conquista valiéndose de malas artes; pues, como dice el refrán, «a caballo que se empaca, darle estaca».

Una mañana llamó a Pascualillo, el barbero de la villa, que era un andaluz con más agallas que un pez, y le dijo:

—¿Quisieras ganarte un par de ducados de oro?

—¡Pues no he de querer! No gano tanto, señora, en un mes de rapar barbas, abrir cerquillos, aplicar clisteres, sacar muelas y poner ventosas y cataplasmas.

—Entonces toma a cuenta un ducado, y sin que lo sepa alma viviente, me traes mañana domingo una guedeja de cabellos de don Nuño Baeza.

Cerrado el trato, volviose el barbero a su tenducho y diose a cavilar en lo que aquella pretensión, a tan alto precio pagada, podría significar.

—¡No! Pues yo no lo hago —se dijo el andaluz, como síntesis de sus cavilaciones—. ¡Sobre que el mechón de pelo podría servir para que sobreviniera algún daño a ese caballero de tanto rumbo, que me paga una columnaria por su barba, lo que no hacen otros roñosos que andan por ahí más huecos que si llevaran al rey dentro del cuerpo! ¡Voto va por Mahudes y Zugarramurdi, que son en España señoríos de brujas! Pero también es cosa fuerte devolver el ducado de oro con que puedo feriar a mi Aniceta, para la fiesta del Corpus, una caperuza de filipichín y una falda de angaripola. ¡Eh! Ya veremos lo que se ingenia; que de aquí a mañana más horas hay que longanizas.

Al otro día Pascual afeitaba y aliñaba el pelo a don Nuño, que tenía costumbre de asistir a misa mayor hecho un gerifalte por lo pulcro y acicalado. Pero el barberillo era mozo de conciencia; porque, pudiendo a mansalva cortar cabello y esconderlo en el delantal, resistió vigorosamente a la tentación.

Al salir del cuarto de don Nuño, pasó Pascual por la tienda, y con el pretexto de coger un puñado de cocos y otro de nueces, detúvose delante de dos zurrones de piel de cabra, y con las tijeras que en la mano traía cortó de cada uno un poco de pelo, envoliolo en un pedazo de papel, y muy orondo se dirigió a casa de doña Valdetrudes, murmurando para sí:

—Todo va bien, con tal que ella no repare en que estas hebras son rubias y que el cabello de su merced es de un negro alicuervo.

Doña Valeletrudes pagó el otro ducado prometido, y tanta era su complacencia por tener prenda corporal de su ingrato amador, que añadió, por vía de alboroque, una monedilla de plata.

Dicen bien, que amor tiene cataratas; porque madama no paró mientes en el calor del pelo, y echando llave y cerrojo, púsose a invocar al diablo y a preparar el hechizo.

Créanme ustedes. Yo, que en achaques de brujería aprendí, para escribir mi susodicho librejo de Anales de la Inquisición, hasta la manera de atar la agujeta y correr el hilo respondón, que es cuanto hay que saber en la materia, no he podido averiguar qué clase de menjurje o filtro confeccionó Valdetrudes; pues eso de enredar pelos en piedra imán para hacerse amar de un hombre, es propio de brujillas de tres al cuarto y no de catedráticas, como diz que lo fue mi señora la viuda del cabildante.

Probablemente no tuvo a mano Valdetrudes un botecito de agua cuyana, que en ese siglo era todavía remedio infalible para hacerse amar.

Cuando el hechizo estuvo terminado, emperejilose doña Valdetrudes, echándose encima el fondo del baúl, y, muy sandunguera y con mucho rejo salió a dar un paseo por la calle de don Nuño, segura, segurísima de que éste al verla se vendría tras ella como el ratón tras el queso, pues la brujería no podía marrar.

Hallábase Gómez de Baeza en la puerta de su tienda, conversando con un amigo, cuando apareció por la esquina la jamona; y maldito si el mancebo sintió el más leve movimiento revolucionario en las entretelas del alma. Y eso que ella, al pasar delante de él, le disparó una de esas miradas que dicen clarito como en un libro: «piloto quiere este barco», y se sonrió, como diría Tomé de Burguillos, con

aquella boca hermosa
que dejó de ser guinda por ser rosa.

De repente y cuando doña Valdetrudes no habría adelantado media cuadra, un zurrón de nueces y otro de cocos empezaron a bailar la zarabanda corriendo tras de la bruja. Asustada ella del ruido y de la gritería de los muchachos, que no perdieron la oportunidad de recoger cocos y nueces, emprendió la carrera en dirección a la laguna; y mientras más apuraba ella el paso, menos se detenían los zurrones, que con doña Valdetrudes fueron al fin a sumergirse para siempre en el Titicaca.

Desde entonces (y ya hace fecha) nació el apóstrofe Puñeza, zurrón-currichi.

Dos palomitas sin hiel (A Domingo Vivero)

I

Doña Catalina de Chávez era la viudita más apetitosa de Chuquisaca. Rubia como un caramelo, con una boquita de guinda y unos ojos que más que ojos eran alguaciles que cautivaban al prójimo. Suma y sigue. Veintidós años muy frescos, y un fortunón en casas y haciendas de pan llevar.

Háganse ustedes cargo si con sumandos tales habría pocos aritméticos cristianamente encalabrinados en realizar la operación, y en que nuestra viuda cambiase las tocas por las galas de novia.

Pero así como no hay cielo sin nubes, no hay belleza tan perfecta que no tenga su defectillo; y el de doña Catalina era tener dislocada una pierna, lo que al andar la daba el aire de goleta balanceada por mar boba.

Como diz que el amor es ciego, los aspirantes no desesperanzados afirmaban que aquella era una cojera graciosa, y que constituía un hechizo más en dama que los tenía por almudes y para dar y prestar; a lo que como la despechada zorra que no alcanzó al racimo, contestaban los galanes desahuciados:

> Si hasta la que no cojea,
> de vez en cuando falsea
> y pega unos tropezones...
> concertadme esas razones.

A pesar de todo, era mi señora doña Catalina una de las reinas de la moda; y no digo la reina, porque habitaba también en la ciudad doña Francisca Marmolejo, esposa de don Pedro de Andrade, caballero del hábito de Santiago y de la casa y familia de los condes de Lemos.

Doña Francisca, aunque menos joven que doña Catalina y de opuesto tipo, pues era morena como Cristo nuestro bien, era igualmente hermosa y vestía con idéntica elegancia; porque a ambas las traían trajes y adornos, no desde París, pero sí desde Lima, que era entonces el cogollito del buen gusto.

Hija de un minero de Potosí, llevó al matrimonio una dote de medio millón de pesos ensayados, sin que faltara por eso quien tildara de roñoso al suegro, comparándolo con otros que, según el cronista Martínez Vela, daban dos o tres milloncejos a cada muchacha al casarlas con hidalgos sin blanca, pero provistos de pergaminos; que la gran aspiración de mineros era comprar para sus hijas maridos titulados y del riñón de Asturias y Galicia, que eran los de nobleza más acuartelada.

El diablo, que en todo mete la cola, hizo que doña Francisca tuviera aviso de que su dichoso marido era uno de los infinitos que hacían la corte a la viuda, y el comején de los celos empezó a labrar en su corazón como polilla en pergamino. En guarda de la verdad y a fuer de honrado tradicionista, debo también consignar que doña Catalina encontraba en el de Andrade olor, no a palillo, que es perfume de solteros, sino a papel quemado, y maldito el caso que hacía de sus requiebros.

Al principio la rivalidad entre las dos señoras no pasó de competir en lujo; pero constantes chismecillos de villorrio llegaron a producir completa ruptura de hostilidades. En el estrado de doña Francisca se desollaba viva a la Catuja, y en el salón de doña Catalina trataban a la Pancha como a parche de tambor.

En esta condición de ánimos las encontró el Jueves Santo de 1616.

El monumento del templo de San Francisco estaba adornado con mucho primor, y allí se había congregado toda la primera sociedad de Chuquisaca. Por supuesto, que en el paso de la cena y en el del prendimiento figuraban el rubio Judas, con un ají en la boca, y los sayones de renegrido rostro.

En este volumen y en el siguiente publicamos los retratos de los arzobispos que hasta el día ha tenido el Perú. Los de los señores Liñán y Rubio de Auñón figuran ya entre los de los virreyes que aparecieron en el primer tomo.

Apoyadas en la balaustrada que servía de barra al monumento, encontráronse a las tres de la tarde nuestras dos heroínas. Empezaron por medirse de arriba abajo y esgrimir los ojos como si fuesen puñales buidos. Luego, a guisa de guerrillas, cambiaron toses y sonrisas despreciativas, y adelantando la escaramuza, se pusieron a cuchichear con sus dueñas.

Doña Francisca se resolvió a comprometer batalla en toda la línea, y simulando hablar con su dueña dijo en voz alta:

—No pueden negar las catiris (rubias) que descienden de Judas, y por eso son tan traicioneras.

Doña Catalina no quiso dejar sin respuesta el cañonazo, y contestó:

—Ni las cholas que penden de los sayones judíos, y por eso tienen la cara tan ahumada como el alma.

—Calle la coja zaramullo, que ninguna señora se rebaja a hablar con ella —replicó doña Francisca.

¡Zapateta! ¿Coja dijiste? ¡Téngame Dios de su mano! La nerviosa viudita dejó caer la mantilla, y uñas en ristre se lanzó sobre su rival. Ésta resistió con serenidad la furiosa embestida, y abrazándose con doña Catalina la hizo perder el equilibrio y besar el suelo. Enseguida se descalzó el diminuto chapín, levantó las enaguas de la caída poniendo a expectación pública los promontorios occidentales, y le plantó tres soberbios zapatazos, diciéndola:

—Toma, cochina, para que aprendas a respetar a quien es más persona que tú.

Todo aquello pasó, como se dice, en un abrir y cerrar de ojos, con gran escándalo y gritería de la multitud reunida en el templo. Arremolináronse las mujeres y hubo más cacareo que en corral de gallinas. Las amigas de las contendientes lograron con mil esfuerzos separarlas y llevarse a doña Catalina.

No hubo lágrimas ni soponcios, sino injuria y más injuria; lo que me prueba que las hembras de Chuquisaca tienen bien puestos los menudillos.

Mientras tanto, los varones acudían a informarse del suceso, y en el atrio de la iglesia se dividieron en grupos. Los partidarios de la rubia estaban en mayoría.

Doña Francisca, temiendo de éstos un ultraje, no se atrevía a salir de la iglesia hasta que a las ocho de la noche vino su marido con el corregidor don Rafael Ortiz de Sotomayor, caballero de la orden de Malta, y una jauría de ministriles para escoltarla hasta su casa.

Aproximábanse a la plaza Mayor, cuando el choque de espadas y la algazara de una pendencia entre los amigos de la rubia y de la morena pusieron al corregidor en el compromiso de ir con sus corchetes a meter paz, abandonando la custodia de la dama.

Los curiosos corrían en dirección a la plaza, y apenas podía caminar doña Francisca apoyada en el brazo de su marido.

En este barrullópolis un indio pasó a todo correr, y al enfilar con la señora, levantó el brazo armado de una navaja e hízola en la cara un chirlo como una Z, cortándola mejilla, nariz y barba.

Entre la oscuridad, tropel y confusión, se volvió humo el infame corta-rostro.

II

Como era natural, la justicia se echó a buscar al delincuente, que fue como buscar un ochavo en un arenal, y el alcalde del crimen se presentó el lunes de Pascua en casa de doña Catalina, presunta instigadora del crimen.

Después de muchos rodeos y de pedirla excusa por la misión que traía, y a la que solo sus deberes de juez lo compelieran, la preguntó si sabía quiénes eran los que en la noche del Jueves Santo habían acuchillado a doña Francisca Marmolejo.

—Sí lo sé, señor alcalde, y también lo sabe su señoría —contestó la viuda sin inmutarse.

—¿Cómo que yo lo sé? ¿Es decir, que yo soy cómplice del delito? —interrumpió amostazado el alcalde don Valentín Trucíos.

—No digo tanto, señor mío —repuso sonriendo doña Catalina.

—Pues concluyamos: ¿quién ha herido a esa señora?

—Una navaja manejada por un brazo.

—¡Eso lo sabía yo! —murmuró el juez.

—Pues eso es también lo que yo sé.

La justicia no pudo avanzar más. Sobre doña Catalina no recaían sino presunciones, y no era posible condenarla sin pruebas claras.

Sin embargo, las dos rivales siguieron pleito mientras les duró la vida; y aun creo que algo quedó por espulgar en el proceso para sus hijos y nietos.

Esto no lo dice don Joaquín María Ferrer, capitán del regimiento Concordia de Lima y más tarde ministro de Relaciones exteriores en España, bajo la regencia de Espartero, que es quien, en un curioso libro que publicó en 1828, garantiza la verdad de esta tradición: pero es una sospecha mía, y muy fundada, teniendo en cuenta que muchos litigan más por el fuero que por el huevo.

Entretanto, doña Catalina decía a sus amigos y comadres de la vecindad que con las faldas tapaba los cardenales de los zapatazos, si es que con paños de agua alcanforada no se habían borrado; pero que doña Francisca no tendría nunca cómo esconder el costurón que la afeaba el rostro.

De todo lo dicho resulta que las dos señoras de Chuquisaca fueron... un par de palomitas sin hiel.

Un SEÑOr de muchos pergaminos

I

Tres cuartos de siglo, fecha de suyo respetable, llevaba de comer puchero (plato cuya invención se debe, según me dijo un gastrónomo, a la madre de San Agustín) el señor don Alejo de Valdez y Bazán, corregidor en 1671 del Cabildo del Cuzco.

Los Valdez y Bazán, pertenecientes a la más rancia nobleza de Aragón, eran en el Perú muy considerados desde los tiempos de Pizarro; y más tarde, por enlace de familia, se aliaron con los Caviedes de Toledo, nobles como la gorra de Pilatos, y con los descendientes del caballero de espuela dorada don Cristóbal de Peralta, que fue uno de aquellos trece conquistadores que tuvieron la guapeza de quedarse en la isla del Gallo. Por Valdez tenía tres barras de azur en campo de plata; por Bazán quince escaques, ocho de sable y siete de plata; bordura de gules y ocho aspas de oro.

Con esto queda dicho que en los reinos del Perú no podía haber quien en punto a lo acuartelado de la nobleza le tosiese con buen título a un Valdez y Bazán, por mucho que uno de los grandes poetas de esa época hubiera escrito:

> No digas cuando vieres alto el vuelo
> del cohete, en la pólvora animado,
> que va derecho al cielo encaminado,
> pues no siempre quien sube llega al cielo.

En punto a pretensiones heráldicas, los Valdez y Bazán podían hacer competencia a los Quirós de Velasco, en cuyo escudo se leía este mote:

> Antes que, a la voz de Dios,
> valles hubiera y peñascos,
> ya Quirós era Quirós
> y los Velascos Velascos...

o a los Bustamante, que sostenían que el primer hombre se firmaba Adán de Bustamante.

Sin embargo, el escudo de los Bustamante no les da alas para tantos humos; pues no hay en él más que trece roeles o besantes de gules en campo de oro, lo que en heráldica representa poquísima cosa. Valen más las armas de los Buendía, que son un Sol de oro en campo de azur, o las de los Calatayud, que son tres zapatos jaquelados de plata y sable en campo de gules.

Daba también en el Cuzco gran importancia a los Valdez y Bazán la circunstancia de que de padres a hijos se habían declarado protectores de la orden de la Merced y gastado no poco en la fábrica del convento, adorno de la iglesia y fundación de capellanías. «A canas honradas no hay puertas cerradas.»

El Valdez y Bazán de quien nos ocupamos cumplía sin discrepar un ápice con sus deberes de cristiano viejo y de leal vasallo, siendo por lo generoso y caritativo muy querido del pueblo. Pero en tocándolo a lo rancio y auténtico de sus pergaminos, tiraba los treinta dineros y se le subía a las barbas a cualquiera. Lo que prueba que no hay caracol que no tenga comba, ni hombre sin lado flaco o pantorrilla como hoy decimos.

Vino por entonces al Cuzco un mancebo, sobrino del excelentísimo señor don Pedro de Castro y Andrade, conde de Lemos y virrey del Perú, al que también había agarrado el diablo por esto de la nobleza de su abolengo; y un día trabose de palabra con el anciano Valdez y Bazán a propósito de si eran hechos los unos de mejor pasta que los otros. Ambos alegaban venir, no del padre Adán, que fue un plebeyo del codo a la mano e inhábil para el uso del Don, sino de reyes, que así pudieron ser los de copas y bastos como dos perdidos; pues si me atengo a lo que dice el poeta de la Henriada,

Le premier qui fât roi fût un bandit heureux.

Claro es que nuestros dos hidalgos de sangre azul rechazaban todo parentesco con Cristo señor nuestro; porque al fin, el Redentor fue hijo de carpintero y plebeyo por todos sus cuatro costados, pues el parentesco con el rey David viene de árbol genealógico un tanto revesado.

Desde ese día, el de Valdez y Buzán tomó tirria y enemiga por el de Sarmiento y Sotomayor, que era un mozo zumbón y cachidiablo, que no perdía oportunidad de desatarse en burlas contra el anciano corregidor. Chismosos de oficio, que siempre abundan, iban luego a éste con el cuento; y alguno que a la limpieza de sangre atañía, hubo de llegarle tan a lo vivo, que gritó furioso su señoría:

—Miente el bellaco por mitad ele la barba; que bien nacido y de sangre azul soy, así por la sábana de arriba como por la sábana de abajo.

Y tras ceñirse la tizona, calose el chambergo, embozose en la capa de paño de San Fernando y echose a la calle en busca del vizconde.

Hizo el demonio que a poco andar lo avistase, e interceptándole el paso le dijo con estudiada cortesía:

—Dudo, señor hidalgo, que vuesa merced se ocupe de poner mi honra en lenguas, y saber querría de su boca lo que hay de veras en ello.

—Déjeme en paz el abuelo, que está ñoño, y por hoy no me siento de humor para escuchar chocheces —contestó con arrogancia el de Sotomayor, haciendo ademán de voltear la espalda.

Pues mal que le pese —dijo el de Valdez y Bazán cortándole el camino—, habrá de oírme el mozuelo irreverente y respetar el lustre de mis canas y el cargo que por el rey tengo.

Hágase a un lado el Matusalén, que me está mal oír agravios de quien por sus canas, más que por su cargo, escudado está de mí.

—Pues sépase el mal nacido que las canas no han quitado bríos a mi brazo para castigar su insolencia y matarlo hierro a hierro.

Y alzando la mano descargó sobre la mejilla del mancebo un sonoro bofetón de cuello vuelto.

El de Sotomayor echó mano a la espada; pero interponiéndose cuantos por allí pasaban, lograron separar a los contendientes, llevándoselos en opuestas direcciones.

De presumir era, sin embargo, que el lance no podía quedar sin desenlace trágico. No eran nuestros hidalgos de la gente que dice: «más vale entenderse a coplas que acudir a las manoplas».

Nuestros abuelos no se conformaban con devolver en la misma moneda el bofetón recibido. Así, no recuerdo en qué cronicón del Perú o de Chile he leído que en 1670 alguien confirmó en la mejilla al capitán Matías de la Zerpa, y que éste le cortó la mano a su ofensor, la clavó en la puerta de la Real Audiencia y puso debajo esto cartel:

Zerpa esta mano cortó
porque una vez lo agravió.

El capitán Zerpa pertenecía a familia noble de España y Portugal, cuyas armas eran un grifo de sinople en campo de oro, bordura de plata, y gules, con cinco castillos de Castilla y cinco quinas portuguesas.

II

Era la del alba cuando los dos adversarios, acompañados de sus padrinos, se reunían en Arcu-punco.

El viajero que saliendo de la plaza de Limac-pampa para dirigirse a Puno o Arequipa, quiera fijarse en una cruz que sobre un tosco peldaño existe a poquísimas cuadras de camino, sabrá que en ese sitio cayó el vizconde de Sotomayor, traspasado el pecho en leal combate por la espada del que, a pesar de sus sesenta, y cinco diciembres, conservaba para esgrimirla los puños y la destreza de la mocedad.

III

Cuando el virrey tuvo noticia del suceso, escribió a los alcaldes del Cuzco recomendándoles el pronto castigo del anciano, que contraviniendo a las reales pragmáticas sobre el desafío, enviara a su sobrino a mundo más poblado que el que habitamos.

Muy rico, estimado e influyente era el de Valdez y Bazán para que ningún golilla del Cuzco se le atreviese. Por llenar fórmulas o hacer que hacemos citáronle a declarar; pero él se negó a darse por notificado, alegando que, siendo el muerto de familia, del virrey, la justicia de estos reinos estaba impedida, de juzgarlo, y que por lo tanto no reconocía más tribunal que el del rey y su Consejo.

La causa iba con pies de plomo, y alcaldes y escribanos se excusaban de conocer en ella. Aburrido el virrey llamó un día al licenciado Estremadoiro, que ejercía un modesto empleo en Lima y que aspiraba a ser nombrado oidor de la Real Audiencia en una vacante que a la sazón había, y díjole:

—Cuente con ella el señor licenciado, que hoy mismo escribo a la corte, y el rey no me negará tan pequeña gracia; pero mañana sale vuesa merced para el Cuzco, y sin dar treguas a las caballerías ni descanso al cuerpo, llega, y forma cansa a ese orgulloso de Valdez y Bazán; y en cadalso enlutado, que con su nobleza, hay que ser ceremonioso, le corta la cabeza, cuidando de que le hagan un buen entierro, con muchos cirios y dobles de campanas, y se vuelve por donde fue, para ocupar el asiento que en la Audiencia hay vaco.

Tan halagüeña promesa puso alas al licenciado Estremadoiro, y a poquísimos días dio con su cuerpo en la posada o tambo de Zurite, pueblo próximo al Cuzco.

Rendido de cansancio estaba el futuro oidor, durmiendo sobre un camistrajo, cuando despertó movido por la mano de un hombre que traía el rostro cubierto por un antifaz.

—¡Jesucristo! —exclamó el juez, al abrir los ojos y hallarse con esa visión que juzgo cosa de la otra vida.

—No se asuste, señor licenciado. He venido a proponerle que elija entre esa bolsa con trescientas onzas, para que deshaga camino y se vuelva a Lima, o una horca en la puerta de esta posada, si persiste en ir al Cuzco.

Yo no sé, pues mis apuntes no lo dicen, lo que contestaría el licenciado Estremadoiro, así como ignoro si, andando los años, llegó a ser oidor de alguna Real Audiencia; pero lo que sí me consta es que de Zurite no avanzó un palmo de camino para el Cuzco, sino que volvió grupas y se vino a Lima, donde llegó el 8 de diciembre de 1672, precisamente a tiempo para asistir al entierro de su excelencia don Pedro de Castro y Andrade, conde de Lemos y virrey del Perú por su majestad Carlos II.

Por supuesto que no volvió a hablarse del proceso, y que Valdez y Bazán murió de viejo y no de médicos.

El obispo del libro y la madre Monteagudo
(A monseñor José Antonio Roca)

I

Esto que llaman don de profecía, segunda vista o facultad de leer en el por-venir, es tema largamente explotado por los que borroneamos papel. Raro es el pueblo del Perú que no haya poseído profetas y profetisas, santos los menos y embaucadores y milagreros los más. La Inquisición tuvo en muchos casos, como en los de Ángela Carranza y la madre San Diego, que gastar su latín para sacar en claro lo que había de inspiración y favor celeste en ciertos facedores de milagros o pronosticadores de dichas y desventuras.

En el monasterio de Santa Catalina de Arequipa había, allá por el siglo XVII, una monja conocida por la madre Ana de los Ángeles Monteagudo, de la cual refieren sus paisanos maravillas tales que la hacen acreedora a que Roma la canonice y coloque en los altares.

Leyendo la vida del trinitario fray Juan de Almoguera y Ramírez, obispo que fue de Arequipa, encuentro que el reverendísimo en Cristo fue para la santa monja un venero de profecías, algunas de las cuales antójaseme hoy desempolvar para solaz de la gente descreída que pulula en la generación a que pertenezco.

El padre Almoguera, natural de Córdoba en España, se ocupó entre los marroquíes de la redención de cautivos cristianos, mereciendo en premio de su abnegación y afanes que Felipe IV lo nombrase predicador de la real capilla y que en 1658 lo presentase a Roma para el obispado de Arequipa. Sus armas de familia eran castillo de plata, en campo de gules, y por bordura nueve cabezas de moros en campo de oro.

Don Fray Juan de Almoguera séptimo arzobispo de Lima

Su ilustrísima esperó que estuviese lista para hacerse a la mar, con rumbo a Indias, la flota de veinte buques que mandaba el almirante don Pablo Con-treras, y embarcose en una de las naves. A los dos o tres días de navegación, una tempestad furiosa sumergió en el Océano siete de los bajeles, siendo el primero en hundirse aquel en que iba el obispo. Entre los pasajeros que salvaron, cuéntase al conde de Santisteban, que venía para Lima a desempeñar el cargo de virrey.

Llegó la noticia al Perú por cartas y gacetas, con abundancia de pormenores comunicados por los tripulantes de las otras naves, que habían sido testigos de la catástrofe. Según ellos, hasta las ratas se habían ahogado, fortuna que no tuvo el Perú en 1540, año en que vinieron de España los pericotes embarcados en uno de los tres buques que, con gran carga de bacalao truchuela y otros comestibles, despachó para el Callao el obispo de Palencia don Gutierre de Vargas.

Congregose el Cabildo de Arequipa, y resolvió que desde el día siguiente hiciese la Iglesia aquellas manifestaciones de duelo que son de práctica en los casos de viudedad. Súpolo la madre Monteagudo, y llamando al locutorio a canónigos y cabildantes, les dijo:

—Harán bien vuesas mercedes aplazando por tres meses los honores fúnebres que han dispuesto. Así evitarán el desaire de mandar repicar por el mismo por quien hoy quieren doblar. No diga la malicia que han deseado la muerte del pastor, no aguardando a saberla circunstanciadamente.

Los cabildantes le contestaron que gacetas y cartas no podían mentir sobre hechos que autorizaban con su testimonio centenares de marinos y pasajeros.

—Pues yo digo —repuso con exaltación la monja— que, aunque es cierto que zozobró el bajel, dio tiempo para que su ilustrísima salvase en la barquilla con unos pocos compañeros y llegase a la costa. Digo también que se ha vuelto a embarcar en Cádiz, y navega con viento favorable. Esperen tres meses, y sabrán si hablan más verdad cartas y gacetas que esta humilde sierva del Señor.

Tan grande era la reputación de santidad que rodeaba a la madre Monteagudo, y tan frecuentes eran (al decir de los cronistas) sus milagros y pronósticos, que los cabildantes decidieron llevarse del consejo.

Tres meses después, día por día, se hacía cargo del gobierno eclesiástico de Arequipa el ilustrísimo señor Almoguera, quien refirió que las circunstancias de su naufragio y salvación fueron las mismas que había puntualizado la madre Monteagudo.

II

Gran obispo fue el trinitario Almoguera, según Echave, Travada y todos los cronistas que de él se ocupan, y debiole Arequipa no pocos bienes.

En su celo por reformar las costumbres un tanto relajadas del clero y en su empeño por la ilustración de los párrocos, escribió un famoso libro, que se imprimió en Madrid en 1671, titulado Instrucción a curas y eclesiásticos de las Indias.

La Inquisición creyó encontrar en el libro una moral poco ortodoxa, y aun lo calificó de injurioso al monarca; pues su ilustrísima dejaba entender que en la corte se anteponía el favor al verdadero mérito, acordándose beneficios en América a clérigos indignos.

El Santo Oficio declaró prohibido el libro; y el Consejo de Indias, en representación de la corona, le echó una filípica al autor, a quien desde entonces los cortesanos dieron en llamar el obispo del libro.

Hablándose un día delante de la madre Monteagudo sobre la desgracia en que, para con la, corte, había caído el trinitario, dijo un caballero que acababa de llegar de España:

—Tienen los arequipeños obispo de por vida; pues me consta que en la coronada villa no hay quien hable en favor del señor Almoguera.

—Pues se equivoca, hijo mío —interrumpió la Monteagudo—, que el señor Almoguera arzobispo es ya de Lima. Créanlo, que es verdad, y acuérdense de lo que digo.

Estas palabras de la madre Monteagudo corrieron inmediatamente por la ciudad; mas a pesar de la fe que inspiraban sus profecías, dudaron todos que ésta se realizase, tomando en cuenta que su ilustrísima tenía quejosa a la sacra real majestad, hostil a la Inquisición y ofendidos a muchos malos sacerdotes que, amparados por padrinos de influencia, habían ido a España a querellarse de agravios positivos o supuestos.

Sin embargo, no pasaron seis meses sin que el señor Almoguera recibiese la real cédula y los documentos pontificios que lo constituían arzobispo de Lima.

He aquí la manera como, contra toda previsión, se realizó en la corte en 1673 un nombramiento que los conocedores de la política palaciega habían calificado, no sin razón, de imposible.

Vacante el arzobispado de Lima por muerte del ilustrísimo señor Villagómez, viose la reina madre doña Mariana de Austria, regente de la monarquía durante la minoridad de Carlos II, asediada de pretendientes. Presentola el secretario de Estado una lista de todos los obispos de América, en la cual no consignó a Almoguera, por imaginarse que este nombre disgustaría a su soberana.

La reina, después que el secretario leyó la lista, preguntó:

—¿Cuál es el más antiguo de los obispos peruleros?

—Señora, a ese no lo he apuntado, temeroso de ofender a vuesa majestad.

—¡Ah! ¿Será el obispo del libro?

—Sí, señora.

—Pues nombra arzobispo de Lima al obispo del libro.

—¿A fray Juan de Almoguera? —preguntó maravillado el ministro y recelando no haber oído bien.

—No sé cómo se llama, a ti toca averiguarlo. Lo que mando es que hagas arzobispo al obispo del libro.

III

El nuevo arzobispo murió el 2 de marzo de 1676, a la edad de setenta y un años, y a la misma hora en que falleció daba en Arequipa la triste noticia la madre Ana de los Ángeles Monteagudo. Según la Guía del virreinato para el año 1796, el señor Almoguera está en olor de santidad, porque su cadáver se encontró, después de un siglo, incorrupto.

En el obispado de Arequipa sucedió al señor Almoguera el mercenario fray Juan de la Calle; y el día en que con grandes fiestas verificó su entrada en la ciudad, dijo a sus compañeras la inspirada monja: «¡Ay, hermanitas! No veremos a nuestro obispo ni él nos verá a nosotras».

En efecto, el señor Calle se sintió enfermo pocos días después de su llegada y murió a las cinco semanas.

No habiéndome propuesto en esta tradición más que apuntar las profecías de la madre Monteagudo que se relacionan con el obispo del libro, terminaré indicando a los que deseen hacer más amplio conocimiento con la monja catalina que lean su vida, escrita por el agustino Alonso Cabrera, o el libro de don Ventura Travada.

La madre Monteagudo murió en edad muy avanzada el 10 de enero de 1686.

Según el deán Valdivia, en sus Apuntes históricos sobre Arequipa, se envió a Roma expediente canónico para la beatificación de la monja catalina; pero se fue a pique el buque que conducía el protocolo, y Arequipa se quedó sin santa.

En 1890 los arequipeños han vuelto a promover el expediente. Pronto tendrán santa en casa.

No juegues con pólvora

I

Hembra de filimiquichupisti y de una boquita de beso comprimido era por los años de 1679 Carmencita Domínguez. No la había más gallarda en Arequipa, que es tierra de buenas mozas.

Dicho se está con esto que tenía una lista de enamorados tan surtida y abundante como el escalafón; y agregaré, para honra de la muchacha, que era de las que prometen y no cumplen.

Entre los que bebían por ella los vientos estaba Pacorro, mancebo andaluz, que ostentaba más garbo que vergüenza y que no admitía maestro para cantar unas seguidillas al compás de una guitarra.

Lo menos que la dijo en una serenata fue:

> La hermosura de los cielos
> cuando Dios la repartió,
> no estarías tú muy lejos
> cuando tanta te tocó.

A Carmencita no debió parecerle que el chico era para calabaceado de sopetón; porque cuando él la dijo que venía con buen fin y decidido a hacer las cosas como lo manda la Iglesia, ella le contestó que, aunque tantas letras hay en un sí como en un no, la manera de acertar era consultar la cosa con fray Tiburcio su confesor.

Este se echó a tomar lenguas y sacó en limpio que Pacorro era un tarambana, sin más bienes raíces que los pelos de la cara, holgazán por añadidura y que traía al retortero a tres o cuatro prójimas; pues así apechugaba con el bizcocho como con el corbacho.

En consecuencia, díjole a la beatita:

—Hazle la cruz a ese mozo como al enemigo malo.

Y la obediente muchacha dio en huir el bulto al galán, hasta que él, atropellando todo respeto, la abordó un día al salir de misa mayor.

—¡Jinojo! Alto ahí, manojito de clavelinas, que por el alma de mi abuela que esté en gloria, hoy has de sacar ánima del purgatorio dándole a este majo un sí como Cristo nos enseña, ¡Jinojo! Yo no soy hombre que aguanta un feo de nadie, y a cualquiera le hago la mamola, y que me entren moscas, ¡Jinojo!

—Mira, Pacorrillo —le contestó tartamudeando la muchacha—, lo que es gustarme a mí... ¡vamos!... me gustas por lo desvergonzado como una empanada de yemas...

—Bendita sea tu boca, ¡Jinojo! —interrumpió el andaluz.

Carmencita, poniendo un hociquito compungido, continuó de corrido:

—Pero como no lo gustas a mi confesor, hijo, no hay nada de lo dicho. ¡Estas contestado y hasta nunca!

Y la muchacha apuró el paso y se metió en casita.

—¡Jinojo! ¡I'l'ras que la niña era fea, se llamaba Timotea! Mire usted si es suerte perra la mía, ¡Jinojo!

Y prosiguió el andaluz desatándose en injurias contra las mujeres que en materia de amores no consultan su corazón, sino conciencia ajena, y puso como mantel de fonda a fray Tiburcio.

Verdad es que éste no gozaba en Arequipa fama de santidad. Era un fraile regalón y que traía revuelto el convento de San Francisco con sus pretensiones a la guardianía.

Y pues he hablado de San Francisco, aquí encajo, antes de proseguir con la tradición, lo que cuenta el pueblo sobre la imagen del santo patrón.

Remitieron de España con destino a las iglesias del Cuzco varios bustos o efigies de bienaventurados. Al llegar al valle de Vítor los arrieros que a lomo de mula conducían los cajones en que iban las imágenes, escapose una mula y fue a dar con la carga en la puerta del templo de San Francisco de Arequipa. Los frailes abrieron por curiosidad el cajón y quedaron maravillados al encontrar en él un San Francisco primorosamente tallado, y como carecían de la imagen del patrón, resolvieron quedarse con la que de una manera casi prodigiosa les venía a las manos. Reclamaron los cuzqueños y pelecharon tinterillos y abogados; pero los franciscanos de Arequipa dijeron gato el que posee, y no hubo forma de que entregasen la prenda a su legítimo dueño. Creo que los del Cuzco se cansaron al fin de gastar en papel sellado; y aunque hoy, al leer lo que dejo escrito, quisieran remover la piscina, los arequipeños se acogerían a la prescripción y pleito concluido.

II

Muy de mañana iba fray Tiburcio a confesar una hermana en Cristo, cuando al llegar a la esquina de la Alcantarilla se encontró detenido por un compacto grupo de personas ocupadas en leer un cartel. Aunque con él, por su carácter sacerdotal, no iban ni venían los bandos de la autoridad, sin embargo, bueno era imponerse y salir de curiosidad. Calose los espejuelos y vio que aquello no era bando, sino un pasquín que, a la letra, así decía:

El fraile que a guardanía
aspira de San Francisco,
es hijo de un berberisco
ahorcado en Andalucía.
Es más tragón que una arpía;
bebe al día tres botellas;
el vicio va tras sus huellas;
es más sucio que una tripa,
y se ocupa en Arequipa
en descomponer doncellas.

El reverendo no necesitó cavilar mucho para conocer de dónde venía el golpe. Así, volviéndose al grupo de curiosos que lo miraban con cierta sonrisa maligna, dijo con aparente humildad:

—Hermanos, hagan la caridad de despegar ese papel. ¡Sea todo por Dios! Estas son bufonerías de Pacorro.

El andaluz tenía tan sentada su fama de maldiciente, que al oír los del corro que el pasquín era hijo de tal padre, convinieron todos en que lo escrito no podía ser sino un fárrago de calumnias, y entre los que allí estaban, un mocetón, alto como un tambor mayor, se empinó sobre las puntas de los pies y despegó el papel.

Fray Tiburcio lo dobló cuidadosamente, y después de besarlo lo guardó en la manga, diciendo: —¡Hermanitos!, pidan conmigo a Dios que tenga misericordia de ese pobre pecador que así injuria a los ministros del altar.

Y el franciscano continuó su camino, dejando al grupo maravillado de tanta y tan cristiana mansedumbre.

Fray Tiburcio, como se ve, sabía esconder las uñas. Él no habría podido decir como don Gaspar de Villarroel, el sabio obispo de Arequipa que escribió Los dos cuchillos: «entreme fraile; pero la frailería no entró en mí».

III

Y pasaron meses y nadie volvió a acordarse de Pacorro, ni del pasquín, ni de fray Tiburcio. Verdad es que novedades muy serias traían preocupados a los arequipeños.

Los piratas Harris, Cook y Mackett, que habían sido compañeros del famoso filibustero Morgán, salieron de Jamaica en marzo de 1679 con nueve buques, y después de hacer en el mar valiosas presas, atacaron los puertos de Ilo y Arica, amenazando continuar sus correrías por la costa. Casi a la vez otros piratas, Bartolomé Charps y Juan Warlen, desembarcaron en Arica, y después de ocho horas de reñido combate, la muerte de Warlen dio la victoria a los peruanos.

Los vecinos ricos, que eran los llamados a perder más si los piratas se aventuraban a presentarse en la falda del Misti, reunieron una fuerte suma de dinero, destinada al equipo y manutención de cien hombres de guerra, armados de arcabuces. Ofrecieron ochenta duros de enganche, y Pacorro fue de los primeros que figuró en el rol.

Llegó el día en que, vistosamente uniformados, debían salir de Arequipa, camino de la costa, los bizarros defensores de la ciudad, ignorantes aún del descalabro que acababan de experimentar en Arica los piratas. Con tal motivo, el Cabildo y todo el vecindario quería despedirse en la plaza de los guapos que iban a habérselas tiesas con el inglés.

El Perú es el pueblo en que más consumo se ha hecho de pólvora desde que la inventara el fraile a quien tanta gloria se atribuye. No hay fiesta cívica, religiosa o doméstica sin cohetes y camaretas; y proverbial es la respuesta que a Carlos III diera un noble que estuvo en Indias, cuando el soberano le preguntó en qué se ocupaban los peruleros. «En repicar y quemar cohetes.»

La verdad es que otro gallo le cantara al Perú si lo que hemos gastado en pólvora, después de la independencia, lo hubiéramos empleado en irrigar

terrenos. Pero noto que voy metiéndome en el peligroso campo de la política, y hago punto, no sea que me eche a disparatar como la mayoría de los
hombres públicos de mi tierra, que no pueden dar en bola cuando están con
taco en mano.

Los improvisados matachines iban tan huecos, como si llevasen al rey en
el cuerpo, en dirección a la plaza, descargando sus arcabuces, con gran contentamiento de la muchedumbre que los vitoreaba, estimulándolos así para
comerse crudos a los ingleses como quien come roastbeaf.

Pacorro, que quería singularizarse produciendo mayor estruendo, echó
doble carga de pólvora a su arma, y al pasar por la esquina de la Alcantarilla
ipin! hizo su tiro.

Aquí cedo la palabra al cronista del Suelo de Arequipa convertido en cielo,
porque hay cosas que yo no sé cómo contarlas.

«Reventó el cañón del arcabuz y le voló un brazo que, por el aire, dio el
golpe en el mismo lugar en que fijó el libelo, donde por muchos días dejó
rubricada con su sangre la ejemplar sentencia de su castigo.»

Después de lo copiado, no me queda más que decir: «apaga y vámonos»,
añadiendo que esta tradición es muy popular en Arequipa.

Y no me digan que no:
así me la refirieron:
si los cronistas mintieron
no tengo la culpa yo.

Batalla de frailes

La fama de mansedumbre que disfrutan los hijos del seráfico, nada tiene de legítima, si nos atenemos al relato de varios cronistas, así profanos como religiosos. Lean ustedes, y díganme después si los franciscanos han sido o no gente de pelo en pecho.

En 1680 llegó a Lima fray Marcos Terán, investido con el carácter de comisario general, a fin de poner en vigencia la real cédula que ordenaba la alternabilidad en la guardianía; es decir, que para un período había de nombrarse un fraile criollo o nacido en América, y para el siguiente un hijo de los reinos de España.

Esta justa y política disposición del monarca levantó entre los humildes franciscanos la misma polvareda que en las otras religiones. El padre Terán era hombre de no volverse atrás por nada; y en la noche del 10 de julio los seráficos penetraron tumultuosamente en su celda, y lo amenazaron de muerte si no daba por válida la elección que ellos, por sí y ante sí, acababan de hacer en la persona del padre Antonio Oserín. Revistiose el comisario de energía, pidió auxilio de tropa al arzobispo virrey Liñán de Cisneros, metió en la jaula al electo y a los principales motinistas, y sin dar moratorias los despachó desterrados a Chile en un navío que casualmente zarpaba al otro día para Valparaíso.

Con este golpe de autoridad creyó fray Marcos haber cortado la cabeza a la hidra de la anarquía; pero se equivocó de medio a medio. La revolución estaba latente en la frailería.

Llegó la nochebuena de la Pascua de diciembre, y los demagogos resolvieron dársela mala a su paternidad.

En efecto, después de las once de la noche se armó la gorda. Trescientos hombres entre frailes, novicios, legos, devotos y demás muchitanga que en esos tiempos habitaba claustros, se encaminaron en tropel a la celda del comisario y pegaron fuego a las puertas, gritando desaforadamente:

«¡Juez de patarata,
quémate como rata!
¡Fraile de cuernos,
anda a arder en los infiernos!»

Afortunadamente para fray Marcos, un lego le dio aviso de la trama, dos minutos antes de estallar la tempestad, y apenas si tuvo tiempo su paternidad para escapar a medio vestir por el techo, y dejarse caer al patio de una casita en la calle de la Barranca, y de allí encaminarse a Palacio para poner en conocimiento de su excelencia lo que ocurría.

No tuvo igual dicha el fraile que, en calidad de secretario, acompañaba a Terán y que habitaba con él en la misma celda. El infeliz murió achicharrado.

Entretanto, el gobierno había mandado tocar a rebato, y todo era carreras y laberinto por esas calles. Se mandó venir del Callao tres compañías de las encargadas de la custodia del presidio, y con ellas y la tropa existente en Lima ocupó el virrey la plazuela de San Francisco.

Las calles vecinas estaban invadidas por el pueblo, que abiertamente simpatizaba con los incendiarios.

Los frailes, encerrados en su convento o fortaleza, no se habían echado a dormir sobre sus laureles, sino que con gran actividad hacían aprestos de guerra, y armados de trabuquillos y piedras coronaban las torres.

Así las cosas, a las nueve de la mañana dispuso el gobierno que dos compañías escalasen el convento por las calles del Tigre y de la Soledad, mientras el grueso del ejército permanecía en la plazuela, llamando la atención del enemigo y listo para acudir al sitio donde las peripecias del combate lo reclamaran.

Aquella estrategia del virrey arzobispo habría dado envidia a Napoleón I.

Los frailes, bisoños en el arte de la guerra, que ciertamente no es mascujar el latín de un libro de horas, se hallaron, cuando menos lo esperaban, con el enemigo dentro de casa, a retaguardia y por su flanco; pero lejos de alebronarse y rendirse como mandrias, rompieron el fuego sobre la tropa, e hirieron a un oficial y tres soldados. Éstos contestaron, cayendo redondo un fraile e hiriendo a otro.

Entonces resolvieron los franciscanos abandonar las torres, y cargando con el muerto, bajaron a la iglesia, abrieron la puerta, y en procesión con cruz alta y ciriales condujeron el cadáver hasta la plaza Mayor.

Como el pueblo se había puesto del lado de los revolucionarios, temió el virrey arzobispo mayores conflictos, y a fuer de prudente, parlamentó con los frailes.

En buena lógica, éstos quedaron victoriosos; porque consiguieron no solo que se ordenara el regreso de los desterrados, sino que el padre Terán se embarcara voluntariamente para Panamá.

Las clarisas de Trujillo

I

A fines del siglo XVI existía en Trujillo un matrimonio en que los cónyuges, aunque nacidos en Francia, eran tan considerados como si hubiesen venido del riñón de España. Llamábase el marido Juan Corne, y ejercía los oficios de herrero y fundidor. El pueblo lo nombraba Juan Cornerino.

Cuentan del tal muchos cronistas que siempre que fundía una campana para la catedral o para los conventos de la Merced, San Francisco, Santo Domingo, San Agustín, beletmitas, clarisas o carmelitas de Trujillo, llevaba a su hijo Carlos Marcelo a la boca del horno y le decía:

> Estudia, estudia, Carlete,
> que, pues obispo has de ser,
> mis campanas te han de hacer
> sonsonete y repiquete.

Yo no sé si el buen francés lo diría en verso, como lo cuenta el pueblo; pero sí me consta que, andando los años, vino el de 1622, y las campanas de Trujillo badajearon estrepitosamente, celebrando la entrada en la ciudad del obispo que venía a suceder en la diócesis al dominico fray Francisco de Cabrera, muerto en 1619.

El nuevo obispo, volviéndose a los cabildantes y canónigos que lo acompañaban, dijo, aludiendo a la campana de la catedral:

—Esa que repica más alegremente me conoce desde chiquito, como que la fundió mi padre. Gracias, hermana.

Es mentira aquello de que nadie es profeta en su tierra; pues don Carlos Marcelo Corne, no solo fue obispo en Trujillo, lugar de su nacimiento, sino que tuvo la gloria de ser el primer peruano a quien se acordara por el rey tal distinción en su patria.

No me propongo borronear una biografía del obispo fundador del Colegio Seminario de Trujillo; pues mucho hay escrito sobre la ciencia y virtudes del prelado por quien dijo el limeño padre Alesio en su poema de Santo Tomás, impreso en 1645:

Ilustre con suerte propia
cual astro en noche serena,
hice Corne, cornucopia
de frutos de estudio llena.

Dejando, pues, a un lado todo lo que podríamos referir sobre la vida del señor Corne, entraremos de lleno en la tradición.

Cierta noche, en el mes de abril de 1627, tomaba el señor Corne su colación de soconusco, en compañía del provisor don Antonio Téllez de Cabrera, cuando entró de visita el corregidor don Juan de Losada y Quiñones, quien, después de un rato de conversación, dijo:

—Escandalizado estoy, ilustrísimo señor, con las cosas que, según me han contado, pasan en el monasterio de Santa Clara. Dicen que allí todo es desbarajuste; pues si las doscientas seglares que hay en el claustro dan que murmurar al mismo diablo, las monjitas no se quedan rezagadas.

—¿Qué hacer, señor corregidor? —contestó el obispo—. Como vuesa merced sabe, las clarisas no están bajo mi jurisdicción, que ésta alcanza solo a la iglesia y no pone pie de la portería para adentro. Algo he platicado ya sobre el particular con el padre Otárola, provincial de San Francisco; pero él me dice siempre que sus monjitas son unas santas y que no haga caso de chismes.

—¿Chismes? —arguyó picado el corregidor—. Su señoría ilustrísima es el pastor; y como tal, responsable ante Dios y el rey de la sanidad del ganado católico. El pastor tiene derecho para entrar en el redil e inspeccionar las ovejas.

—Algo hay de cierto en eso, señor don Juan; pero...

—¡Nada, ilustrísimo señor! Mañana vengo por su señoría y de rondón caemos en el monasterio; que, pillándolas de sorpresa, no tendrán tiempo para tapujos, y sabremos si es verdad que en los claustros hay más lujo y disipación que en el siglo. Yo informaré de lo que resulte a su majestad y su señoría al Padre Santo. Conque lo dicho, ilustrísimo señor, y hasta mañana, que se hace tarde y están esas calles más oscuras que cavernas.

Al siguiente día, obispo, provisor y corregidor llegaron al monasterio y pidieron entrada a la portera. Ésta dio aviso a la abadesa, la cual mandó preguntar a su ilustrísima si traía licencia por escrito del provincial de San Francisco, única autoridad en quien reconocía derecho de penetrar en los claustros de Santa Clara.

La descortés conducta de la abadesa y sus agridulces palabras mortificaron al obispo, quien, revistiéndose de energía, dijo a la portera:

—Hermana, bajo de santa obediencia la intimo que abra esa puerta. La portera, que no era de las muy leídas y escribidas, se atortoló ante la actitud del diocesano y descorrió el cerrojo.

Cuando las monjas advirtieron que el enemigo estaba dentro de la fortaleza, corrieron a esconderse dentro de las celdas; acción que, haldas en cinta, imitaron las seglares.

Fastidiados los visitantes de estar mirando paredes sin encontrar persona con quien entenderse, pues la atribulada portera no atinaba a responder en concierto, decidieron retirarse para excogitar extra-claustro el medio de no dejar impune el desacato a las autoridades civil y eclesiástica.

La noticia de la rebelión de las monjitas contra su obispo voló en el acto de boca en boca, y la mitad del vecindario tomó partido por ellas, acusando de arbitrarios al diocesano y al corregidor; pues alma viviente, calzas o enaguas, no podía quebrantar la clausura sin consentimiento del provincial de San Francisco.

Pocos días después los hijos de Asís, constituidos en tribunal, del que formó también parte fray Juan de Zárate, prior de los dominicos, mandaron fijar en la puerta de sus iglesias un cartel o auto de entredicho, declarando excomulgados al obispo provisor, así como a don Juan de Losada el corregidor.

Aquellos eran los tiempos en que las excomuniones y censuras andaban bobas, pues todo títere de sayal o sotana se creía autorizado para formularlas.

Verdad es que los trujillanos no dieron importancia al cartel, pues continuaron acatando los mandatos del corregidor y disputándose las bendiciones episcopales.

Esto prueba que tanto se había abusado de las excomuniones, que éstas empezaban a perder su prestigio y a nadie inquietaban.

El señor Corne pudo pagar a sus enemigos en la misma moneda, excomulgándolos a su vez; pero su ilustrísima era hombre de talento y, más que todo, varón de ciencia y experiencia.

Impuesta del escándalo la Real Audiencia, reprendió severamente a los frailes por el insolente abuso de lanzar excomunión a un alto dignatario de la Iglesia, pero negó al obispo el derecho de visita en claustros no sujetos al Ordinario.

Como se ve, el Real Acuerdo declaró tablas la partida, lo que amargó tanto a su ilustrísima, que en 1629 y a la edad de sesenta y cinco años pasó a mejor vida.

En el siguiente siglo las mismas clarisas, que tan a pechos tornaron la defensa de los privilegios del provincial franciscano, se encargaron de justificar al señor Corne.

Pero esto merece capítulo aparte.

II

El 9 de diciembre de 1786 era el día señalado para que las clarisas de Trujillo procediesen a la elección de superiora. Fray Antonio Muchotrigo, provincial de San Francisco, empleaba toda su influencia para que la madre Casanova ganase capítulo; pero el empeño del reverendo no encontraba eco en la comunidad.

La madre Casanova era aún joven, pues acababa de cumplir treinta años, y escasamente tenía siete años de profesa. Las conventuales viejas mal podían resignarse a ser gobernadas por una muchacha.

Convencido el provincial de que en el escrutinio sería derrotada su protegida, mandó suspender el capítulo y nombró presidenta o abadesa interina a otra religiosa de su devoción, diciendo que adoptaba esta medida por castigar a ciertas monjas sediciosas que servían de instrumento al espíritu maligno para anarquizar la casa de Dios.

Las aludidas alborotaron el claustro, y poniéndose al frente de ellas la más demagoga, excitó a sus copartidarias con una proclama más quemadora que el petróleo para salir procesionalmente, llevando ella la cruz alta, por las calles de la ciudad, e ir con la querella ante el obispo que, si no me equivoco, era el antecesor del señor Carrión y Marfil.

Las revoluciones, como las tortillas, hacerlas sobre caliente o no hacerlas.

Diez monjas siguieron a la capitana, que tuvo energía para arrancar a la portera el manojo de llaves, y después de abrir la puerta y cancela, emprendieron el vuelo las once palomitas del Señor.

Si aquello alborotó o no a los trujillanos, discúrranlo mis lectores.

El sagaz obispo receló que si las recibía con bravatas, tal estaban de exaltadas las revolucionarias, serían capaces de echarlo todo a doce y llevar el bochinche Dios sabe a qué extremos. Su ilustrísima las dejó besuquear el pastoral anillo, las colmó de bendiciones, oyó sus desahogos, las habló con benevolencia y por fin las ofreció contribuir a que se procediese de manera que no tuviesen en adelante motivo de queja. Dios me perdone la especie, pero hasta creo que su ilustrísima se hizo medio revolucionario, pues consiguió que las monjitas, acompañadas por él, volvieran al claustro.

Negociadores van, negociadores vienen, cediendo un poquito el obispo y concediendo mucho Muchotrigo, se convino en que el 18 de diciembre eligieran las clarisas abadesa a su contentillo.

¡Gallo de buena estaca era su paternidad fray Antonio Muchotrigo! La calaverada de las once monjitas había asustado a varias de las que antes hacían causa común con ellas, y de este pánico aprovechó el provincial para reforzar el partido de la madre Casanova; pues las convenció de que solo desertando desagraviarían a Dios y borrarían el escándalo dado por sus mal inspiradas compañeras.

Como es notorio, en los tiempos del coloniaje un capítulo de frailes o de monjas interesaba al vecindario tanto o más que a la gente de iglesia. Trujillo estaba, pues, en ebullición.

El corregidor, que, por mi cuenta, debió ser un pobrete de esos que, como ciertos prefectos republicanos de hoy, se espantan con el vuelo de las moscas y creen en duendes y viven viendo siempre visiones, puso las cosas, que ya parecían arregladas, de peor condición que antes.

No hay mayor enemigo del orden que el miedo en una autoridad. El miedo, como el consonante para los malos poetas, tiene el privilegio de tornar elefantes las hormigas.

El asustadizo corregidor se armó hasta los dientes, y por lo que potest contingere, rodeó el convento con una compañía de soldados.

Nueva revolución entre las religiosas, que vieron en este aparato de fuerza un insulto a su dignidad y un ataque al libre ejercicio del derecho de sufragio, como dicen hoy los editoriales de los periódicos.

Veinte monjas, acaudilladas por la misma del primer barullo, se negaron a entrar en la sala capitular y firmaron un recurso al obispo, protestando no proceder a la elección sin que antes su ilustrísima, como delegado de la silla apostólica, no las declarase sujetas a su jurisdicción y libres de la del provincial franciscano, contra cuya tiranía y abusos estamparon mil lindezas. En 1786, siglo y medio después, el obispo era el niño mimado de las monjas y el franciscano un ogro al que habrían querido despedazar con las uñas.

Como en la época de don Carlos Marcelo Corne, la cuestión subió de punto, y según he leído en la Memoria del virrey don Teodoro Croix, la Real Audiencia tuvo que tomar cartas.

El fallo fue también de los de agua tibia; porque el Real Acuerdo resolvió: 1.º Que no era aceptable el cambio de jurisdicción: 2.º Que se procediese a la elección, presidiéndola el obispo y con asistencia del provincial: 3.º Que en adelante no interviniesen los regulares en la administración de rentas.

Pocas veces se dará una sentencia más al gusto de todos los paladares.

El obispo quedó contento... porque se le acordaba el derecho de presidir el capítulo.

El padre Muchotrigo... porque todo trigo es limosna; digo, porque se acataba su jurisdicción.

Los ministeriales o casanovistas... porque el provincial se frotaba las manos de gusto.

Y las revolucionarias... porque si bien su paternidad conservaba privilegios teóricos, perdía el manejo práctico de la pecunia.

Aquí viene bien decir con el italiano: tutti, contenti.

El 16 de abril de 1787 se hizo muy tranquilamente la elección, a presencia del obispo y de fray Antonio Cárdenas, en quien delegó sus facultades el provincial.

Ninguna de las antiguas pretendientes al poder abacial, que en ese siglo era todavía gran bocado, exhibió su candidatura.

La madre Casanova murió muy anciana, después de 1840, no sin haber sido abadesa en cuatro o cinco períodos.

El conde condenado

En hora feliz ocurriole a Cervantes dar comienzo a su inmortal libro con aquello de cuyo nombre no quiero acordarme, porque la tal frase me viene como mandada hacer de encargo para no decir con todas sus letras quién fue el conde de mi tradición. Así libro acaso mis costillas, no de amago, sino de paliza efectiva con que pudiera agasajarme algún quisquilloso y linajudo descendiente de su señoría. Recuerdo aún que cuando publiqué la Emplazada, hubo faramalla pariente de esa dama, que lo fue de mucho cascabel y mucho escándalo, que me puso como chupa de dómine, diciendo del humilde tradicionista lo que no dijeran dueñas. A gato escaldado, una vez no más le atrapan.

Y para preámbulo basta, antes que me diga el lector: «mala noche y parir hija».

Vamos a la tradición.

I

A mediados del pasado siglo vivía en el Cuzco un acaudalado vástago de conquistadores, quien junto con valiosas propiedades rústicas y urbanas heredó el título de conde. Por irreligioso y avaro era su señoría mal querido del pueblo.

En una de sus haciendas, y con escaso salario, tenía por administrador a un honradísimo asturiano, infatigable para el trabajo e incapaz de ensuciar su conciencia sisando una peseta. Era el tal lo que se llama un alma sin hiel, y sabía captarse el cariño de cuantos lo trataban.

El administrador no tenía más pasión que criar gallinas y palomas, para cuya manutención tomaba todas las mañanas de los bien provistos graneros de la casa una ración de maíz y otra de trigo. Todo ello importaba casi medio real diario.

Cinco años llevaba de ejercicio en su empleo sin haber dado el menor motivo de queja al conde, cuando enfermose el buen mayordomo, vino el físico o matasanos, le examinó la lengua, y haciendo un mohín declaró que no había sujeto, o lo que es lo mismo, que el doliente se marchaba por la posta. Nuestro español pensó entonces en presentarse ante Dios con el pasaporte en regla, y para que lo refrendase como manda la Iglesia, hizo venir a un franciscano que gozaba fama de santidad. En la confesión asaltolo el escrúpulo de que durante cinco años había estado disponiendo, sin la voluntad del patrón, de una cantidad de trigo y maíz cuyo importe valorizaba en medio real diario.

Al lado de la enormidad de su delito, los robos de Dimas y Gestas, crucificados por ladrones, no pasaban de travesuras propias de los angelitos que Herodes condenó a la degollina. En vano se esforzó el sacerdote en persuadirlo que lo que tanto le escarabajeaba la conciencia apenas si podría entrar en la categoría de pecadillo venial. Nuestro hombre era asturiano, o lo que es igual, duro de cabeza, y para morir tranquilo exigió del confesor promesa de verse con el conde y alcanzar de él amplio perdón. Ofrecióselo así el franciscano, y entonces el mayordomo cerró el ojo, y liviano de culpas y remordimientos echose a dormir el sueño eterno en paz y a salvo con la conciencia.

Pocos días después fue el fraile a casa del potentado y hablole de la humilde pretensión que le encomendara el difunto. Su señoría se puso más furioso que berrendo con banderillas, y exclamó:

—¡Caracoles! ¿Conque esas teníamos? ¡Y luego fíese usted de mayordomos, y el que parece más honrado es un pícaro capaz de sacarle a uno los ojos! Con razón dicen que administrador que administra y enfermo que se enjuaga, algo traga. ¿Conque ese tagarote me robaba medio real al día? ¡Y cinco años duró la ganga! Métale pluma, padre, métale pluma... Las cuentas claras y el chocolate espeso... ¡Cien duros mal contados, que aunque no son cabeza de gente, ya se hará cargo su paternidad que en los tiempos que vivimos, a cualquiera le hacen falta para el puchero! ¡Ah ladrón! ¡No te perdono! ¡Y luego se ha muerto por no pagarme, y para mayor burla manda a su reverencia a que me lo cuente! ¡Vamos, decididamente no lo perdono!

El digno sacerdote agotó toda su mansedumbre y elocuencia para inclinar el ánimo del conde a más cristianos sentimientos. Su señoría se exaltaba cada vez más, y juraba y rejuraba que no perdonaría nunca al que tuvo la desvergüenza de morirse sin pagarle siquiera los cien duros, pues le hacía gracia de los intereses, lo que en su merced no era poca generosidad.

Despidiose el franciscano espantado ante avaricia tamaña, y echose de casa en casa a pedir limosna. La caridad de los cuzqueños no desoyó la súplica del santo religioso, y al día siguiente presentose éste en casa del conde y le entregó los cien duros. Los ojillos del avaro relampaguearon, y guardando las monedas en su gaveta, después de haberse convencido de que ellas eran de buena ley, dijo:

—¡Vaya! Del mal el menos. Ese pícaro ha vuelto por su honor. Puede su paternidad mandarle mi perdón por el correo o con el primer pasajero que despache para la otra vida.

II

Un año después no había sitio ni para una paja en la iglesia de Santo Domingo del Cuzco, tanta era la gente congregada allí una mañana. No solo el pueblo, atraído por la curiosidad, sino lo más granado del vecindario concurría a los funerales del nobilísimo conde.

Las paredes del templo estaban cubiertas por cortinas de terciopelo negro con franjas y lagrimillas de plata. En medio de la nave y rodeado de cirios estaba el ataúd donde yacía el magnate, amortajado con el hábito de los caballeros de Santiago, calzada espuela de oro y guantelete de hierro.

Multitud de plañideras esperaban en el atrio la salida del cortejo fúnebre para gimotear, accidentarse y lucir las demás habilidades de su oficio. Habían sido bien pagadas para esto y querían ganar en conciencia la pitanza.

Pero en el momento en que los sacerdotes despedían el cadáver y el oficiante hacía uso de la caldereta y del hisopo, rociando al difunto con agua bendita, estalló gran tumulto y la gente empezó a correr en todas direcciones.

El ataúd quedó abandonado.

Un perro rabioso había entrado en el templo, y lanzándose sobre el cadáver lo destrozó horriblemente.

El pueblo vio en este suceso una manifestación de la justicia divina, que castigaba así al que sobre la tierra no supo perdonar.

Desde entonces hay en el Cuzco una casa a la que llaman la casa del conde condenado.

Haz bien sin mirar a quien

I

A cinco leguas de Arequipi encuéntrase el pueblo de Quequeña, donde el 6 enero de 1737 celebrábase con la animación que hasta hoy se acostumbra la fiesta de los Reyes Magos. Los habitantes de la ciudad del Misti habíanse dado cita para la alameda que une Quequeña con el por entonces caserío de Yarabamba, espaciosa alameda formada por corpulentos sauces plantados con regularidad de diez en diez varas.

Después de la procesión y demás ceremonias de iglesia que dejaban al señor cura de Quequeña gran cosecha de duros, ocupáronse los concurrentes en visitar los puestos de vendimia, improvisados bajo los sauces, donde era preciso rendir culto al sabroso picante y a la confortadora chicha de maíz, que en ocasiones dadas ha sabido hacer de los arequipeños heroicos leones.

Afírmanme que de pocos años acá ha perdido la chicha de Arequipa sus antiguas virtudes, aseveración que yo tengo mis motivos para poner en duda.

Bajo una gran ramada tenían establecidos sus reales el choghí López, que era a la sazón el chichero de mayor fama en diez leguas a la redonda, como que diz que elaboraba la chicha más buscapleitos que se ha conocido en los arrabales de Santa Marta y San Lázaro, desde los tiempos de Pedro Anzures de Camporredondo, el fundador de Arequipa, hasta los del general don Pedro Canseco, muy señor mío y mi dueño.

Muchos, muchísimos bebes habían consumido los parroquianos del choghí López, cuando se presentó guitarra en mano el mejor rasgueador de Quequeña, a quien llamaban Mareos el Caroso. Recibiéronle con algazara magna, formose rueda, y Andrés Moreno, guapo muchacho de veinticuatro años, sacó a bailar a Fortunata Sotomayor la Catiri, que era una chica de dieciocho eneros, con más garbo que una reina y con más ángel en la cara que un retablo de Navidad.

La pareja era de lo que so llamaba tal para cual; y no era preciso ser lince para barruntar que Dios los crió el uno para la otra, como al ave para la cazuela. Cuando terminaron de bailar fue unánime el palmoteo; que la verdad sea dicha, él y ella zapatearon y escobillaron con muchísimo primor.

Entre los que formaban corro hallábase Perico Moreira el Chiro, mocetón de treinta años, de atléticas formas y de aviesa mirada, el cual hacía tiempo que andaba bebiendo los vientos por Fortunata, que ni pizca de caso hacia de él, encalabrinada como estaba por Andrés Moreno, del cual (según dicho de una beata de Quequeña, hembra de lengua de escorpión) traía ya la muchacha prenda dentro del cuerpo.

El general don Pedro Canseco

Aquel día subieron de punto los celos de Perico, que no había andado corto en apurar bebes;

> «y a propósito de un mulo
> que atropelló al sacristán»,

que es un pretexto como otro cualquiera cuando lo que se busca es pretexto, armó camorra al favorecido rival, echó mano al alfiler, y de un mete y saca por todo lo alto, lo dejó redondo.

El asesino, aprovechando de la general sorpresa, emprendió la carrera sin que nadie por el momento pensara en perseguirlo.

Algunos minutos después el gobernador ponía en movimiento una jauría de alguaciles; y los vecinos, por su parte, procuraban también apresar al matador, pues la víctima era muchacho muy querido.

II

Juana María Valladolid la Collota, apodo que le vino porque lo faltaban dedos en la mano, madre del infortunado Andrés Moreno, hallábase en la puerta de su humilde choza cuando un hombre, jadeante y casi exánime, se detuvo delante de ella y la dijo: «¡Por Dios! Escóndame... Acabo de hacer una muerte y me persiguen...»

—Entre usted —le contestó sin vacilar la pobre mujer.

Transcurrido poquísimo tiempo, llegaron vecinos y gente de justicia que informaron a la triste madre de su desdicha.

Horrible lucha se entabló en el alma de aquella mujer. Había dado asilo al asesino de su hijo..., y sin embargo, no debía entregarlo. En esta lucha sin nombre, el sentimiento de caridad cristiana venció al de la venganza.

Cuando se retiraron los vecinos, dejando a la madre entregada a su dolor, cerró ésta la puerta de la choza, y acercándose a la cama debajo de la cual estaba escondido el asesino, le dijo:

—Tu muerte no me habría devuelto a mí hijo, que era mi único apoyo sobre la tierra. Entregándote a la justicia lo habría vengado; pero Dios condena la venganza. Yo te perdono, para que el Padre de las misericordias me perdone.

Perico, admirando tan sublime abnegación, la dijo:

—Señora, déjeme usted salir.

—¿Dónde irás, desgraciado? Yo te protejo, porque la religión me ordena amparar al desamparado.

Y Juana María hizo acostar a Perico en la misma cama en que la víspera había dormido su hijo.

Aquella horrible noche transcurrió lenta como una eternidad para los habitantes de la choza.

La madre sofocaba su llanto para no interrumpir el sueño del asesino. Éste también velaba, devorando en su alma todas las torturas del infierno.

Cuando rayó la aurora, la infeliz mujer se levantó debilitada por el insomnio y el dolor, y pronunció las palabras de la salutación angélica:

—¡Ave María Purísima!

—¡Sin pecado concebida! —la contestó su huésped.

—No te alarmes —continuó ella—: voy s a salir para traer el almuerzo.

A las nueve de la noche y cuando el silencio reinaba en Quequeña, María Juana sacó de debajo de su lecho una alcancía de barro, la rompió, y en pesetas y reales contó hasta 56 pesos.

—Toma este dinero —dijo— que representa todas las economías de mi vida. Quedo sin hijo que me dé pan y sin recurso alguno; pero la Providencia no me abandonará. Con ese dinero podrás, si Dios te ampara, llegar a Chuquisaca. La hora es favorable para que te pongas en camino. El caballo en que montaba mi pobre hijo es fuerte y te servirá para la marcha. En esta alforjita tienes provisiones para el viaje. Ve con Dios.

Pedro Moreira no tuvo fuerzas para pronunciar una sola palabra: dos lágrimas se desprendieron de sus ojos, y cayó de rodillas besando la mano de su santa salvadora.

III

Dos años después un desconocido llegaba a la choza de María Juana, a quien la caridad pública se había en encargado de mantener en Quequeña, y la dijo:

—Señora, Pedro Moreira me envía. Es un hombre a quien vuestra abnegación ha regenerado. Trabaja honradamente en Potosí y le sonríe la fortuna. El señor cura pondrá todos los meses en vuestras manos 56 pesos para que os mantengáis con holgura. Guardad secreto sobre el paradero de Moreira, no sea que la justicia se imponga y mande requisitorias a Potosí.

Al día siguiente hubo en Quequeña otro gran acontecimiento. El hijo de Fortunata y Andrés Moreno le fue robado a su madre.

IV

En una lluviosa tarde de 1762 desmontaban dos viajeros a la puerta de la antigua choza de Juana María, convertida en una limpia casita, habitada por la anciana y por Fortunata Sotomayor. «Quien quiso a la col, quiso a las hojas del rededor.»

Uno de los viajeros era un joven sacerdote, a quien el obispo de La Paz acababa de conferir las últimas órdenes sagradas.

El otro era un viejo que, arrodillándose a los pies de Juana María, la dijo:

—Señora, si yo os arrebaté un hijo os devuelvo un nieto sacerdote. Mi arrepentimiento y mi expiación han encontrado gracia a los ojos de Dios, porque me he concedido reparar en parte el mal que os hice, arrastrado por mi mocedad y mis pasiones.

V

Años más tarde el presbítero Manuel Moreno, cura de una importante parroquia de Arequipa, repartía por mandato de Pedro Moreira, que acababa de fallecer, la gran fortuna de éste en dotes de a 5.000 pesos entre doncellas menesterosas. Los descendientes de los matrimonios que dotó y celebró el cura Moreno bendicen la memoria de Pedro Moreira el Chiro y de Juana María Valladolid la Collota.[7]

7   La voz chogñi significa legañoso. Caroso, manchado. Catiri, rabia. Collota, manca o lisiada.

Un obispo de Ayacucho

La erección del obispado de Huamanga (hoy Ayacucho) se efectuó a principios de 1612 por bula de Paulo V.

El primer obispo, fray Agustín de Carvajal, murió en 1618 envenenado, y sospéchase que también fueron víctimas de ponzoña los obispos Zárate, La Fuente, Matienzo y otros. Curioso es que siete de los obispos de Huamanga hubieran fallecido antes de completar sus años de residencia en la ciudad.

Al obispo fray Antonio Conderino, a poco de haberse hecho cargo de la diócesis en 1645, le dieron chamico, y murió amente en el convento agustino de Lima.

El limeño fray Cipriano Medina, según el cronista Meléndez, salió un día en 1637, en medio de repiques de campanas, para emprender la visita de la diócesis y resuelto a castigar severamente a los párrocos remisos en el cumplimiento del deber.

No había hecho dos leguas de camino, cuando se sintió atacado de un mal tan repentino y violento que media hora después era cadáver.

Como se ve, la mitra de Ayacucho llevaba en sí algo parecido a sentencia de muerte próxima.

Vamos hoy a referir algunos rasgos característicos de un obispo que también murió de mala manera.

I

Por los años de 1782 entró a regir la diócesis de Huamanga, como su vigésimo obispo, don Francisco López Sánchez, abad de Motril. Era éste un español tesonero para el trabajo, y muy enérgico para meter en vereda a la clerecía cuyas costumbres eran relajadas.

En el carácter de su ilustrísima había mucho del soldado; pues cuando por buenas no lograba hacerse obedecer, arremetía a sopapos con el más pintado.

El hombre era ligero de manos y de pocas pulgas. El clero de su época era torpe, ignorante, servil, crapuloso y desaseado; pues muchos sacerdotes, a juzgar por el traje, tenían aspecto de cocineros más que de ministros del altar.

Salvo lo fosfórico de su genio, que no hay hombre perfecto, era el señor López Sánchez un obispo moral, instruido, generoso, caritativo y muy amigo de chistes y agudezas.

En 1783 mandó hacer algunas reparaciones en el salón episcopal, y viendo que el albañil no era bastante diestro para blanquear la pared, le arrebató su ilustrísima el broquel, atose a la cabeza un pañuelo de pallacate, cubriose el cuerpo con una chaqueta o gabardina, y muy seriamente se puso a la obra.

En esta ocupación fue sorprendido por un pretendiente a órdenes sagradas, quien tomándolo por verdadero albañil, le preguntó por su señoría ilustrísima.

Bajose del andamio el señor López Sánchez, y encarándose con el petulante le dijo:

—Seor bellaco, ¿no tengo cara de obispo?

El monigote se deshizo en excusas, y dijo que no había podido pensar que todo un mitrado se ocupase en albañilería.

—¡Vaya una salida de tono! Estoy en mi casa y hago lo que me da la gana. ¿Está usted? ¿Y qué es lo que quiere?

—Ilustrísimo señor, soy aspirante a órdenes y venía a saber si...

—¡Bien, bien! Preséntese usted al sínodo, y déjeme en paz.

Y el obispo volvió la espalda y prosiguió en su interrumpida faena.

Llegó el día del examen sinodal, y el pastor hizo esta pregunta al aspirante:

—¿Qué hace Dios en los cielos?

—Ilustrísimo señor, hará lo que le dé su real gana, que para eso está en su casa —contestó sin turbarse el examinando.

Este desparpajo cautivó, lejos de enojar, al señor López Sánchez, y desde ese día hizo del agudo cleriguillo uno de sus familiares y favoritos.

II

La diócesis de Huamanga tiene reputación de pobreza, y en los tiempos del señor López Sánchez era grande la afluencia de sacerdotes y escasos los paganos de misas. Los clérigos no hacían caldo gordo, pues para ellos los maravedises andaban por las nubes.

Hubo uno que, desesperado de no encontrar quien le facilitase un duro a cuenta de sufragios para las ánimas del purgatorio, se hizo oficial de sastre. Así ganaba honradamente el sustento propio y el de una madre anciana.

Supiéronlo algunos clérigos y fueron con el chisme al diocesano, mostrándose avergonzados de la degradación que sufría la sotana. El señor López Sánchez mandó que inmediatamente condujesen ante él al acusado, y al presentarse éste, le arrimó un cachete soberbio, diciéndole:

—¿Para qué te ordenaste si tenías tanta inclinación a la aguja y al dedal?

El agraviado sacerdote, repuesto de la sorpresa y tomando una actitud enérgica a la par que respetuosa, le contestó:

—Ilustrísimo señor, si he descendido hasta ser oficial de sastre no ha sido por buscar alimento para vicios, sino por dar pan a mi madre anciana que, en otro tiempo, fue una sana y robusta mujer que, con su trabajo honrado, me sostuvo en el seminario, animada por el cristiano deseo de que su hijo fuese sacerdote. Mi instrucción es acaso superior a la de algunos que, por tener protectores, han alcanzado beneficios. Sin hallar ni quien me encomendase una misa, antes que envilecerme pidiendo prestado sin seguridad de pagar deudas, he buscado la subsistencia en el trabajo de mis manos, que el trabajar no es afrenta. ¿Quería su señoría ilustrísima que dejara morir de hambre a mi buena madre?

Cuando acabó de hablar el sacerdote asomaban lágrimas en los ojos del obispo, y en uno de esos arranques generosos que le eran propios, abrazó al clérigo, diciéndole:

—Has hecho bien, y mi conciencia de hombre honrado te absuelve. Mi secretario te entregará mañana título de cura interino de Acobamba, y ya veremos más tarde si es posible darte en propiedad ese curato, que es uno de los más ricos del obispado. Ve en paz, hijo mío, y perdona mi violencia.

III

Los huamanguinos han sido y son los más furiosos charanguistas del Perú. No hay uno que no sepa hacer sonar las cuerdas de ese instrumentillo llamado charanga, con que se acompaña el monótono zapateo de la cachua tradicional.

En los tiempos del señor López Sánchez, el clero pagaba inmoderado tributo a la orgía.

Convencido de que eran estériles consejos paternales y moniciones eclesiásticas, mandó el obispo construir calabozos en el seminario de San Cristóbal para hospedar en ellos a los incorregibles.

El seminario de San Cristóbal fue fundado, con los mismos privilegios que la Universidad de Lima, en 1667, por el obispo que consagró en 1672 la catedral de Huamanga. Llamose éste don Cristóbal de Castilla y Zamora, y fue hijo natural del rey don Felipe IV. ¡No es poca honra para la Iglesia ayacuchana haber sido regida por un vástago real! Castilla y Zamora murió de arzobispo de Chuquisaca.

Paseando una tarde López Sánchez por la calle de Santa Teresa con sus familiares y su pertiguero, de quien nunca se separaba porque le servía de oficial de justicia, detúvose sorprendido a la puerta de un tenducho con honores de chichería.

La cosa no era para menos.

Cinco o seis cholas, de las de mantitas corta y faldellín alto, formaban rueda agarradas de las manos. Cuatro o seis voces aguardentosas cantaban coplas obscenas, y al compás de un mal charango y de una pésima guitarra zapateaban las mujeres una cachua abominable. En el centro de la rueda, y con la sotana hecha un asco, se encontraba un clérigo conocido por Yaya-Pipinco (el padre Pipinco), el que con una botella en la mano escobillaba primorosamente la cachua de mudanzas, gritando:

—¡Aro! ¡Arito! Dame tus brazos, mi vida, por la derecha. ¡Aro! ¡Arito! Dame tus brazos, chinita, por la izquierda.

De repente resonó la voz airada del obispo en medio de la jarana:

—¡Pertiguero! Lleve usted, por la derecha, a este clérigo inmundo a un calabozo.

IV

En el enjambre de clérigos que infestaban Huamanga, encontrábase uno a quien si bien nadie acusaba de vicioso, tenía en cambio sólida reputación de tonto. Rechoncho, de frente chata, pelo de crin y color cetrino, era feo hasta para feo.

Arbitrando la manera de salir de penurias y próxima la época de abrirse concurso para proveer los curatos vacantes, ocurriole un expediente que el infeliz creyó inspirado por el cielo. Fue el expediente escribir, en nombre de la Virgen de Socyacato, una carta al obispo.

Hallábase su ilustrísima solo en su salón, cuando se le presentó el clérigo y le entregó la carta de recomendación. Decía ésta así:

Mi querido hijo Pancho: El dador de la presente es mi compadre espiritual, por quien me intereso, y te suplico me hagas el favor de atenderlo dándole el mejor curato, pues así te lo pide tu madre LA VIRGEN DE SOCYACATO.

Apenas termino el obispo la lectura de este original billete, cuando acometió a mojicones al recomendado.

¡Pícaro! ¿De dónde viene ese compadrazgo? ¿Le cargaste el hijo a la Virgen María o la Virgen cargó el tuyo?

El clérigo sufrió los golpes con cristiana mansedumbre, y cuando vio al señor López Sánchez algo calmado, le confesó que había recurrido a ese embuste porque en todos los concursos salía desairado, más que por su falta de ciencia, por lo ruin de su estampa.

Agradó al prelado la ingenuidad y le contestó sonriendo:

—¡Ah, bellaco! De buena aldaba te has agarrado esta vez. Ve con Dios, y dile a tu comadre que no será desairada.

Y en efecto, el pobre clérigo obtuvo en el concurso un modesto beneficio.

V

Ya hemos dicho que la corrupción del clero, en la época del señor López Sánchez, era espantosa. La empresa moralizadora que se había propuesto llevar a cabo era superior a humanas fuerzas, y tenía que sucumbir en ella, como todos los obispos de Huamanga que antes y después de él trabajaron por la reforma. Los obispos que a poco de instalados no renunciaron la mitra, sino que se decidieron a luchar con la virilidad y constancia que desplegó el señor López Sánchez, terminaron siempre de una manera misteriosa y tremenda.

Estéril fue que el señor López Sánchez hiciera venir ante él a los curas sobre cuya conducta antievangélica tenía fundadas quejas; que los amonestase, suspendiese y aun emplease contra algunos la por entonces terrible arma de las censuras. El mal tenía hondas raíces. Era un cáncer inveterado.

Entre los curas a quienes había suspendido en el ejercicio de las funciones parroquiales, encontrábase uno conocido por Human-coles (cabeza de col). Era el tal perteneciente a una de las más antiguas y ricas familias de la ciudad, y vivía muy engreído de su abolengo y fortuna. Ignorantón, pero de mucha verbosidad, haciendo un eterno batiborrillo de latín, castellano y quechua, y formando una ensalada pestífera con la filosofía, los cánones y las súmulas, era el tipo más perfecto del pedante de la sierra, que en punto a pedantes es el summun de la especie.

Dado a todos los vicios que envilecen al hombre, se mofaba públicamente del obispo, agraviándolo en pasquines y caricaturas.

Una mañana diéronle aviso al señor López Sánchez de que en estado de beodez había con un puñal hecho en la cara un chirlo a una mozuela. Muy exaltado se paseaba el diocesano por el corredor de la casa episcopal, cuando se presentó el insolente cura en completa crápula. Indignado el obispo ante tal falta de respeto, y a tiempo que Human-coles principiaba a subir la escalera, le aplicó un puntapié en el pecho y lo hizo descender dos tramos. El borracho, para no caer, se apoyó en la balaustrada, y mirando con altanería al obispo, dijo:

—¡Auila llaipas patalla mantacca! (¡Miren qué gracia! Hasta mi abuela puede pegarme de arriba para abajo.)

Los familiares condujeron al escandaloso sacerdote a uno de los calabozos del seminario, e instruido el obispo de la significación de las palabras quichuas, murmuró:

—Está bien. No saldrá del encierro hasta que se enmiende o yo sucumba.

¡Palabras fatídicas que auguraban el misterioso y no lejano fin del prelado!

VI

Infatigable en la reforma de la clerecía, el obispo López Sánchez emprendió la visita de su diócesis en 1789.

Hacía un mes que se hallaba ya de regreso en Huamanga cuando una tarde lo encontraron en su despacho, sentado en su sillón y con una carta en las manos.

Estaba muerto.

Se cree que le propinaron uno de aquellos venenos que, desconocidos aún para la ciencia, son familiares para los indios de nuestras montañas.

La opinión pública señaló a Human-coles como autor del crimen.

La camisa de Margarita

Probable es que algunos de mis lectores hayan oído decir a las viejas de Lima, cuando quieren ponderar lo subido de precio de un artículo:

—¡Qué! Si esto es más caro que la camisa de Margarita Pareja.

Habríame quedado con la curiosidad de saber quién fue esa Margarita, cuya camisa anda en lenguas, si en La América, de Madrid, no hubiera tropezado con un artículo firmado por don Ildefonso Antonio Bermejo (autor de un notable libro sobre el Paraguay) quien, aunque muy a la ligera habla de la niña y de su camisa, me puso en vía de desenredar el ovillo, alcanzando a sacar en limpio la historia que van ustedes a leer.

I

Margarita Pareja era (por los años de 1765) la hija más mimada de don Raimundo Pareja, caballero de Santiago y colector general del Callao.

La muchacha era una de esas limeñitas que por su belleza cautivan al mismo diablo y lo hacen persignarse y tirar piedras. Lucía un par de ojos negros que eran como dos torpedos cargados con dinamita y que hacían explosión sobre las entretelas del alma de los galanes limeños.

Llegó por entonces de España un arrogante mancebo, hijo de la coronada villa del oso y del madroño, llamado don Luis Alcázar. Tenía éste en Lima un tío solterón y acaudalado, aragonés rancio y linajudo, y que gastaba más orgullo que los hijos del rey Fruela.

Por supuesto que, mientras le llegaba la ocasión de heredar al tío, vivía nuestro don Luis tan pelado como una rata y pasando la pena negra. Con decir que hasta sus trapicheos eran al fiado y para pagar cuando mejorase de fortuna, creo que digo lo preciso.

En la procesión de Santa Rosa conoció Alcázar a la linda Margarita. La muchacha le llenó el ojo y le flechó el corazón. La echó flores, y aunque ella no le contestó ni sí ni no, dio a entender con sonrisitas y demás armas del arsenal femenino que el galán era plato muy de su gusto. La verdad, como si me estuviera confesando, es que se enamoraron hasta la raíz del pelo.

Como los amantes olvidan que existe la aritmética, creyó don Luis que para el logro de sus amores no sería obstáculo su presente pobreza, y fue al padre de Margarita y sin muchos perfiles le pidió la mano de su hija.

A don Raimundo no le cayó en gracia la petición, y cortésmente despidió al postulante, diciéndole que Margarita era aún muy niña para tornar marido; pues a pesar de sus dieciocho mayos, todavía jugaba a las muñecas.

Pero no era esta la verdadera madre del ternero. La negativa nacía de que don Raimundo no quería ser suegro de un pobretón; y así hubo de decirlo en confianza a sus amigos, uno de los que fue con el chisme a don Honorato, que así se llamaba el tío aragonés. Éste, que era más altivo que el Cid, trinó de rabia y dijo:

—¡Cómo se entiende! ¡Desairar a mi sobrino! Muchos se darían con un canto en el pecho por emparentar con el muchacho, que no lo hay más gallardo en todo Lima. ¡Habrase visto insolencia de la laya! Pero ¿adónde ha de ir conmigo ese colectorcillo de mala muerte?

Margarita, que se anticipaba a su siglo, pues era nerviosa como una damisela de hoy, gimoteó, y se arrancó el pelo, y tuvo pataleta, y si no amenazó con envenenarse fue porque todavía no se habían inventado los fósforos.

Margarita perdía colores y carnes, se desmejoraba a vista de ojos, hablaba de meterse monja, y no hacía nada en concierto. «¡O de Luis o de Dios!» gritaba cada vez que los nervios se le sublevaban, lo que acontecía una hora sí y otra también. Alarmose el caballero santiagués, llamó físicos y curanderas, y todos declararon que la niña tiraba a tísica, y que la única melecina salvadora no se vendía en la botica.

O casarla con el varón de su gusto, o encerrarla en el cajón con palma y corona. Tal fue el ultimátum médico.

Don Raimundo (¡al fin padre!), olvidándose de coger capa y bastón, se encaminó como loco a casa de don Honorato, y lo dijo:

—Vengo a que consienta usted en que mañana mismo se case su sobrino con Margarita, porque si no la muchacha se nos va por la posta.

—No puede ser —contestó con desabrimiento el tío—. Mi sobrino es un pobretón, y lo que usted debe buscar para su hija es un hombre que varee la plata.

El diálogo fue borrascoso. Mientras más rogaba don Raimundo, más se subía el aragonés a la parra, y ya aquél iba a retirarse desahuciado cuando don Luis, terciando en la cuestión, dijo:

—Pero, tío, no es de cristianos que matemos a quien no tiene la culpa.

—¿Tú te das por satisfecho?

—De todo corazón, tío y señor.

—Pues bien, muchacho: consiento en darte gusto; pero con una condición, y es esta: don Raimundo me ha de jurar ante la Hostia consagrada que no regalará un ochavo a su hija ni la dejará un real en la herencia.

Aquí se entabló nuevo y más agitado litigio.

—Pero, hombre —arguyó don Raimundo—, mi hija tiene 20.000 duros de dote.

—Renunciamos a la dote. La niña vendrá a casa de su marido nada más que con lo encapillado.

—Concédame usted entonces obsequiarla los muebles y el ajuar de novia.

—Ni un alfiler. Si no acomoda, dejarlo y que se muera la chica.

—Sea usted razonable, don Honorato. Mi hija necesita llevar siquiera una camisa para reemplazar la puesta.

—Bien: paso por esa funda para que no me acuse de obstinado. Consiento en que le regale la camisa de novia, y san se acabó.

Al día siguiente don Raimundo y don Honorato se dirigieron muy de mañana a San Francisco, arrodillándose para oír misa y, según lo pactado, en el momento en que el sacerdote elevaba la Hostia divina, dijo el padre de Margarita:

—Juro no dar a mi hija más que la camisa de novia. Así Dios me condene si perjurare.

II

Y don Raimundo Pareja cumplió ad pedem litterae su juramento; porque ni en vida ni en muerte dio después a su hija cosa que valiera un maravedí.

Los encajes de Flandes que adornaban la camisa de la novia costaron dos mil setecientos duros, según lo afirma Bermejo, quien parece copió este dato de las Relaciones secretas de Ulloa y don Jorge Juan.

Ítem, el cordoncillo que ajustaba al cuello era una cadeneta de brillantes, valorizada en 30.000 morlacos.

Los recién casados hicieron creer al tío aragonés que la camisa a lo más valdría una onza; porque don Honorato era tan testarudo que, a saberlo cierto, habría forzado al sobrino a divorciarse.

Convengamos en que fue muy merecida la fama que alcanzó la camisa nupcial de Margarita Pareja.

El que más vale no vale tanto como Valle vale

I

Tal era el mote que en su escudo de armas lucía el señor don Alonso González del Valle, primer marqués de Campoameno y el vecino más acaudalado de Ica, sin excluir ni al señor de Apeztegúa, primer marqués de Torrehermosa.

El título de Campoameno se expidió en 1753, libre perpetuamente de lanzas y medias anatas.

Las armas de los Valle, según el Nobiliario, eran: escudo cortado; el primero de azur y Luna menguante, en plata, y con cinco estrellas de oro de ocho puntos; el segundo de plata y un castillo de gules en valle de sinople (verde); bordura de azur, y en letras de oro la antedicha leyenda, que todo puede revelar menos modestia. En materia de motes usados por los nobles del Perú, no estoy ni por el de el que más vale no vale tanto como Valle vale, ni por el de García, que era: de García arriba, nadie diga; pues ambos andan a la greña en soberbia y pretensiones. Para dignidad, el mote de las armas de la familia Escudero. Eran éstas espada de plata con empuñadura de oro, en campo de azur, y en la hoja de la espada dos palabras: sine dolo.

Ica, después del famoso terremoto de 1664, renació de entre las ruinas con mayor esplendidez, y nuevos y aristocráticos vecinos, como los Ríos, Tovares, Buendías, Benavides, Carvajales, Pintos y Caveros, vinieron a darla importancia. Hablando de la ciudad, dice el cronista padre Vázquez: «Ica, ciudad pequeña en la población, pero con un claro y benigno cielo: corta en el ámbito, pero sana en el temperamento, y tan fecunda en la nobleza de sus hijos, que cada uno de los que ha dado pesa más que algunas ciudades enteras del mundo». Yo no sé si el buen fraile cronista diría hoy lo mismo por la antigua villa de Valverde.

En cuanto a la proverbial riqueza de Ica, no son ya éstos los tiempos en que don Juan Stuart, el inglés, minero de Castrovirreina, ocupaba al platero Cabito de vela en que fabricase del codiciado metal de sus minas una cuna para mecer en ella a su primogénito.

A propósito de la riqueza de Ica, cuéntase que en 1776, cuando el colegio de San Luis Gonzaga era convento de los jesuitas y pocos días antes de la expulsión de la Compañía de Jesús, que, dicho sea de paso, poseía valiosas propiedades en la ciudad y su campiña, hallábanse dos reverendos, a las cuatro de la mañana, parados en la portería, en momentos en que acertó a pasar un negro de la hacienda de Zambrano, y llamándolo los reverendos contrataron con él un trabajo de albañilería, al que era necesario proceder inmediatamente. Aceptado el compromiso por el esclavo, le vendaron los ojos, y después de hacerlo dar muchas vueltas y rodeos lo introdujeron en un sótano, donde lo ocuparon en enterrar una inmensa cantidad de dinero. Algunas horas llevaba ya el negro en la tarea, cuando quiso huir espantado por un ruido semejante al de temblor que sintió sobre su cabeza; pero los jesuitas lo tranquilizaron, diciéndole que tal ruido era producido por una calesa que pasaba por la calle.

Andando los tiempos, el negro refirió el suceso, y apoyándose en sus datos, se emprendieron en diversas épocas, y recientemente en 1863, trabajos de excavación en ciertas calles para descubrir el tesoro de los jesuitas. Lo mismo se ha hecho en Lima para buscar lo que se supone que en las bóvedas del convento de San Pedro escondieron los hijos de Loyola; y es fama que en la calle de la Coca, en la casa llamada de Piélago, que fue la morada del último rector, existe un pasadizo que conduce a los subterráneos.

II

Era don Alonso González del Valle no solo notable por su título y fortuna, sino también por su talento. Dice la tradición que escribió muy buenos versos y que como abogado lució sus dotes en defensa del homicida Anselmo Montanches, cuya causa tuvo incidentes que la hicieron célebre por entonces en los anales del crimen.

La tertulia del marqués de Campoameno era el centro de reunión de odas las notabilidades del país, incluyendo entre ellas al vicario eclesiástico doctor don Manuel Murga y Muñatones, sobre cuya inteligencia cuentan que no equivocaba desatino. Así, en un festín dado por doña Bárbara de la Calzada, bellísima dama arequipeña avecindada en Ica, improvisó el santo sacerdote el siguiente brindis que él llamaba décima de pie quebrado:

Bárbara del barbarismo,

entre las bárbaras bárbara,
viene hoy a darte los días
y muy felices te los desea
don Manuel de Murga y Muñatones
tu afectísimo capellán.

Poniendo punto a las barbaridades del vicario, sigamos con nuestro rumboso marqués, y llámolo rumboso porque lo era y mucho el hombre que, cuando la ruina del Callao, hizo un donativo voluntario de 50.000 duros para socorrer a los desventurados, donativo que dejó boquiabiertos a todos los que en Lima disfrutaban fama de poseer gran caudal. Don Alonso no quería desmentir el mote de su escudo.

Por los años de 1760 fue nombrado mayordomo para la fiesta del Corpus en Chincha el señor don Fernando Carrillo, conde de Monteblanco, quien se propuso echar la casa por la ventana y salir airoso en la mayordomía

Corridas de toros, jugadas de gallos, cuadrillas de danzantes, auto sacramental, árbol de fuego, moros y cristianos, papahuevos y gigantes; en fin, festejos y diversiones para ocho días. Invitó el conde a sus amigos de Lima e Ica, y por supuesto que el marqués de Campoameno y sus tres hijos no podían ser olvidados.

don Alonso hallábase achacoso e imposibilitado para el viaje, pero convino en que sus retoños asistiesen a las fiestas, Eran tres los mancebos y el mayor contaba veintiún años. Dio el anciano a cada uno de ellos cien onzas de oro, recomendándoles que se portasen como hijos de su padre; echoles la bendición, y los muchachos, jinetes en soberbios caballos, emprendieron el viaje a Chincha.

Quince días después regresaron los jóvenes al hogar paterno, y cuando llegó el momento de dar cuenta de su conducta, dijo el mayor:

—Padre y señor don Alonso, las cien peluconas con que su merced me, avió se hicieron humo.

—Bien, muchacho. El oro se hizo para cambiarlo y la plata es escurridiza por lo que guarda de azogue.

—Pero es, señor —continuó el joven temeroso de una reprimenda—, que también he jugado por no ser menos que los otros caballeros, y que a don Fernando le debo cinco mil duros que ha pagado por mí.

—¡Soberbio! ¡Te portas como quien eres y honras el nombre! —exclamó el viejo con orgulloso énfasis—. Dame un abrazo, marquesito.

—Y tú, ¿cómo te has manejado? —preguntó don Alonso a su segundo hijo, que era un mocetón de veinte años y gran aficionado a las mozuelas.

—Yo, padre, no jugué; pero no traigo un cornado.

—¿Y en qué gastaste la plata?

—Señor, había en Chincha unos faldellines...

—¡Ya! ¡Ya! A tu edad fui yo rumboso y me sacaban de quicio los ojos negros. Gastaste como un Valle y gastaste bien, que a un Valle no le han de querer gratis y de cuenta de buen mozo como a cualquier zaragate. Ahora, monigotillo, te toca confesarte.

El monigotillo era el hermano menor, un chico de dieciocho años, entre encogido y despierto. Sacó con pausa un bolsillo de seda, por entre cuyas mallas relucía el oro, y poniéndolo sobre la mesa, dijo:

—Padre solo he gastado dos onzas y no cabales. Ahí tiene su merced el dinero.

Oír, esto y ponerse don Alonso rojo como la púrpura, fue instantáneo.

—¡Ah, pícaro! —gritó—. ¿Qué habrán dicho de mi casa los chinchanos? ¡Que los Valles somos unos pordioseros! Este muchacho es, por su miseria, la deshonra, el borrón de la familia. ¡Ah, zamarro! ¡Asno de Arcadia, lleno de oro y come paja! Pues para que otro día sepas dejar bien puesto el nombre, te voy a dar una lección que nunca olvides.

Y tomando el bastón aplicó a su hijo una paliza soberana.

Para él, en la fiesta de Chincha el último zarramplín se había portado con más rumbo que el monigotillo.

No exageramos. Don Alonso González del Valle era hombre de su época; y como él eran en América casi todos los que poseían un título nobiliario. La aristocracia deslumbraba al pueblo por el lujo y el derroche.

Y tan grande fue el bochorno que experimentó el marqués de Campoameno al saber que su hijo menor había andado cicatero, que durante quince días mantuvo enlutada con un crespón negro la famosa leyenda de su escudo: El que más vale no vale tanto como Valle vale.

Humildad y fiereza todo en una pieza

I

El capuchino fray Miguel González (más generalmente conocido por fray Miguel de Pamplona) tomó en febrero de 1783 posesión de la silla episcopal de Arequipa.

Hijo del teniente general gobernador de Pamplona y de la marquesa de Bunguet, don Miguel había consagrado su mocedad a la carrera de las armas, en la que alcanzó a ser coronel del regimiento de infantería de Murcia, mereciendo además el título de comendador de la Obrería, entre los caballeros de la orden de Santiago.

Desencantado acaso de la vida militar, de las hijas de Eva y de las mundanas pompas y miserias, tomó el hábito en el convento de capuchinos de Madrid, y seis meses después, en virtud de dispensas pontificias, fue ordenado sacerdote. Pocos años más tarde sus hermanos le confirieron la prelacía, distinción de la que no tardaron en arrepentirse; pues fray Miguel, imaginándose que era cosa idéntica mandar frailes que mandar soldados, se empeñó en refundir en un solo cuerpo de doctrina la constitución o regla monástica y las ordenanzas militares.

Nombrado obispo (cargo que él se resistió a admitir, pero que el rey lo forzó a aceptar), trató a su coro de canónigos arequipenses como había tratado a sus subalternos en el ejército; y muchas veces al reconvenir a clérigos remolones o a curas que descuidaban el cumplimiento de sus deberes eclesiásticos, olvidábase de que era obispo y se le escapaba esta frase:

—Como no ande usted derecho lo planto en cepo de ballesteros; y ¡cuenta con insubordinárseme! porque lo fusilo. Conmigo no juega nadie, señor mío, ni recluta ni veterano.

Una bula del Papa Benedicto XIII prohibía a los eclesiásticos el uso de peluca o cabellera postiza, ordenanza que fue (y continúa siendo) desatendida por los obispos. Pues fray Miguel, en pleno coro de canónigos le arrancó a uno el peluquín, diciéndole:

—¡Ah, pelimuerto! Devuelva esos pelos a la sepultura que los reclama.

Y al canónigo, que era otro cucaracha de la Granja, nadie lo conoció desde entonces sino por el apodo de Pelimuerto.

La aspereza de su genio le conquistó el desafecto del clero arequipeño, y desengañado y cansado de luchar sin fruto, hizo fray Miguel en 1786 formal renuncia del obispado. Volviose, pues, a su convento de Madrid, donde murió en 1795 a los setenta y tres años de edad.

Retratado a vuelapluma el personaje, entremos en la tradición.

II

Cuando el coronel Pamplona cambió de uniforme, acompañolo al claustro un soldado que hacía años era su asistente. Ordenado aquél, vistió éste el hábito de lego capuchino; pero no se avino a dar a su superior tratamiento frailuno, y continuó llamándolo mi coronel.

Trájolo el obispo a América e hizo de él su mayordomo o ayuda de cámara o factótum. El señor Pamplona no tenía confianza en nadie más que en el hermano Saldaña; pero cuando pillaba a éste en algún descuido se entablaba entre ambos el siguiente diálogo:

—¡Cabo Saldaña!

—¡Presente, mi coronel!

—Usted ha quebrantado el artículo tantos de la ordenanza, y merece por ende carrera de baquetas.

Y el señor obispo descargaba algunos garrotazos sobre las espaldas de su lego.

Enseguida reflexionaba el ilustrísimo señor que si como coronel había cumplido con las leyes penales, en cambio había pecado como obispo, dando al traste con la evangélica mansedumbre que debe caracterizar a un mitrado, y asaltábanle mil devotos escrúpulos que le obligaban a arrodillarse a los pies de su lego, diciéndole:

—¡Hermanito, perdóname!

Saldaña no se hacía de rogar, acordaba el perdón tan humildemente solicitado, y el señor obispo iba a celebrar misa en su oratorio o en la catedral.

Esta escena se repetía por lo menos cuatro veces en el mes; pero una mañana aconteció que la paliza hubo de llegarle tan a lo vivo al lego, que cuando vino el momento de que el pastor se arrodillase, le contestó:

—Levántese su señoría, si quiere, que hoy no me siento con humor de perdonar.

—Pero, hermanito, no me guarde rencor, que eso no es de cristianos.

—No hay hermanito que valga. Toque a otra puerta. No perdono.

—Mire, hermano, que va a dejarme sin celebrar el santo sacrificio.

—Y a mí ¿qué?

—Va sobre su alma el pecado en que yo incurra.

—La paliza ha ido sobre mis costillas, y váyase lo uno por lo otro. No se canse, padre reverendísimo, no perdono.

Aquella mañana el señor obispo Pamplona se quedó sin celebrar.

Y pasaron dos semanas, y el lego erre que erre y la misa sin decirse. El buen prelado no se creía con el espíritu bastante limpio para tomar en sus manos la divina Forma.

Los familiares se alarmaron, recelando que su ilustrísima estuviera seriamente enfermo, y en breve la novedad cundió por Arequipa. Parece que aun se trató en Cabildo de hacer rogativas públicas por la salud del diocesano.

¡Quince días sin decir misa el que nunca había dejado de llenar este precepto!

Aquello era inusitado y daba en qué cavilar hasta al tuturutu de la plaza.

Al cabo de este tiempo aplacose la cólera de Saldaña y otorgó el perdón que todas las mañanas había estado solicitando en vano, su coronel y obispo.

Aquel día las campanas de la ciudad se echaron a vuelo. Su ilustrísima había recobrado la salud, pues celebró el santo sacrificio en la catedral.

Desde entonces el lego Saldaña empezó a echar mofletes. El señor Pamplona le hizo gracia de palizas, no volviendo a medirle las costillas con vara de acebuche.

El príncipe del Líbano

Por los años de 1765 apareciose en Lima, después de haber visitado el Cuzco y las principales ciudades del Sur, un caballero muy cargado de títulos, cruces, condecoraciones y cintajos. Llamábase don, Elías Aben-Sedid, príncipe del Líbano. Era un turco de casi seis pies de altura, robusto y gallardo mozo, y que, a pesar de su nacionalidad, no profesaba la ley de Mahoma, sino la de Cristo. Sus papeles parecían tan en regla que a nadie se le ocurrió desconocerle el principado, sin embargo de que el motivo que lo traía por estas Américas era para despertar sospechas.

Contaba su alteza que el Gran Turco lo había despojado de sus Estados y tomádolo prisioneros a sus hermanos, por cuya libertad el sultán de la Gran Puerta, que dicen que es una puerta más alta que la torre de Santo Domingo, le pedía un rescate de 100.000 pesos ensayados.

La crédula gente de mi tierra se dejó embaucar y en pocos meses reunió el farsante la cuarta parte de la suma; y acaso habría alcanzado a redondearla si el diablo, en forma de una limeña, no hubiera metido la patita.

Nuestro príncipe era huésped de los padres franciscanos, que creyeron de su deber tratarlo a cuerpo de príncipe, rodeándolo de comodidades y prodigándole todo linaje de consideraciones y agasajos.

Como su alteza no vestía hábito monacal, sino traje de currutaco, frecuentaba la sociedad aristocrática; y tanto que, acordándose de que era musulmán, se le despertó el apetito por las muchachas, enamorándose a la vez como lo que era, es decir, como un turco, de dos huríes limeñas y empeñando a ambas palabra de hacerlas princesas. Yo no sé si las chicas aflojarían prenda; pero a la larga llegó a descubrirse el doble enredo, y una de las burladas, que sus motivos tendría para poner en duda la autenticidad del título, se apoderó mañosamente de Antoñuelo, que era un griego criado de don Elías, su compañero de peregrinación y cómplice de trapacería.

Encerrolo la dama en el corral de su casa y le amenazó con darle por mano de cuatro negros más azotes que los que dieron los judíos al Redentor. Antoñuelo vio que la cosa iba de veras y declaró picardía y media.

Antes que tal ocurriese, ya el virrey traía clavado entre ceja y ceja al príncipe; pues el superior de los jesuitas de Moquegua había escrito a su excelencia, comunicándole que él abrigaba cierto recelillo de que aquel señorón era un pillastre forrado de caballero.

Una noche Miquita Villegas recibió la visita de una dama tapada que puso en sus manos, para que la entregara al virrey, la confesión firmada por Anto-ñuelo. Cuando Amat fue después de las nueve a cenar, como acostumbraba, con su querida, ésta le dijo:

—¿Y qué hay de nuevo, Manuel?

—Nada, hija mía. Te repetiré lo que dice el refrán limeño:

El ojo del puente, el baratillo y el pan
como se estaban están.

La Perricholi sonrió y contestó a su amante:

—Pues entonces, yo que no tengo la obligación de saber lo que pasa en Lima, pues no ejerzo cargo por su majestad, sé más que su virrey... y cosa grave... gravísima, ¡plusquam gravissima!

—¡Demonio! Habla, paloma, habla.

—¿Qué apostamos a que no recuerdas que a fin del mes es mi santo?

—Sí, mujer, sí... ¡Para que yo lo olvide! Como que ya he apalabrado, en cien onzas, unas arracadas de brillantes con perlas de Panamá, tamañas como garbanzos. Pero ¿qué tiene que ver tu santo con la noticia?

—Mucho, señor mío; porque yo no doy noticias gordas sin promesa de alboroque. Toma y lee.

Amat se ajustó las antiparras y leyó y volvió a leer, para sí, la declaración del griego. Luego se puso de pie y empezó a pasearse declamando estos versos de una comedia antigua:

«¿Esas tenemos, Mencía?
¡Tan estupendo desliz,
bien me daba en la nariz
olor a barraganía!»

Enseguida dobló el papel y se lo guardó en el bolsillo, dio un beso a la Perricholi y... no sé más. Al otro día, a las diez de la mañana, Amat, acompañado de su secretario Martiarena, atravesaba la portería de San Francisco y entraba sin ceremonia en la celda del padre guardián, mientras Martiarena se dirigía a otro claustro en busca del príncipe del Líbano.

—¡Valiente pillo tenía su reverencia en casa, padre guardián! —exclamó el virrey al estrechar la mano de su amigo el superior de los franciscanos, y lo puso al corriente de lo que ocurría.

Su excelencia permaneció dos horas encerrado con el embaucador, y solo Dios sabe las revelaciones que éste le haría.

A las cuatro de la tarde, en una calesa con las cortinillas corridas y con la respectiva escolta, fue conducido al Callao el falso príncipe del Líbano y embarcado para España bajo partida de registro.

El hábito no hace al monje

I

Grandes fiestas preparábanse en Lima para el 23 de septiembre de 1747, día designado por el virrey conde de Superunda para la jura de Fernando VI. Costumbre era que en ceremonia de tan regio carácter sacase el alférez real el estandarte de Pizarro; mas hallándose a la sazón gravemente enfermo el alférez real marqués de Castrillón, dispuso la Audiencia que la bandera de la conquista fuese llevada por el noble que más limpios y antiguos cuarteles pudiera presentar en su escudo de armas.

Con tan inconsulta disposición exaltose la vanidad de los hombres de pergaminos, y vino la competencia entre los condes de San Juan de Lurigancho, de la Vega del Ren, de Montemar y de las Lagunas con los marqueses de Zárate, de Santiago, de Villar de Fuentes y otros títulos de Castilla. Salieron a lucir protocolos y árboles genealógicos, y la Audiencia se vio comida de gusanos para dar un fallo que, agraviando a encumbrados personajes, iba a ser semillero de discordias entre las primeras y más acaudaladas familias del país. En ese siglo (y hasta en el actual) había en el Perú gran consumo del alcaloide llamado candidina.

Afortunadamente, donde menos se piensa salta la liebre y bajo una mala capa se esconde un buen bebedor; que, como reza el refrán, el hábito no hace al monje ni la venera al noble.

En esta ocasión vino un pobrete, casi un desconocido, a dejar a todos en paz. Y aquí empieza la tradición.

II

En la calle de Belén había por esos años una casa de modesta apariencia, con dos balconcillos moriscos o de celosía, en uno de los cuales habitaba un vejezuelo muy querido en el barrio por la llaneza y amenidad de su trato. Don Tomás del Vallejo, que tal era su nombre, manteníase con una renta de 2 pesos diarios, producto de la parte que a él le correspondía en la hacienda Santa Rita de las Velas, situada en el valle de Ica. Más que renta, era esa pequeña suma pensión alimenticia que le asignaron los deudos de su difunta mujer. Hombre de método y desprovisto de vicios, vivía don Tomás, no diremos con holgura, pero sí ajeno de apuros y exigencias.

En verano y en invierno vestía calzón de paño negro a media pierna, medias azules, zapatos con hebilla de oro, chupa de terciopelo y capa de anafalla. A pesar de la pobreza de su traje, esmeradamente limpio, descubríase en el buen señor un no sé qué de aristocrático.

En una sociedad que andaba a pesca de todo aquello que desterrara la monotonía de la existencia, fue la cuestión del estandarte constante tema de charla para nobles y plebeyos.

Hablábase de esto en la botica a que concurría de tertulia don Tomás del Vallejo. Cada cual según sus simpatías auguraba el triunfo de este o del otro candidato, hasta que nuestro vejezuelo dijo:

—Pues, señores míos, sepan vuesas mercedes que los títulos de esos caballeros son papel de estraza, y que yo sé de alguno que, si quisiera, dejaría tamañitos a tanto infanzón petulante. Pero ese alguno prefiere vaca en paz a pollos y perdices con agraz.

—¡Parola, don Tomás, parola! —le contestaron—. Eche usarced el toro a la plaza para que creamos en lo que dice.

El viejecito se sonrió y repuso:

—Queden las cosas como están y allá lo veredes.

Al siguiente día la Real Audiencia se ocupó en examinar los documentos de un nuevo pretendiente. Estos venían tan bien aparejados que, nemine discrepante, los oidores fallaron que el poseedor de pergaminos tales era en el Perú el individuo de más acuartelada nobleza.

En su escudo no había yelmo volteado, ni barras de bastardía, ni espada rota, abundando los grifos, águilas, castillos y leones rampantes, linguados y coronados en campo de gules, oro, plata, azur, sinople y sable. Ítem, el árbol genealógico probaba entroncamientos reales en los antepasados del opositor. Los que entienden de heráldica en Lima (que no son pocos) convendrán conmigo en que ni el rey que rabió podía calzar más puntos de nobleza que don Tomás de Vallejo. Aquello era para dejar boquiabierto al más encopetado, sin excluir a los Bernales ni a los Tizón, cuyo escudo, sin más adorno ni pelendengues, trae una vela encendida o un tronco humeante en campo de gules. ¡Y los niños tan orondos!

Recientemente ha tenido el Perú dos presidentes que por el apellido habrían puesto a un rey de armas en apuros para sentenciar, si se hubieran exhibido como competidores de Vallejo. Juzguen ustedes.

El escudo de armas de los Pardo es una águila coronada, sable (en heráldica el sable es civilista, no corta ni pincha, es una palabrita que significa negra), con corona sobre campo o fondo de oro.

La divisa de los Prado es león de sable, con corona sobre campo de sinople (esta simpleza quiere decir verde, hablando en cristiano).

¿Cuál valdría más? ¿El águila con corona o el león con corona? Decídalo otro, que a mí me basta saber que entre un Pardo y un Prado han traído tanta bienandanza al Perú que estamos dando dentera al mundo.

El viejecito de la calle de Belén fue en consecuencia declarado digno del alferazgo; y como sus humildes condiciones de fortuna halagaban hasta cierto punto la fatuidad de los vencidos, éstos se apresuraron a colmarlo de agasajos, obsequiándole cuanto era necesario para asistir decorosamente a la ceremonia. Lo esencial era que no había triunfado ninguno de los orgullosos magnates ni recibido humillación los vencidos.

Sin embargo, presumo que alguno debió chillarse, juzgando por esta décima popular:

De Vallejo la nobleza,
nobleza es de buena ley...
Cristo es de los reyes rey,
a pesar de su pobreza.
Carta de naturaleza
la Audiencia ha dado a este antojo,
y así nadie cobre enojo
y a ser vasallo se avenga
de todo aquel que no tenga
donde se le pare un piojo.

Mogollón. Origen del nombre de esta calle

Por los años de 1747, las calles que hoy conducen vía recta a la que hasta hace poco fue portada del Callao, eran un hacinamiento de ruinas y escombros; pues el terrible terremoto del año anterior apenas si había dejado casa sobre sus cimientos. Solares mal murados y uno que otro destartalado casuco, con paredes más temblonas que dientes de vieja, era todo lo que a la vista del viajero presentaban entonces aquellas hoy preciosas y aristocráticas calles.

En el solar que forma ángulo con la Acequia alta habían quedado en pie, aunque no muy seguros por su base, dos o tres cuartos habitados por un negro viejo, sucio y desarrapado, gran persona en la cofradía mozambique, y fuera de ella ente más ruin que migaja en capillo de fraile. Conocíasele con el nombre de Francisco Mogollón, alias Sanguijuela; y por lo mismo que no se sabía de él que tuviese oficio, rentas ni beneficio, las comadres del barrio pararon mientes en que, cuando iba al figón o cocinería de Chimbambolo a comprar una ración de uña de vaca con salsa de perejil y pimiento, los afamados choncholíes y anticuchos, una capirotada de ajos con cebolla albarrana y el obligado zango de ñajú llevaba para recibir esos comistrajos un par de escudillas de plata cendrada. Claro era, pues, que Mogollón no estaba tan a la cuarta pregunta como su traje publicaba, y que no era ningún hambrija trasnochado.

La murmuración, que andaba entre si es brujo o si es ladrón, llegó a oídos del doctor don Crisanto Palomeque y Oyanguren, alcalde del crimen y golilla muy capaz de mandar ahorcar hasta a su sombra, si de ella se desprendía humillo que a sospecha de delito trascendiera. Vara en mano, daga de ganchos al cinto y espadín de gavilanes, embozose en su capa de tercianela azul, que el verano y sus calores eran recios para otro abrigo, y seguido del escribano Cucurucho y de sus alguaciles Pituitas y Espantaperros, que eran dos mocetones de los que el diablo empeñó y no sacó, colose de golpe y zumbido en la vivienda del negro, que a la sazón había ido en busca del desayuno. Su señoría y los lebreles practicaron minucioso registro, dando al cabo con la madre del ternero; o lo que es lo mismo, descubriendo en el rincón más oscuro del cuarto varios ladrillos removidos. Metieron brazos los alguaciles, y después de sacar algunas espuertas de tierra, apareció una gran petaca que en su vientre guardaba una rica vajilla de plata labrada y media docena de talegos preñados de reales de a ocho.

A ese tiempo regresaba Mogollón, escudillas en mano, muy ajeno de pensar que su zahúrda estaba honrada con visita de tan alto fuste.

—¡Ah, negro pájaro pinto! —le dijo Espantaperros echándole la zarpa al cuello—. Date preso.

Mogollón se quedó como quien ve visiones, dejose atar las muñecas y fue a dar con su cuerpo en un calabozo de la cárcel de Cabildo.

Allí el juez empezó por preguntarle cúyo era ese tesoro, y el negro contestó con mucho aplomo que era suyo y muy suyo y fruto de su trabajo e industria. Argüía el alcalde, que por cierto no era de holgadas tragaderas; Mogollón se mantenía en lo dicho y declarado; Cucurucho daba fe o no daba, pero plumcaba largo; y el interrogatorio llevaba trazas de ser eterno y de que ni con garabatos se lo sacaría al negro la verdad del cuerpo. Fastidiose a la postre don Crisanto, y volviéndose a uno de los alguaciles, dijo con toda flema, que quien vara de justicia ostenta no ha de encolerizarse como un lego zarramplín:

—Pituitas, hijo, aplícale garrotillo en los pulgares a este arcángel de chocolate, que tengo para mí que ha de resultar mohatrero, rufián y pez de mar ancha. Pónmelo más blando que guante de ámbar, y si resiste proveeremos más tarde lo que hubiere lugar. A ver, negro, si te dejas de aspavientos y pasos de semana santa y desembucha siquiera un milagro que baste para que sin escrúpulo de conciencia te eche a presidio de por vida o te mande encaramar en la horca.

Mientras el escribano Cucurucho tajaba la pluma y don Crisanto estiraba las piernas paseando con la gravedad del magistrado, Pituitas sacó del bolsillo de su gabardina dos palitos, de cuatro pulgadas de largo y una de grueso, que en uno de sus extremos tenían un cordelito de cáñamo retorcido o una cuerda de guitarra. ¡Tan sencillo era el aparato o instrumento que la justicia del rey nuestro señor empleaba para convertir en canarios a los reos!

A la segunda vuelta de garrotillo, el pobre negro cantó el kirieleisón; es decir, que confesó de plano que veinte años atrás había hecho un robo tan gordo, que con él bastole y sobrole para llamarse a buen vivir.

En materia criminal la justicia del otro siglo no se andaba con muchas probanzas ni dingolondangos, y tres días después Francisco Mogollón, alias Sanguijuela, desnudo de medio cuerpo arriba y caballero en el tordo flor de lino, que así llamaban los limeños al asno propiedad del verdugo, deteníase en cada esquina, donde con medio minuto de pausa entre azote y azote, lo aplicaba el curtidor de brujas y bribones hasta cinco ramalazos con penca de tres costuras.

Un cronista de la época, haciendo la apología del látigo como pena legal, dice si mal no recuerdo: «Los azotes, salvo lo que escuecen cuando se reciben, son saludables, tanto o más que un vomi-purga; porque la mala sangre sale a las espaldas y se remuda. Los señores alcaldes necesitan muy poco para recetar azotes y nunca mandan menos de un centenar, que no es cuestión más que de unos cuantos pregones. Y todo es asunto de hacer un buen ánimo para soportar los primeros golpes de la penca, hasta que las espaldas se duermen; que en durmiéndose, lo mismo dan ocho que ochenta. Todos los azotados por justicia engruesan que es una bendición, pues para echar carnes no hay mejor melecina que la penca, y es probado».

Y tan aceptada estaba entre los hampones y demás gente perdida la opinión que acabo de copiar del travieso cronista, que pícaros hubo para quienes el azote más que castigo era regalo.

Algo más. La Inquisición de Lima hizo azotar en tres distintas ocasiones al marinero Bernabé Morillo y Otárola, natural del Callao, el cual decía: «Teniendo yo bien apretado entre los dientes un pedazo de casco de mula zaina, o frontina, recortado en nochebuena de diciembre, me río de los azotes, que me saben a gloria y mermelada».

Y era creencia popular, generalizada hasta en las escuelas, donde el látigo andaba bobo, que la excrescencia pedestre de la mula era amuleto o preservativo contra el dolor del ramalazo.

Punto a la digresión, que la pluma no ha de ser caballo sin rienda y desbocado.

La comitiva se detuvo en veinte esquinas de la feligresía de San Marcelo, y en cada una de las paradas gritaba el pregonero, negro ladino, en la lengua española:

«Esta es la justicia de cien azotes que el doctor don Crisanto Palomeque y Oyanguren, alcalde del crimen y del Cabildo de la ciudad, manda hacer en la persona de este negro por ladrón, por ladrón y por ladrón. Quien tal hizo que tal pague. ¡Alza la penca, y dale!»

Palabra más, palabras menos, tal era la fórmula de los pregones que, así la Inquisición como el Cabildo de Lima, empleaban para la azotaina de brujas y ladrones.

Sin la frase alza la penca y dale, que ponía fin y remate al pregón, no se habría atrevido el verdugo a hacer molinete con el látigo y descargarlo sobre la víctima.

Después del vapuleo, Francisco Mogollón fue enviado bajo partida de registro al presidio de Chagres.

Como en 1747 no había en la calle otro solar habitado que el que ocupó el famoso bandido hasta la hora en que fue a la caponera, el pueblo, que para esto de bautizar no necesita permiso de preste, ni de rey, ni de roque ni de alcomoque, bautizó la supradicha con el nombre de calle de Mogollón; y con él la conocimos hasta que vino un prosaico municipio a desbautizarla, convirtiendo con la nueva nomenclatura en batiborrillo el plano de la ciudad, y haciendo guerra sin cuartel a los recuerdos poéticos de un pueblo que en cada piedra y cada nombre esconde una historia, un drama, una tradición.

Libros a la carta

A la carta es un servicio especializado para
empresas,
librerías,
bibliotecas,
editoriales
y centros de enseñanza;
y permite confeccionar libros que, por su formato y concepción, sirven a los propósitos más específicos de estas instituciones.

Las empresas nos encargan ediciones personalizadas para marketing editorial o para regalos institucionales. Y los interesados solicitan, a título personal, ediciones antiguas, o no disponibles en el mercado; y las acompañan con notas y comentarios críticos.

Las ediciones tienen como apoyo un libro de estilo con todo tipo de referencias sobre los criterios de tratamiento tipográfico aplicados a nuestros libros que puede ser consultado en Linkgua-ediciones.com.

Linkgua edita por encargo diferentes versiones de una misma obra con distintos tratamientos ortotipográficos (actualizaciones de carácter divulgativo de un clásico, o versiones estrictamente fieles a la edición original de referencia).

Este servicio de ediciones a la carta le permitirá, si usted se dedica a la enseñanza, tener una forma de hacer pública su interpretación de un texto y, sobre una versión digitalizada «base», usted podrá introducir interpretaciones del texto fuente. Es un tópico que los profesores denuncien en clase los desmanes de una edición, o vayan comentando errores de interpretación de un texto y esta es una solución útil a esa necesidad del mundo académico.

Asimismo publicamos de manera sistemática, en un mismo catálogo, tesis doctorales y actas de congresos académicos, que son distribuidas a través de nuestra Web.

El servicio de «libros a la carta» funciona de dos formas.

1. Tenemos un fondo de libros digitalizados que usted puede personalizar en tiradas de al menos cinco ejemplares. Estas personalizaciones pueden ser de todo tipo: añadir notas de clase para uso de un grupo de estudiantes,

introducir logos corporativos para uso con fines de marketing empresarial, etc. etc.

2. Buscamos libros descatalogados de otras editoriales y los reeditamos en tiradas cortas a petición de un cliente.